U0010450

必考！ 新多益 單字217

楊智民、蘇秦◎合著

晨星出版

目次 → CONTENTS

目次 — CONTENTS

目次 — CONTENTS

　　字彙分為**生活字彙、工作字彙**與**專業字彙**，不同的場域使用不同的字彙，不同的語言能力測驗檢視不同範疇的字彙精熟度，例如托福（TOEFL）要求廣泛的專業字彙，多益（TOEIC）以「職場與校園環境實際溝通情境中的英語文能力」為測驗目標，需要大量的**生活字彙**與**工作字彙**。

　　以多益測驗而言，字彙的量當然越多越好，字彙的質更是重要，知曉字彙的形成、構詞、字源，拓化字彙層次才能提升學習效率，擴大**解題**量能，增強應試力度，達到穩操勝券的目標。

◐ 語源功能轉換詞

　　多益試題常見語源功能轉換詞（functional shift），就是字彙因增加語意、改變詞性而產生新字彙，彼此**語意相關、拼字相同**，發音可能不同，例如 purchase（購買，動詞）轉換為**購買物品**或行為（名詞），轉換前後唸音一致，例如：「a major purchase」（大額採購）。produce（生產，動詞）轉換為農產品（名詞），唸音改變，例如「agricultural produce」（農產品）。虛詞也常見語源功能轉換，considering（考慮，**分詞**）轉換為**連接詞**或**介係詞**，意思是**考慮到**，例如：

- **Considering** the weather, we got here pretty quickly. 　（介係詞）
- I was impressed that she found the way here, **considering** she'd only been here once before. 　（連接詞）

　　從閱讀或解題來說，上下文（context）猶如字彙功能轉換的過程，字彙經由上下文而功能轉換成一語意相關、詞性不同的新字彙：

> 字彙 ➡ 上下文 ➡ 語源功能轉換詞

　　從學習策略來說，熟習字彙的字源語意（大多是生活字彙語意）是基本功，進而以字源語意臆測、**推演**語源功能轉換詞的語意，並藉由上下文強化語意辨識，達到字彙擴增與運用的效果。

◐ 詞素的字彙學習效益

　　詞素（morphemes）是構詞的元素、語意的單位，包括字首、字根、字尾

等。熟捻詞素是掌握字彙語意、詞性、語音的關鍵能力，更是解題搶分的致勝技巧。

◆ 語意方面

例如 reimbursement（償還），字首 *re-* 表示「返回」（back），*im-* 也是字首，即 *in-*（裡面）的變體（variant），字根 *burse* 表示「to get money」，與 **purse**（錢包）同源，字尾 *-ment* 表示「狀態」，標示名詞詞性，「錢再進到錢包」就是「償還」。repay 的 pay 是「支付」，*re-* 也表示 back，pay back 也是「償還」的意思，例如「He had to sell his car to repay the bank loan.」。

◆ 詞性方面

字尾標示**實詞**（content words）的詞性，詞性決定字彙在組成成分（constituent）中的功用及位置，這是不同於中文的語言特性，也是英語能力測驗的命題重點，非常重要。例如以下選項的題目，就是測驗詞性的辨識及運用能力：

（A）regular
（B）regularity
（C）regulate
（D）regularly

黏接字尾的衍生字也常因增加語意、改變詞性而轉換成新的字彙，例如 experience（經驗，名詞）轉換為動詞，「經歷」的意思；function（功能，名詞）同樣轉換為動詞，「運作」的意思；special（專門的，形容詞）轉換為名詞，「特餐」的意思。詞性與語意關係密切，可從句中的位置辨識，也可從屈折綴詞（inflectional affixes）印證。

◆ 語音方面

非中性字尾（non-neutral suffixes）決定字重音位置：ee 是字重音位置，例如 interviewee（面試者）；ic 字重音在其前一音節，例如 eco**nom**ic（經濟的）；ize

字重音在其前第二音節，例如 computerized（電腦化的）。了解字尾與字重音位置的關聯，從字尾直接判斷字彙唸音，將詞素的效益擴及語音層面，進而提升聽力表現，這是詞素進一步的效益。

◆ 詞素導向的多益字彙學習

詞素是多益字彙的學習利器，解題搶分的金鑰，增強聽力的秘笈。

為了提供廣大多益考生詞素導向的多益字彙教材，吾等再次接受晨星出版集團的邀請，攜手合作出版《必考！新多益單字 217》一書，希冀將吾等在詞素、字源、格林法則、構詞音韻等面向的探討與教學經驗，結合晨星出版集團精湛的字根樹聯想圖呈現，產出一部學習者與教學者都受益的書籍。

◆ 本書特性

當然，由於本書具有以下特點，將成為詞素導向的多益字彙著作的圭臬，詞素學習與教學的里程碑：

1. 嚴選多益高頻詞素共 217 組，衍生字涵蓋多益核心單字之多，超越坊間相關著作。
2. 每一詞素都搭配創意字根樹單字聯想圖，衍生字一目了然，學習效果豐碩，結實纍纍。
3. 「源來如此」專欄破解必考單字的構詞脈絡，輕鬆聯想記憶單字。
4. 依照多益測驗題材及情境，精編仿真例句並羅列重要片語，學習效益高。
5. 詞素套色並排版切齊，視線聚焦詞素，全書專注完美，近乎苛求。

◆ 感謝的話

時值本書付梓出版之際，感謝多年來支持吾等單字創新教材教法與著作的讀者夥伴們，由於您們的指教與鼓勵，國內單字教學的風貌真的改變了！晨星出版集團於臺灣疫情嚴峻、出版景氣艱困時刻，還能鼎力支持，如期出版本書，吾等甚感榮幸與感激！

「在我眼中，
　智民老師是一位熱情滿滿並樂於分享的語言引路人。」

　　在學習語言的這條道路上，我們或多或少都會有沮喪與遇到瓶頸的時期，很多時候也不是我們不願意努力，但是好像有點迷失、尋找不到學習的方法與地圖。假想這個時候如果有人願意在道路上拉你一把，並真誠地透過分享自身學習成功與慘痛的經驗去理解你的處境，是不是覺得學習這條路不再是如此的無助與徬徨了呢？

　　智民老師就是這樣的一位引路人，他總是透過不斷的精進與自我學習，把一段時期的英文累積與學習沉澱透過文字記錄並有系統地分享，這樣的記錄就像是一卷又一卷的語言學習地圖，提供給正在尋求方法與策略的行路人一點方向與光亮。對我而言，能夠透過一本書籍就吸收到引路人的學習積累，是多麼寶貴與值得的互動與交流。一次次地，謝謝智民老師總是透過自身學習者的熱情分享，帶給我們更多學習道路上綺麗的風景。

　　多益測驗是許多英文學習者在學習道路上設定的目標之一，也同時是各行各業在職場上參考的英文能力指標與求職門檻資格。許多學習者都想要挑戰多益測驗，但在準備上常常反應對於多益單字的認識與掌握度不夠，也對商業領域的語言表達和應用生疏，因此會產生多益學習上的不自信。而且許多學習者反映對於商用英文的單字學習甚感陌生，常常會在測驗當中迷失方向。然而，智民老師這次精心的整理正好解決了這個學習上的需求。

　　在這本書當中，智民老師透過有系統的語言學方式介紹多益字彙的本質，引導大家熟悉新多益測驗裡 217 組詞素的不同面向，包含字彙的形成、構詞、字源的學習。透過書中「源來如此」專欄的介紹，從字源學的角度引出詞素的故事，舉例來說：*ali* 和 *alter* 是一組同源詞素，都有「其他」（other）、「另一個」

（another）的意思。**ali**en 本來的意思是「其他」（other），和自己不一樣，表示「外國的」、「性質不同的」，也能夠連結到外星人或是怪胎的意思！是不是很有邏輯性的連結，並且讓單字學習有趣不容易忘記。

再舉另一個例子：**ali**enate 表示使成為「其他」人之物，引申為「讓渡」、「使疏遠」，所以當我們想要表達排擠或是疏離的概念，就可以想到這個 **ali**enate。還有好多從同一棵詞素大樹下延伸出來的果實，像 **ali**as 是「另一個」（*ali*=another）名字，引申為「化名」；**ali**bi 本意是出現在「其他」（*ali*=other）地方，引申為「不在犯罪現場的證明」，這樣的延伸是不是很有脈絡與連結呢？本書還有收納整理其他 216 組單字記憶的詞素學習方法，透過與新多益高頻率單字的連結，更全方面的理解、提升字彙層次並達到最大化的學習效果。

原來單字不再是死記（rote memory），透過智民老師的整理會有種「源來如此」的語言學習樂趣。背單字也可以很有故事性、很有脈絡性！最後，非常推薦給想要找出單字學習當中的邏輯性的英文學習者，相信這本書能夠帶給你們許多的指引與方向。

祝福大家在語言學習的道路上，
都能享受每個時刻並 Smell the roses ！

臺中市立文華高中英文教師
檸檬派英文村創辦人
林冠瑋老師

如何使用本書？

1 清楚呈現主題詞素的語意／詞性與類別（*root*= 字根、*prefix*= 字首、*suffix*= 字尾）

2 字根樹單字聯想圖：衍生單字一目了然，記憶脈絡清晰高效

3 源來如此：破解字源由來與構詞脈絡，輕鬆聯想、有趣學習，更不容易忘記

4 必考字彙依照主題詞素套色切齊，版面精心設計、背單字更有邏輯

5 專為多益測驗題材與情境設計的仿真例句與重要補充片語，得高分不是問題

---

30 cid, cis cut /*root*

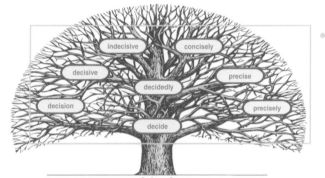

cid, cis

源來如此

　　cid 和 **cas** 源自拉丁文，表示「切」（cut）。**decide** 表示「切」（*cid*=cut）「開」（*de-*=off），因為做「決定」是要「當機立斷」的；**concise** 表示「切割」（*cis*=cut）乾淨，引申為「簡潔的」；**precise** 表示「事先」（*pre-*=before）規劃如何「切」（*cis*=cut），引申為「精確的」。

de**cide**	[dɪˋsaɪd] **v** 決定
	The buyer liked the home, but he wanted to have it inspected before he **decided** on purchasing it.
	該名買家喜歡這套房子，但他要在下決心購買前先檢視一番。
	補充 decide on **phr** 考慮後選定……
de**cid**edly	[dɪˋsaɪdɪdlɪ] **adv** 確實地、明確地、斷然地
de**cis**ion	[dɪˋsɪʒən] **n** 決定
de**cis**ive	[dɪˋsaɪsɪv] **adj** 決定性的、堅決的

如何收聽音檔？

1

手機收聽
1. 偶數頁（例如第 14 頁）的頁碼旁都附有 MP3 QR Code ◀------
2. 用 APP 掃描就可立即收聽該跨頁（第 14 頁和第 15 頁）的雲端音檔，掃描第 16 頁的 QR 則可收聽第 16 頁和第 17 頁……

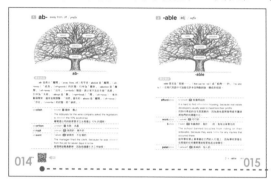

2

電腦收聽、下載
1. 手動輸入網址＋偶數頁頁碼即可收聽該跨頁音檔，按右鍵則可另存新檔下載
   http://epaper.morningstar.com.tw/mp3/0170019/audio/014.mp3
2. 如想收聽、下載不同跨頁的音檔，請修改網址後面的偶數頁頁碼即可，例如：
   http://epaper.morningstar.com.tw/mp3/0170019/audio/016.mp3
   http://epaper.morningstar.com.tw/mp3/0170019/audio/018.mp3
   依此類推……
3. 建議使用瀏覽器：Google Chrome、Firefox

讀者限定無料

內容說明
1. 全書音檔大補帖（1～217 單元音檔壓縮檔）
2. 字根樹單字聯想圖
3. 電子版「單字速查索引」

下載方法（請使用電腦操作）
1. 尋找密碼：請翻到本書第 226 頁，找出第 1 個英文單字
2. 進入網站：https://reurl.cc/GmaE8d（輸入時請注意大小寫）
3. 填寫表單：依照指示填寫基本資料與下載密碼（請用小寫輸入）
   E-mail 請務必正確填寫，萬一連結失效才能寄發資料給您！
4. 一鍵下載：送出表單後點選連結網址，即可下載。

1 **ab-** away from, off / *prefix*

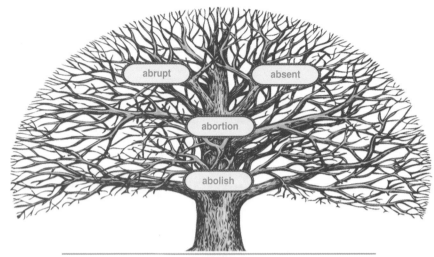

abrupt

absent

abortion

abolish

ab-

源來如此

　　ab- 是表示「離開」（away from, off）的字首。**ab**olish 是「離開」（*ab-*=away）「成長」（*ol*=growth）的狀態，引申為「廢除」；**ab**ortion 是「離開」（*ab-*=away）「出生」（*or*=birth）階段，表示來不及出生便「流產」，引申為「失敗」；**ab**rupt 是「斷」（*rupt*=break）「開」（*ab-*=away），東西斷裂開來，通常是無預警，「突然」發生的；**ab**sent 是「離開」（*ab-*=away）「存在」（*s*=*es*=be）的狀態，即「缺席」。

abolish	[ə`bɑlɪʃ] **v** 廢除、廢止
	The lobbyists for the wine company asked the legislators to **abolish** the 10% alcohol tax. 葡萄酒公司的説客要求立法者廢止 10% 的酒税。
abortion	[ə`bɔrʃən] **n** 失敗、流產
abrupt	[ə`brʌpt] **adj** 突然的、意外的
absent	[`æbsn̩t] **adj** 缺席的、不在場的
	The manager fired the clerk, because he was **absent** from the job for seven days in a row. 經理將該職員辭掉，因為他連續七天工作缺席。

2 **-able** adj / *suffix*

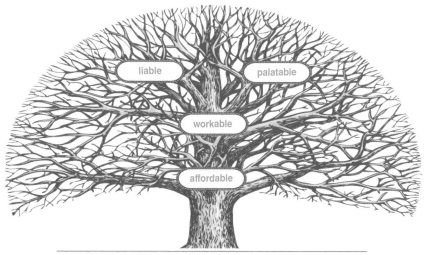

-able

-able 意思是「能被……」（that can be ~ed）或「能夠……的」（be able to），在現代英語中可加接在許多及物動詞後，構成形容詞。

affordable	[əˋfɔrdəbl] adj 負擔得起的
	It is hard to find affordable housing, because real estate developers usually seek to maximize their profits. 找到付得起的住宅是困難的，因為房地產開發商經常圖謀將他們的利潤極大化。
workable	[ˋwɝkəbl] adj 可行的
liable	[ˋlaɪəbl] adj 有義務的；易於……的；負有法律責任的
	The school banned bicycles from riding on their sidewalks, because they were liable for any injuries that occurred there. 該所學校禁止單車騎在它們的人行道上，因為學校對發生在那裡的任何傷害事故都要負起法律責任。
palatable	[ˋpælətəbl] adj 美味的、怡人的

3 air, aer air / root

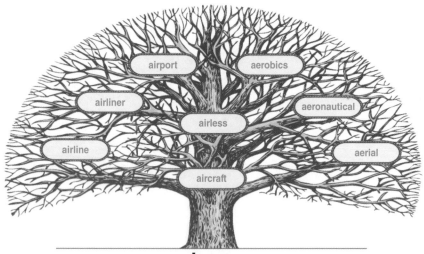

airport

aerobics

airliner

aeronautical

airless

airline

aerial

aircraft

air, aer

源來如此

air 和 aer 同源，皆表示「空氣」，所衍生的單字常跟「飛機」（aircraft）、「飛行」（aviation）有關。aerobics 本意是在有「空氣」（aer=air）、「氧氣」的環境中，才能「存活」（bic=bio=live），後指「有氧運動」；aeronautical 是指在「空氣」（aer=air）中「航行」（naut=sail），引申為「航空學的」。

---

aircraft	[ˋɛr͵kræft] **n** 航空器、飛機
airless	[ˋɛrlɪs] **adj** 不通風的、密閉的
	The innovative, new automobile tires are **airless**, which means they cannot go flat when they are punctured. 這款創新汽車輪胎是密閉的，意思是被刺破時不會洩氣。

airline	[ˈɛr,laɪn] **n** 航空公司
	The **airline** company offered special discounts of 50% off during the low travel season in October. 這家航空公司提供十月份旅遊淡季期間 50% 特別折扣。
airliner	[ˈɛr,laɪnə] **n** 大型客機、班機
airport	[ˈɛr,port] **n** 飛機場
	Taoyuan International Airport had funding problems for its third **airport** terminal, thus delaying its completion. 桃園國際機場第三航廈遇上資金挹注問題,因此延後竣工。
aerobics	[,eəˈrobɪks] **n** 有氧運動
aeronautical	[,ɛrəˈnɔtɪkl] **adj** 航空學的;飛行術的
aerial	[ˈɛrɪəl] **adj** 空中的;**n** 天線

4 **act, ag** act / *root*

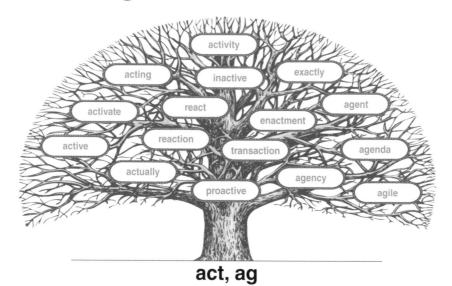

act, ag

　　act 和 *ag* 同源，皆表示「做」（do）、「驅使」（drive）。**active** 即「（持續）做」（*act*=do），引申為「積極的」、「活躍的」；**react** 本意是「做」（*act*=do）「回去」（*re-*=back），引申為「反應」；**actually** 本意是「做」（*act*=do），做了表示已成為事實，引申出「實際上」、「事實上」等意思；trans**action** 本意是將某物「驅使」（*act*=drive）「到另一邊」（*trans-*=across），引申出「交易」、「買賣」等意思；**agency** 是讓民眾「做」（*ag*=do）事、辦理事務之所，引申為「代辦處」、「政府專門機構」；**ag**enda 本指待「做」（*ag*=do）或辦理的事務，引申為「議程」；**ag**ile 本意是「易」（*-ile*）「做」（*ag*=do）的。

act**ing**	[`æktɪŋ] **adj** 代理的；**n** 演戲
act**ivate**	[`æktə,vet] **v** 使活化；啟動
act**ive**	[`æktɪv] **adj** 積極的、活躍的
act**ivity**	[æk`tɪvətɪ] **n** 活動
in**active**	[ɪn`æktɪv] **adj** 不活動的、不活躍的
	The real property market of the entire region remains largely **inactive**. 整個區域的房地產市場仍很不活躍。
re**act**	[rɪ`ækt] **v** 反應、做出反應 補充 re**act** to **phr** 對⋯⋯作出反應
re**act**ion	[rɪ`ækʃən] **n** 反應
	After the prisoner escaped, no one wanted to be around the captain to bear the brunt of his angry **reaction**. 該名囚犯逃脫之後，沒人想要在警長周圍首當其衝承受他的憤怒反應。
act**ually**	[`æktʃʊəlɪ] **adv** 實際上、事實上
ex**act**ly	[ɪg`zæktlɪ] **adv** 確切地、正好
en**act**ment	[ɪn`æktmənt] **n** 制定、法令

MP3

transaction	[træn`zækʃən] **n** 交易、買賣
	When using a credit card, most consumers would agree to a small fee of 2% of the total transaction. 使用信用卡時，大多數消費者會同意總交易 2% 的一小筆費用。
proactive	[pro`æktɪv] **adj** 積極主動的
agent	[`edʒənt] **n** 代理人
agency	[`edʒənsɪ] **n** 代辦處、代理機構、政府專門機構
	The EPA is the government agency tasked with enforcing regulations that protect our environment. 環境保護署是政府專門機構，被賦予執行保護我們環境的規定。
agenda	[ə`dʒɛndə] **n** 議程、待議事項
	On the agenda for the meeting is how to raise funds for the cultural exchange program. 該會議議程列有如何為文化交流計劃籌募基金。
agile	[`ædʒaɪl] **adj** 機敏的

5 ▸ **-age** n / *suffix*

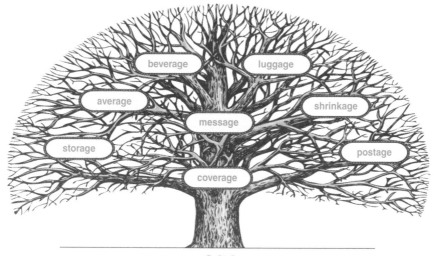

beverage luggage
average
message shrinkage
storage
postage
coverage

-age

-age 借自古法文，一般加接在動詞之後，構成抽象名詞，表示「該行為或該行為的結果」（the act or result of Ving），例如：shrink**age**（減少）；亦可加接在名詞之後，表示「該事物的群體」（a group of），例如：bagg**age**（行李）。

coverage	[ˋkʌvərɪdʒ] **n** 報導範圍、保險範圍
	The driver did not have auto insurance **coverage**, so there was no money available to repair the car after his accident. 該駕駛人沒有汽車保險範圍，事故之後沒有可支應的錢修理車子。
message	[ˋmɛsɪdʒ] **n** 訊息
	The Chairman did not use e-mail, so his assistant needed to personally deliver the **message** to him. 主席不用電子郵件，他的助理必須親自遞交訊息給他。
storage	[ˋstorɪdʒ] **n** 儲藏
average	[ˋævərɪdʒ] **n** 平均、平均數
	The **average** of the price of homes is the sum of all the home prices divided by the number of homes. 平均房價是所有房價的總和除以房屋數量。
beverage	[ˋbɛvərɪdʒ] **n** 飲料（除水以外）
luggage	[ˋlʌgɪdʒ] **n** 行李
shrinkage	[ˋʃrɪŋkɪdʒ] **n** 減少、耗損
postage	[ˋpostɪdʒ] **n** 郵資、郵費

MP3

6 -al [adj] /suffix

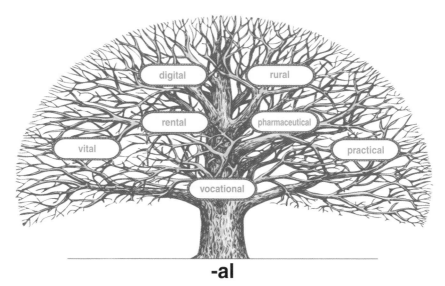

digital
rural
rental
pharmaceutical
vital
practical
vocational

-al

源來如此

　　-al 加接在名詞或名詞性質的字根之後，構成形容詞，有「……的」（of）、「像的」（like）、「有……性質的」（having the nature of）等意思。

vocational	[voˋkeʃən!] **adj** 職業的
	For some students, attending vocational schools is a better choice to gain highly marketable skills. 對於一些學生來說，就讀職業學校是一個獲得極為搶手技術的較佳選擇。
vital	[ˋvaɪt!] **adj** 非常重要的
digital	[ˋdɪdʒɪt!] **adj** 數位的
rental	[ˋrɛnt!] **adj** 租賃（業）的、供出租的；**n** 租金、租賃
	The medical clinic preferred to use rental x-ray machines instead of purchasing them, because the technology improves so quickly. 這家醫療院所偏好使用出租 X 光儀器，而不是採購，因為技術快速提升。

rural	[`rʊrəl] **adj** 鄉下的
pharmaceutical	[ˌfɑrmə`sjutɪkl] **adj** 藥品的
practical	[`præktɪkl] **adj** 實用性的、實際的
	For all **practical** purposes, the proposal to increase funding for the program was remedial, at best. 為了所有的實用目的，為了這個計劃而增資的提案頂多是個補救。

7 **ali, alter** the other, another / *root*

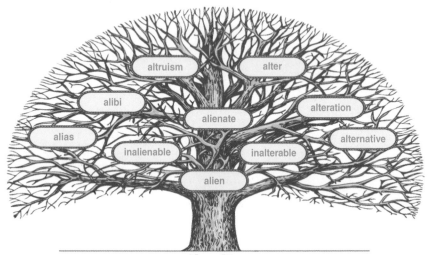

ali, alter

源來如此

　　ali 和 *alter* 同源，皆表示「其他」（other）、「另一個」（another）。**ali**en 本意是「其他」（other），和自己有別的，表示「性質不同的」、「外國的」；**ali**enate 表示使成為「其他」人之物，引申為「讓渡」、「使疏遠」；**ali**as 是「另一個」（*ali*=another）名字，引申為「化名」；**ali**bi 本意是

出現在「其他」（*ali*=other）地方，引申為「不在犯罪現場的證明」；**alter** 表示選擇「另一個」（another），引申為「改變」；**alter**native 指的是提供「其他」（*alter*=another）選擇。

al**ien**	[`eɪɪən] **adj** 外國的、性質不同的
al**ienate**	[`eljən,et] **v** 使疏遠、轉讓、讓渡
in**al**i**enable**	[ɪn`eljənəbl] **adj** 不能轉售的、不可讓渡的
	The Declaration of Independence is an important document that guarantees inalienable rights for all American citizens. 獨立宣言是一份保證所有美國公民不可讓渡的權力的重要文件。
al**ias**	[`eɪɪəs] **n** 化名、別名
al**ibi**	[`ælə,baɪ] **n** 不在犯罪現場的證明
al**truism**	[`æltrʊ,ɪzəm] **n** 利他主義
al**ter**	[`ɔltɚ] **v** 改變
	An analyst studied the video evidence submitted by the attorney to determine if it was altered in any way. 一位檢視人員仔細查驗律師遞交的錄影帶證物以確定是否遭到任何改變。
alter**ation**	[,ɔltɚ`reʃən] **n** 退換、修改、變更
alter**native**	[ɔl`tɚnətɪv] **n** 選擇、供選擇的東西（或辦法等）
	The Department of Transportation ordered its fleet managers to study the feasibility of using fuel alternatives, such as biofuel. 運輸部門下令其車隊經理研究使用燃料替代品的可行性，例如生質燃料。
in**alter**able	[ɪn`ɔltɚəbl] **adj** 不可變更的

8 **am, amat** love / *root*

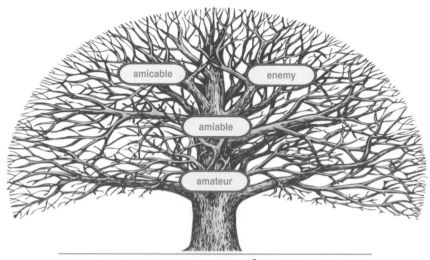

amicable   enemy

amiable

amateur

am, amat

源來如此

　　am, amat 皆表示「愛」。**amat**eur 本意是「喜愛」（*amat*=love）做某事的「人」（*-eur*=*-er*=person），後指「業餘愛好者」；**am**iable 本意是可「愛」（*am*=love）「的」（*-able*），引申為「和藹可親的」、「友善的」；**en**emy 本意是「沒有」（*en-*=*in-*=not）「愛」（*em*=love）或不友善的人，引申為「敵人」。

amateur	[ˋæməˌtʃʊr] **n** 業餘愛好者
	Although the basketball player was only an **amateur**, he attracted large crowds whenever he played at the court. 儘管該名籃球選手只是業餘愛好者，每當他在籃球場出賽，便吸引大批群眾。
amiable	[ˋemɪəbl] **adj** 和藹可親的、友善的
amicable	[ˋæmɪkəbl] **adj** 友善的、溫和的

MP3

enemy	[ˈɛnəmɪ] **n** 敵人
	Whenever the **enemy** was captured, they were expected to be granted rights as defined under the Geneva Convention. 每當敵方遭到俘虜，他們都期待被給予日內瓦公約所定義的權利。

9 **-ance** n / *suffix*

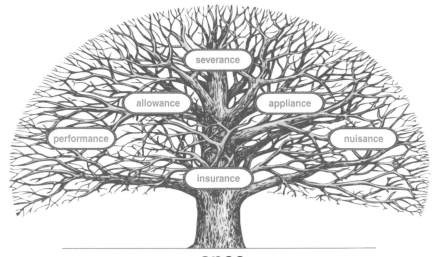

severance
allowance
appliance
performance
nuisance
insurance

-ance

源來如此

　　-ance 借自拉丁文，一般加接在動詞或動詞字根之後，構成抽象名詞，表示該行為的事實、程序或其性質、狀態等。

insurance	[ɪnˈʃʊrəns] **n** 保險、保險費、賠償金
	Restaurant owners were required to purchase liability **insurance** in case any customers were injured on the premises. 餐廳所有人被要求購買責任保險，萬一任何顧客在營業場所受傷的話用得上。

performance	[pə`fɔrməns] **n** 演出、表現、性能
allowance	[ə`lauəns] **n** 補貼;限額
	While he was in college, the foreign student received a weekly **allowance** to pay for his food and living expenses. 那位外籍學生大學時,每周都收到一份支付食物及生活費用的補貼。
severance	[`sɛvərəns] **n** 割斷、切斷
	Respecting his many years of service, the janitor was given **severance** pay equal to six months of his salary. 顧及多年的服務,該名管理員獲得相當於六個月薪資的遣散費。
appliance	[ə`plaɪəns] **n** 設備、器具、家用電器
	When buying a house, one must set aside a significant amount of money to purchase **appliances** for the home. 購屋時,必須挪出一筆可觀的金錢來購買房子需要的家用電器。
nuisance	[`njusn̩s] **n** 討厭的人、事、物

10 **ann** year / *root*

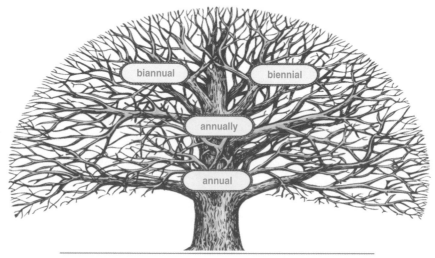

ann

ann 和 *enn*，皆表示「年」（year）。**ann**ual 是一「年」（*ann*=year）一度的；bi**ann**ual 是一「年」（*ann*=year）「兩」（*bi*-=two）次的；bi**enn**ial 是「兩」（*bi*-=two）「年」（*enn*=year）一次的。

annual	[`ænjʊəl] **adj** 年度的、一年一度的
	Canadian geese can fly as far as 3,000 miles during their **annual**, seasonal migration. 加拿大雁鴨在一年一度季節遷移期間會飛行達到 3,000 英哩遠。
annually	[`ænjʊəlɪ] **adv** 每年地、一年一次地
bi**ann**ual	[baɪ`ænjʊəl] **adj** 一年兩次的
bi**enn**ial	[baɪ`ɛnɪəl] **adj** 兩年一次的

11 ▶ -ant adj / *suffix*

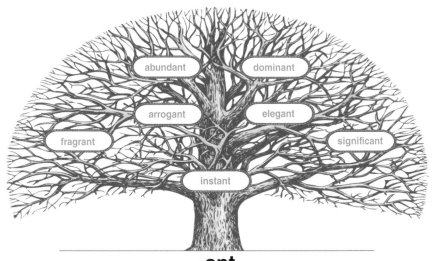

-ant

-ant 是形容詞字尾，*-ance* 為相對應的名詞字尾，形成對應的詞彙，例如：

inst**ant**/inst**ance**、fragr**ant**/fragr**ance**、abund**ant**/abund**ance**、arrag**ant**/arrag**ance** 等。

instant	[ˋɪnstənt] **adj** 立即的
	An **instant** transfer of cash is possible through the new online financial service, although they charge a small transaction fee. 透過新型線上金融服務，現金立即轉帳是可能的，雖然會索取一小筆交易費用。
fragrant	[ˋfregrənt] **adj** 芳香的
abundant	[əˋbʌndənt] **adj** 大量的、充足的、豐富的
	With an **abundant** surplus earned by the company this year, the management decided to offer large year-end employee bonuses. 由於今年公司賺進豐碩盈餘，資方決定提供大筆年終員工紅利。
arrogant	[ˋærəgənt] **adj** 傲慢的、自大的
dominant	[ˋdɑmənənt] **adj** 佔優勢的、支配的、統治的
	The laboratory technician preferred to use his left eye, his **dominant** eye, to peer into the microscope. 該名實驗室技術員偏好使用他的左眼，也就是優勢的眼睛來凝視顯微鏡。
elegant	[ˋɛləgənt] **adj** 雅緻的、優美的
significant	[sɪgˋnɪfəkənt] **adj** 重要的、重大的
	The engineer was given a distinguished award for his **significant** contributions to the field of energy generation. 該名工程師因能源生產領域的重大貢獻而獲頒一項卓越獎。

12 anti, anc before, in front of / *root*

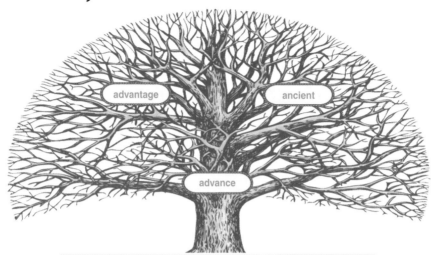

advantage

ancient

advance

anti, anc

　　anti 和 *anc*，皆表示「在……之前」（before, in front of）。ad**v**ance 是源自於古法文的 avancir，本意「從……」（*adv-=av-=ab-*=from）「前面」（*ant-*=before）出來，引申為「前進」、「升級」、「晉升」等；ad**v**antage 本意是「從」（*adv-=av-=ab-*=from）「前面」（*ant-*=before）出來，表示佔有先機、「優勢」；**anc**ient 本意是「在……之前」（before），在今日之前，引申為「古老的」、「古代的」等。

ad**v**ance	[əd`væns] **v** 升遷、晉升、增加價值；**n** 進步、事先
	On the New York Stock Exchange, 1,200 issues advanced and 1,185 declined. 在紐約證券交易所，1200 檔股票股價上升，1185 檔下跌。
ad**v**antage	[əd`væntɪdʒ] **n** 優點、優勢
	When a genetic change gives an animal a survival advantage, they can pass it down to the next generation. 當某種基因改變給予動物一項生存優勢時，它們會將其傳給下一代。
ancient	[`enʃənt] **adj** 古老的、古代的

13 **apt** fit / root

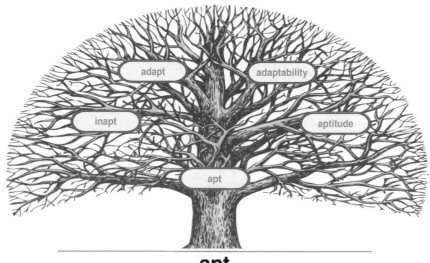

apt

源來如此

　　apt 表示「適合」。in**apt** 即「不」（*in-*=not）「適合」（*apt*=fit）的；
ad**apt** 即「使適合」（*apt*=fit），引申為「改編」；**apt**itude 本意是「適合」
（*apt*=fit）的狀態，引申出「傾向」、「習性」等意思。

---

apt	[æpt] **adj** 易於⋯⋯的、反應敏捷的
in**apt**	[ɪn`æpt] **adj** 不適當的
ad**apt**	[ə`dæpt] **v** 改編、使適應
	The entrepreneur learned from his father that he either had the ability to **adapt**, or his business would eventually become outdated. 該企業家從他父親吸取教訓，不是具有改造能力，就是事業終將淪於過時。

MP3

adaptability	[ə,dæptə`bɪlətɪ] **n** 靈活性、適應性
aptitude	[`æptə,tjud] **n** 傾向、習性、適宜
	Showing a great aptitude for math at a young age, the actuary was encouraged to pursue a career in finance and accounting. 年輕時便展現數學的優越傾向,該精算師被鼓勵在金融及會計領域追尋事業。

14 ▸ -ate ⓥ /*suffix*

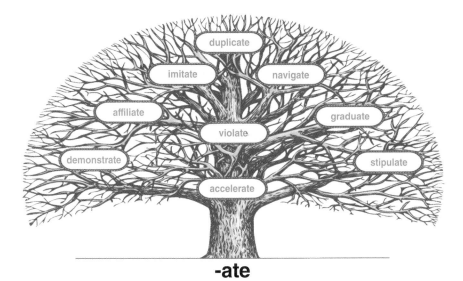

源來如此

　　-ate 加接在形容詞、名詞、動詞字根、字幹之後,構成動詞,意思是「使成為……」(to cause to be)、「生成」(to produce)等,有時也用來標示動詞詞性,表示「使」(cause to)。

accelerate	[æk`sɛlə,ret] **v** 加速、前進
demonstrate	[`dɛmən,stret] **v** 證明、展示
	The flight attendant began to **demonstrate** the proper technique for exiting the airplane in case of an emergency. 那位空服員開始展現危急狀況下離開飛機的正規技巧。
stipulate	[`stɪpjə,let] **v** 規定、保證
violate	[`vaɪə,let] **v** 違反、侵犯
	The well-known plastic surgeon has been accused of **violating** professional ethics. 那名知名整形外科醫生被控違反了職業道德。
affiliate	[ə`fɪlɪ,et] **v** 使隸屬於、接納……為成員 [ə`fɪlɪɪt] **n** 分機構、成員
	The student joined the club, because he wanted to **affiliate** himself with the most popular girls in school. 這名學生加入社團，因為他想要和校內最有人氣的女孩來往。 The online company gave Internet users the opportunity to become **affiliates** who can earn a commission for sales. 線上公司給予網路用戶機會以成為能夠賺取銷售佣金的成員。
graduate	[`grædʒʊ,et] **v** 畢業
imitate	[`ɪmə,tet] **v** 模仿、仿效
navigate	[`nævə,get] **v** 駕駛、操縱、導航
duplicate	[`djupləket] **v** 複製、複寫
	The secretary asked applicants to **duplicate** their form, so that two different departments could receive a copy. 秘書要求申請人複製他們的表格，這樣二不同部門都能收到一份。

15 **aud** listen / *root*

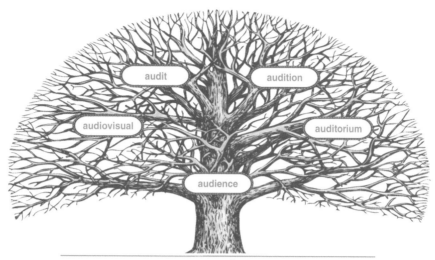

aud

源來如此

　　aud 表示「聽」（hear）。**aud**ience 本意是「聽」（*aud*=hear）的「行為或狀態」（*ence*=the act or state of），後指「聽眾」；**aud**it 是「聽」（*aud*=hear）取報讀會計帳目，引申為「審計」、「查帳」。

aud**ience**	[`ɔdɪəns] **n** 聽眾、觀眾
	The audience listened intently to the Chairman's presentation of the company's annual report. 聽眾全神貫注聆聽主席針對公司年度報告的說明。
aud**iovisual**	[ˏɔdɪo`vɪʒʊəl] **adj** 視聽的
aud**it**	[`ɔdɪt] **n** 審計、查帳
	The tax bureau sent a team to the company's accounting office to audit the previous year's tax filing. 稅務局派出一個團隊前往該公司會計部門稽查前一年的報稅。
aud**ition**	[ɔ`dɪʃən] **n** 試聽、試演
aud**itorium**	[ˏɔdə`torɪəm] **n** 禮堂

16 auth increase / *root*

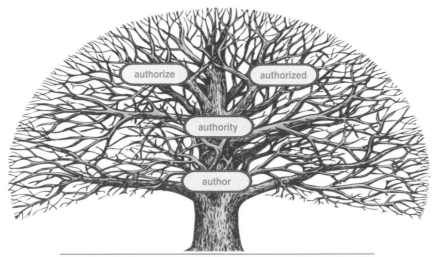

auth

源來如此

　　auth 意思是「增加」（increase）。**auth**or 本意是使某物「增加」（*auth*= increase）的「人」（*-or*=person），後指辛勤筆耕，使文章內容成長的「作者」；**auth**ority 本是「作者」（*author*）所具有的權力，握有筆下角色生殺大權和掌握故事走向，後指「當局」、「權力」等。

auth**or**	[`ɔθə] **n** 作者、作家
auth**ority**	[ə`θɔrətɪ] **n** 當局、具權力（或權威）者、權力
	The tax bureau has the **authority** to demand all accounting records to determine a company's actual revenues. 稅務局有權力要求所有會計記錄與公司真實收益相符。
auth**orize**	[`ɔθə͵raɪz] **v** 給予權限
auth**orized**	[`ɔθə͵raɪzd] **adj** 經認證的、經授權的
	The civil servant was **authorized** to inspect the factories for any unlawful dumping of hazardous materials. 該名公務員經授權查察工廠任何違法傾倒的危險資材。

17 **auto** self / root

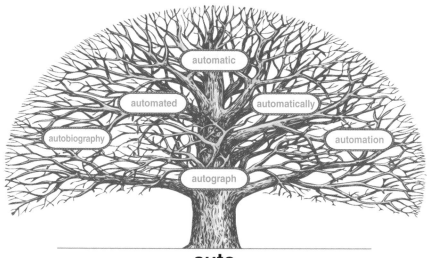

auto

　　auto 表示「自己」（self）。**auto**graph 本意是「自己」（*auto*=self）「寫」（*graph*=write）的東西，引申為自己的親筆「簽名」；**auto**biography 本意是「書寫」（*-graphy*=writing）「自己」（*auto*=self）的「生命」（*bio*=life）歷程，引申為「自傳」；**auto**matic 本意是「自己」（*auto*=self）「思考」（*mat*=think）「的」（*-ic*），語意歷經轉變，引申為「自動的」。

autograph	[ˋɔtə͵ɡræf] **n** 親筆簽名
	A baseball with a Babe Ruth autograph from 1915 will be up for auction, with bidding starting at $5,000. 一顆 1915 年貝比・魯斯親筆簽名的棒球將拍賣求售，起標金額是 5,000 美元。
autobiography	[͵ɔtəbaɪˋɑɡrəfɪ] **n** 自傳
	The president of the country wrote an autobiography to make sure his side of the story was told. 該國總統撰寫自傳以確定自己的立場能被聽見。

automated	[`ɔtomeɾɪc] **adj** 自動化的
	I don't use the **automated** checkout counter at stores to make sure human cashiers can keep their jobs. 我不使用商店的自動收銀櫃檯以確保人工收銀員都能有事做。
automatic	[,ɔtə`mætɪk] **adj** 自動（式）的
automatically	[,ɔtə`mætɪkḷɪ] **adv** 自動地
	If your monthly payment for your credit card is late, you will **automatically** be charged a $30 late fee. 你的信用卡月付款若是過期繳納，你將自動被索取一筆 30 美元的滯納金。
automation	[,ɔtə`meʃən] **n** 自動操作裝置；自動化（技術）

18 **avi** bird / *root*

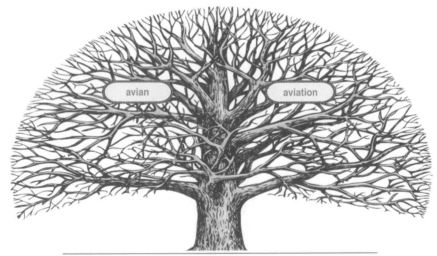

avian   aviation

avi

源來如此

    avi 表示「鳥」，鳥具有飛行能力，衍生出「飛行」的意思。**avian** 即「鳥（類）」（*avi*=bird）「的」（*-an*）；**aviation** 即「飛行」（*avi*=fly）。

MP3

avian	[`evɪən] **adj** 鳥（類）的
	補充 **avi**an flu **phr** 禽流感
aviation	[ˌevɪ`eʃən] **n** 航空、飛行
	Howard Hughes used his wealth to pursue his love for aviation, setting records as a pilot.
	霍華德．休斯運用他的財富追求對航空的熱愛，以一名飛行員身分創下諸多記錄。

19 beat, bat beat / *root*

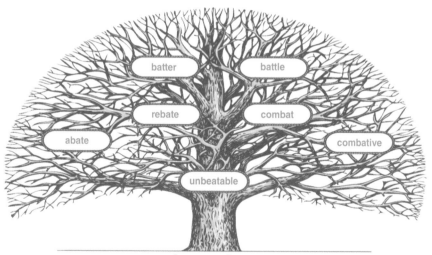

beat, bat

源來如此

　　beat 和 **bat** 兩者同源，皆表示「（擊）打」（beat）。unbeatable 本意是「無法」（*un-*=not）「打倒」（*bat*=beat）；abate 是「朝……」（*a-*=*ad-*=to）「打」（*bat*=beat），使之數量降低，引申為「減少」、「減輕」；rebate 是「反覆地」（*re-*=repeatedly）「打」（*bat*=beat），使之數量減少，引申為「折扣」、「退還」。

unbeat**able**	[ʌn`bitəbl] **adj** 無法戰勝的；（價格、優惠等）不能再好了的
abate	[ə`bet] **v** 減少、減輕
	When the violence from the protests **abated**, the tour company resumed travel to the country. 因抗議活動而引起的暴力減少時，旅行公司重啟前往該國的旅遊。
batter	[`bætə] **v** 接連猛打（尤指婦女、兒童）
rebate	[`ribet] **n** 返還（退還的部分費用）、折扣、貼現
	To promote sales of their new computers, the sales manager offered a **rebate** of $100 after purchase. 為了促銷他們的新電腦，行銷經理提供 100 美元的購買折扣。
bat**tle**	[`bætl] **n** 戰鬥、戰役
combat	[`kɑmbæt] **n**；**v** 戰鬥、反對
combat**ive**	[kəm`bætɪv] **adj** 好戰的、好鬥的、好事的

20 **bio** life / *root*

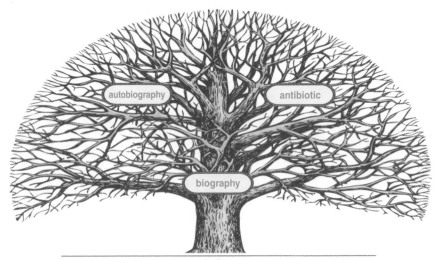

autobiography antibiotic

biography

bio

bio 表示「生命」（life）。**bio**graphy 本意是「書寫」（*-graph*=write）「生命」（*bio*=life）的歷程，引申為「傳記」；anti**bio**tic 本意是「對抗」（*anti-*=against）「生命」（*bio*=life），引申為能抑制某種生物生長的「抗生素」。

bio**graphy**	[baɪˋɑgrəfɪ] **n** 傳記、經歷介紹
	Even though he has been dead for over 150 years, the **bio**graphy of Abraham Lincoln is on the best seller list. 儘管已過世超過 150 年，亞伯拉罕‧林肯的傳記仍在暢銷名單中。
autobio**graphy**	[ˌɔtəbaɪˋɑgrəfɪ] **n** 自傳
antibio**tic**	[ˌæntɪbaɪˋɑtɪk] **n** 抗生素

21 **brief, brev** brief /*root*

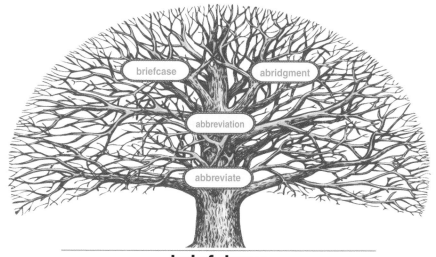

briefcase   abridgment

abbreviation

abbreviate

brief, brev

brief 和 brev 同源，皆表示「簡短的」（short）。briefcase 的 brief 指報紙上的「簡略報導」，代指「報紙」，briefcase 本指裝「報紙」（brief =newspaper）的「箱子」（case），後來語意轉變，指「公事包」；abbreviate 本意是使變「簡短」（briev=short），引申為「縮寫」；abridgment 源自古法語，字根 briev 產生變體，本意是使變「簡短」（bridg=briev=short），引申為「刪節」。

abbrev**iate**	[ə`brivɪ͵et] **v** 縮寫、使簡短
	On the business card, the title of Vice President was **abbreviated** to VP to make sure there was enough space. 名片上，副總裁的頭銜縮寫為「VP」以確定有足夠的空間。
abbrev**iation**	[ə͵brivɪ`ʃən] **n** 縮寫
briefcase	[`brif͵kes] **n** 公事包
	A man in a suit and sunglasses carried a **briefcase** into the hotel lobby, looking very suspicious to the guests. 一名穿著西裝、戴著太陽眼鏡的男子提著一只公事包進入飯店大廳，對住宿客人來說看起來頗有蹊蹺。
abrid**gment**	[ə`brɪdʒmənt] **n** 刪節、刪節過的版本

MP3

22 **burs** purse / *root*

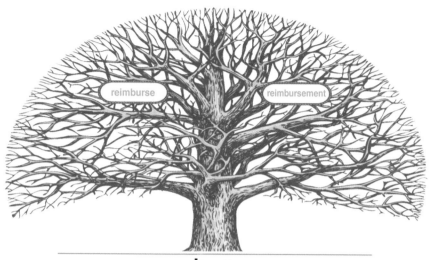

reimburse　　reimbursement

burs

源來如此

　　purse 和 *burs* 同源，皆表示「錢包」（purse）。reim**burs**e 是將錢放「回」（*re-*=back）「錢包」（*burs*=purse）「內」（*im-*=in），引申為「補償」。

---

reimburse**	[‚riɪmˋbɝs] **v** 補償、核銷
	The junior manager had the economy class airline ticket, and he was **reimbursed** 50% of the value when he cancelled his plans.
	襄理有經濟艙機票，當他取消方案時，他獲得了票價 50% 的償還。
	補充 get reim**burs**ed for **phr** 得到……的核銷
reimbursement**	[‚riɪmˋbɝsmənt] **n** 補償、費用核銷

23 café coffee / root

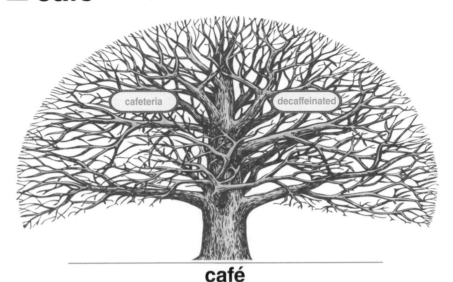

cafeteria decaffeinated

café

源來如此

　　coffee 和 *café* 同源，原意是「咖啡」（coffee）。**café**teria 本意是喝「咖啡」（*café*=coffee）的「地方」（*teria*=place where something is done），1890 年代語意改變，變成「自助餐廳」；**de**caffeinated 指去「除」（*de-*=away）「咖啡」（*caffe*=coffee）「因」（*-in*=*-ine*）「的」（*-ed*）。

caféteria	[ˌkæfəˋtɪrɪə] **n** （公司或學校內的）自助餐廳
	American students usually eat in a high school **cafeteria**, where everyone can sit together and make friends. 美國學生經常在中學自助餐廳用餐，在哪裡每個人可以坐在一起，並且交朋友。
decaffeinated	[dɪˋkæfɪ͵netɪd] **adj** 除去咖啡因的

MP3

24 **cand** white / *root*

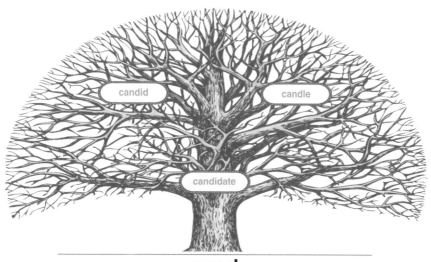

cand

源來如此

　　cand 是「白色」（white）、「發光」（shine）。**cand**idate 來自一則典故，傳說古羅馬人選舉或求公職的人都要穿「白」（*cand*=white）袍，後來引申為「候選人」、「求職應徵者」；**cand**id 本意是「白色」（*cand*=white）「的」（-*id*），引申為「坦白的」；**cand**le 是蠟燭，會「發光」（*cand*=shine）。

candidate	[`kændədet] **n** 求職應徵者、候選人
	There were 12 **candidates** for the election, and each one participated in the lengthy debate. 這場選舉有 12 名候選人，每一名都參與該場冗長的辯論會。
candid	[`kændɪd] **adj** 公平的、坦率的、（照片）乘人不備時拍的
candle	[`kændl] **n** 蠟燭

25 cap, cep, cip, cup, ceiv take / root

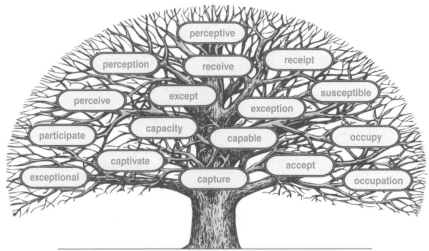

cap, cep, cip, cup, ceiv

源來如此

　　cap、*cep*、*cip*、*cup* 和 *ceiv* 皆表示「拿」、「抓」（take）。**cap**tivate 表示「抓住」（*cap*=take）「注意力」，表示「使著迷」；**cap**acity 指能「抓住」（*cap*=take）的量，引申為「容量」；**cap**able 指「能」（*-able*）「抓住」（*cap*=take）的，引申為「有能力（做……）的」；**cap**acity 指「能」「抓住」（*cap*=take）的量，引申為「容量」；ac**cep**t 本意是「抓」（*cep*=take），引申為「接受」；ex**cep**t 本意是「拿」（*cep*=take）「出去」（*ex-*=out），引申為「除了……以外」；parti**cip**ate 構詞成分類似 take part in，本義「拿」（*cip*=take）其中「一部分」（*part*），可用「參一腳」來聯想，引申為「參與」；per**ceiv**e 本意是「徹底」（*per-*=thoroughly）「拿到」（*ceiv*=take），後語意轉抽象，指徹底抓住某個概念，引申為「察覺」；re**ceiv**e 本意是「拿」（*ceiv*=take）「回」（*re-*=back），引申為「接受」；sus**cep**tible 本意是「由下往上」（*sus-*=*sub-*=up from under）「拿」（*ceiv*=take），後來語意產生改變，表示「易受感染的」、「易受影響的」；oc**cup**y 可拆解為 *oc-*=*ob-*=over、*cup*=*cap*=take、-y，其本意是 take over，即「接收」、「接管」，進而表示「佔用」、「佔領」、「忙於」等意思；oc**cup**ation 是「佔一個職缺」的意思，引申為「工作」、「職業」。

MP3

cap**ture**	[`kæptʃə] **v** 引起（注意）；奪得、捕獲
cap**tivate**	[`kæptə,vet] **v** 使著迷
cap**acity**	[kə`pæsətɪ] **n** 能力；容量、容納量；職位
	Due to cancelled orders, the factory is running below capacity. 因為訂單取消，該工廠正處於低產能的狀態。
cap**able**	[`kepəbl] **adj** 有能力（做……）的
cap**ability**	[,kepə`bɪlətɪ] **n** 能力、才能
accept	[ək`sɛpt] **v** 接受、採用
	The executive hoped his general manager would accept his offer to run the office in Madrid. 執行長希望總經理會接受他的提議去管理馬德里辦公室。 **補充** ac**cep**t the offer **phr** 接受提議的
acce**ptance**	[ək`sɛptəns] **n** 接受、領受
acce**ptable**	[ək`sɛptəbl] **adj** 可接受的、還可以的
	The insurance actuary didn't mind working overtime, but the requests he considered acceptable were working on weekdays. 該保險公司理賠員不介意加班，但他認為可接受的要求是在周間日上班。
unacce**ptable**	[,ʌnək`sɛptəbl] **adj** 不能接受的
except	[ɪk`sɛpt] **prep** 除……之外
	The new government has few options except to keep interest rates low. 新政府除了維持低利率外，沒什麼其他的選擇。 **補充** ex**cep**t for…… **phr** 除了……以外
exce**ption**	[ɪk`sɛpʃən] **n** 例外
	Without exception did the personnel manager ever find it inappropriate to go out with coworkers. 毫無例外，人事經理始終覺得跟同事外出約會不合適。
exce**ptional**	[ɪk`sɛpʃənl] **adj** 優異的、例外的

excep**tionally**	[ɪk`sɛpʃənəlɪ] **adv** 格外地、例外地
partici**pant**	[pɑr`tɪsəpənt] **n** 參與者
	Each **participant** in the educational workshop was provided a free backpack. 每一位教育工作坊的參與者獲得一個免費的背包。
partici**pate**	[pɑr`tɪsə,pet] **v** 參與、參加
	補充 parti**cip**ate in…… **phr** 參加
partici**pation**	[pɑr,tɪsə`peʃən] **n** 參與、參加、加入
antici**pate**	[æn`tɪsə,pet] **v** 預期、期望、提前支用（薪金等）
perceive	[pə`siv] **v** 察覺、感知
percep**tible**	[pə`sɛptəbl] **adj** 可察覺的、可感知的
percep**tion**	[pə`sɛpʃən] **n** 感知、感覺
percep**tive**	[pə`sɛptɪv] **adj** 感知的、敏銳的
recei**ve**	[rɪ`siv] **v** 收到、接收
	The clerk in the mail room **received** a package that was clearly marked with the words, "URGENT!" 郵件室員工收到一件清楚標示「緊急」字樣的包裹。
recei**ver**	[rɪ`sivə] **n** 電話聽筒、接受器
recei**pt**	[rɪ`sit] **n** 收據
	After the computer stopped working, Steve needed to bring it to a repair center along with a **receipt**. 電腦停止運作之後，史提夫必須拿它去維修中心，收據一起帶著。
recep**tion**	[rɪ`sɛpʃən] **n** 接待、歡迎會；（旅館、公司、醫院等的）接待處
recep**tionist**	[rɪ`sɛpʃənɪst] **n** 接待員
	Given that it was an international trading company, they were seeking a bilingual **receptionist**. 由於是一家國際貿易公司，他們一直在找雙語接待員。
recep**tive**	[rɪ`sɛptɪv] **adj** 善於接受的
reci**pient**	[rɪ`sɪpɪənt] **n** 收件人

reci**pe**	[ˋrɛsəpɪ] **n** 食譜
suscep**tible**	[səˋsɛptəbl] **adj** 易受感染的、易受影響的
occu**py**	[ˋɑkjə,paɪ] **v** 使用、佔用（空間、面積、時間等）
occu**pation**	[,ɑkjəˋpeʃən] **n** 職業
	One of the most dangerous occupations in the world is deep sea fishing. 世界上最危險的職業之一是深海捕魚。

26 **cast** throw／*root*

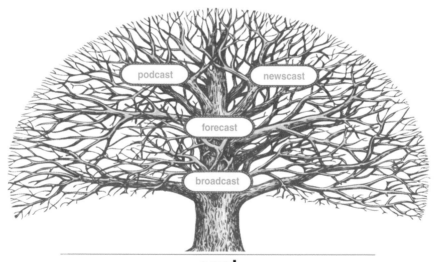

cast

源來如此

　　cast 表示「投擲」（cast）的意思。broad**cast** 是「廣泛」（*broad*）「投擲」（*cast*=throw），引申為「廣播」；fore**cast** 是「丟」（*cast*=throw）「前面」（*fore-*=before），引申為「預測」；pod**cast** 是 iPod 和 broad**cast**（廣播）的混成詞，是一種數位媒體，訂閱者可藉由電子裝置來收聽或收看節目。

broadcast	[`brɔd,kæst] **n** 廣播（節目）
	During the broadcast, the news reporter could be seen trying to stay on his feet in the typhoon. 播報期間，該名新聞記者能被看見要一直在颱風中站穩腳步。
forecast	[`for,kæst] **n**；**v** 預測、預期
	The weather forecast predicted a warm and sunny weekend, so the couple planned to have a picnic. 天氣預測周末是溫暖晴朗，因此這對夫婦規劃來個野餐。
podcast	[`pɑd,kæst] **n** 播客
newscast	[`njuz,kæst] **n** 新聞廣播

27 ced, ceed, cess　go, yield ／*root*

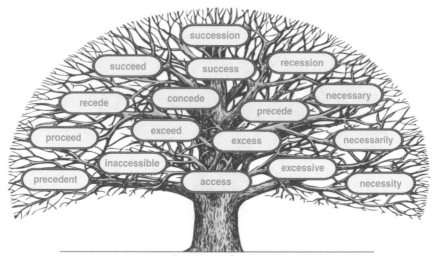

ced, ceed, cess

源來如此

　　ced、*ceed* 和 *cess* 皆表示「走」（go）、「退讓」（yield）。access 本意是「向……」（ad-=to）「走」（ceed=go），因此有「進入」、「入口」等衍

MP3

生意思；exceed 表示「走」（*ceed*=go）到「外面」（*ex-*=out），跨越界線，引申為「超過」；concede 指讓某物「走」（*ced*=go）開，因此有「讓步」、「承認」等意思；precede 本意是「走」（*ced*=go）「前面」(*pre-*=before)，引申為「比……優先」；succeed 本意是跟在「後面」（*suc-*=*sub-*=after）「走」（*ceed*=go），引申為「繼任」、「連續」，後來指有好的結果，又當「成功」解釋；recession 本意是往「後」（*re-*=back）「走」（*cess*=go），引申為「（經濟）衰退」；necessary 本意是「不能」（*ne-*=not）「走（開）」（*cess*=go），引申為「必要的」。

access	[`æksɛs] **n** 使用權、接近；通道；**v** 接近、到達……
accessible	[æk`sɛsəbl] **adj** 可進入的、可利用的、可得到的
	Automated teller machines (ATMs) have made money more accessible to travelers around the world. 自動提款機已使全世界的旅行者更容易領取金錢。
inaccessible	[,ɪnæk`sɛsəbl] **adj** 不能進去的、不能利用的
accessibility	[æk,sɛsə`bɪlətɪ] **n** 可接近性、無障礙
exceed	[ɪk`sid] **v** 超過……
	If you exceed the stated 8-person limit in the elevator, you run the risk of structural failure. 如果電梯裡超過聲明的八人限制，就是甘冒結構故障的風險。
excess	[ɪk`sɛs] **n** 超過、過量
	The dinner party served ten tables, and at its conclusion, the organizer bagged the excess food to take home. 晚宴提供十桌，但在最後主辦者將過量的食物帶回家。
excessive	[ɪk`sɛsɪv] **adj** 過度的、過分的
concede	[kən`sid] **v** 容許、讓步

concess**ion**	[kənˋsɛʃən] **n** 讓步、特許權
	The general affairs director made a **concession** to the students' demands and hired a different vendor for school lunches. 總務主任對學生的要求讓步，雇用不同的學校午餐供應商。
preced**e**	[priˋsid] **v** 在……之前、比……優先
preced**ent**	[ˋprɛsədənt] **n** 先例
	Giving the customer to get full refund on a used car set a dangerous **precedent** for the company. 給予該名客戶二手車全額退費為公司設下一個危險的先例。
unpreced**entedly**	[ʌnˋprɛsədəntɪdlɪ] **adv** 預料之外地
proceed	[prəˋsid] **v** 著手、繼續進行
proced**ure**	[prəˋsidʒə] **n** 程序、手續、手術
	A simple **procedure** involving the widening of the nasal passage can end the problem of snoring for good. 加寬鼻道的一個簡單手術能夠永久終止打鼾的問題。
predecess**or**	[ˋprɛdɪˏsɛsə] **n** 前任者
reced**e**	[rɪˋsid] **v** （價格、品質）倒退
succeed	[səkˋsid] **v** 成功；接著發生；繼任
success	[səkˋsɛs] **n** 成功、成就
success**ful**	[səkˋsɛsfəl] **adj** 成功的
	The **successful** after-school study program increased the graduation rates of indigenous students by 20%. 該項成功的課後讀書計劃增加 20% 的原住民學生畢業比例。
success**fully**	[səkˋsɛsfəlɪ] **adv** 成功地
success**ion**	[səkˋsɛʃən] **n** 連續
recess	[rɪˋsɛs] **n** 休會

re**cess**ion	[rɪ`sɛʃən] **n** （經濟）衰退
	The real estate market cooled off, lowering home prices and leading to an economic recession. 房地產市場疲弱，房價下跌，導致一波經濟衰退。
ne**cess**ary	[`nɛsə,sɛrɪ] **adj** 必要的
ne**cess**arily	[`nɛsəsɛrɪlɪ] **adv** 必然
ne**cess**ity	[nə`sɛsətɪ] **n** 需要、必要性
ne**cess**itate	[nɪ`sɛsə,tet] **v** 使……成為必要

28 **check** check / *root*

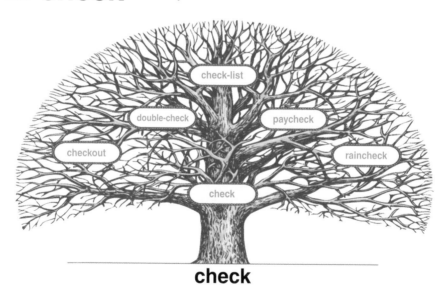

check-list

double-check　　paycheck

checkout　　　　　　raincheck

check

check

　　check 源自波斯語的「王」，借進英文，指西洋棋中的「將軍」。check 的意涵經歷了複雜的發展過程，衍生出「確保準確性、真實性」的意思，例如：「檢查」、「審查」等，當名詞用時，更有「支票」的意思。一般來說，使用支票的人，其信用要比使用現金的人好。

check	[tʃɛk] **v** 檢查、檢驗；**n** 支票
	The man wrote a **check** for the landlord to pay for the first month's rent and a security deposit. 那名男子開一張支票給房東以支付首月房租及保證金。
checkout	[ˋtʃɛk,aʊt] **n**（超級市場等的）付款臺；（從旅館等的）結帳離開時間
	Select an item, add it to your cart, and proceed to **checkout**. 挑選一項物件，加到你的購物車，然後前往結帳。
double-check	[,dʌblˋtʃɛk] **v** 仔細檢查、複查
check-list	[ˋtʃɛk,lɪst] **n** 檢驗單
paycheck	[ˋpe,tʃɛk] **n** 付薪水的支票；薪津
	On a biweekly schedule, you will receive a **paycheck** every other week. 依照隔周時間表，你將每隔一周收到一張薪資支票。
raincheck	[renˋtʃɛk] **n** 因原定比賽取消而補發的另一場比賽票；特價品證明

29 **cid, cas** fall /*root*

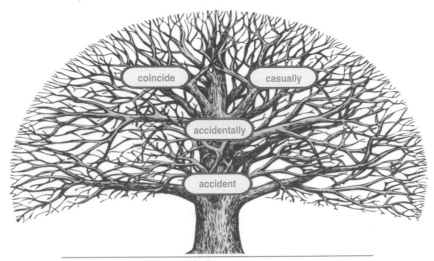

cid, cas

cid 和 *cas* 源自拉丁文，表示「降落」（fall）。acci**d**ent 表示「朝著」（*oc-*=*ob-*=towards）某人「降臨」（*cid*=fall）的「事」（*-ent*=thing），引申為「意外」，我們常說意外從天而「降」，正是此理；coin**cid**e 表示「朝著」（*oc-*=*ob-*=towards）某人「降臨」（*cid*=fall）的「事」（*-ent*=thing），引申為「意外」，coin**cid**e 本意是「一起」（*con-*=together）「落下」（*cid*=fall），引申為「同時發生」；**cas**ually 表示突然「落下來」（*cas*=fall），東西掉落，絕大部分是純屬「偶然」。

acci**d**ent	[ˋæksədənt] **n** 事故、意外
acci**d**entally	[͵æksəˋdɛntlɪ] **adv** 偶然地
	An engineer **accidentally** left food on a radar dish, and it was cooked by the radiation. 一名工程師意外將食物留在雷達天線上，食物就被輻射煮熟了。
coinci**d**e	[͵koɪnˋsaɪd] **v** 同時發生
	The increase in cell phone prices **coincides** with the shortage of rare earth metals that are used in components. 手機價格增加與用於手機零組件的稀土金屬的短缺同時發生。
casually	[ˋkæʒjʊəlɪ] **adv** 偶然地、無意地

30 **cid, cis** cut / *root*

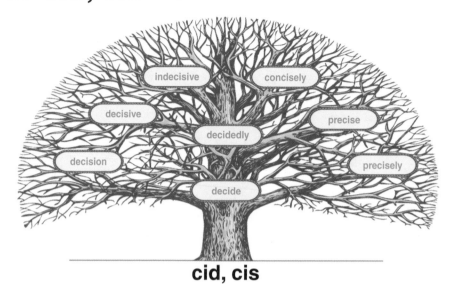

cid, cis

源來如此

　　cid 和 *cas* 源自拉丁文，表示「切」（cut）。decide 表示「切」（*cid*=cut）「開」（*de-*=off），因為做「決定」是要「當機立斷」的；concise 表示「切割」（*cis*=cut）乾淨，引申為「簡潔的」；precise 表示「事先」（*pre-*=before）規劃如何「切」（*cis*=cut），引申為「精確的」。

decide	[dɪ`saɪd] **V** 決定
	The buyer liked the home, but he wanted to have it inspected before he **decided** on purchasing it. 該名買家喜歡這套房子，但他要在下決心購買前先檢視一番。 補充 de**cide** on phr 考慮後選定……
decidedly	[dɪ`saɪdɪdlɪ] **adv** 確實地、明確地、斷然地
decision	[dɪ`sɪʒən] **n** 決定
decisive	[dɪ`saɪsɪv] **adj** 決定性的、堅決的

MP3

indecisive	[ˌɪndɪˈsaɪsɪv] **adj** 無法解決的;優柔寡斷的
	The purchasing agent was indecisive about buying raw materials from this company, because they did not have good references. 採購專員對於向這家公司購買原料舉棋不定,因為沒有可信的證明。
concisely	[kənˈsaɪslɪ] **adv** 簡潔地
	The physicist was required to explain the solution concisely, because there wasn't time to waste. 物理學家被要求簡潔說明該解決方案,因為沒有時間可浪費。
precise	[prɪˈsaɪs] **adj** 精確的、準確的
	The draftsman drew a precise floorplan of the new building and submitted it with the required budget. 製圖人員繪製一張精確的新建物平面圖,然後連同所需預算一起送出。
precisely	[prɪˈsaɪslɪ] **adv** 精確地

31 **circ** round, around / *root*

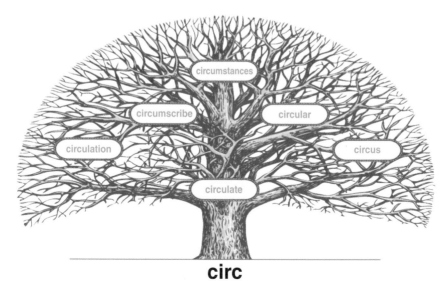

circumstances
circumscribe
circular
circulation
circus
circulate

circ

circ 源自拉丁文，表示「圓形」（round）、「環繞」（around）。circulate 本意是「使……」（-ate=make）成為一個「圓圈」（circ=circle），引申為「循環」、「流傳」，其名詞 curculation 當「（報刊的）發行量」、「流通」解釋；circumscribe 表示「寫（畫）」（scrib=write）個「圓圈」（circ=circle），圈出範圍，引申為「限制」；circumstance 表示一個人所「站」（sta=stand）之處的「周遭」（circ=circle），引申為「狀況」、「環境」；circus 表示「圓形」（circ=round）之「物」（us），本指古羅馬「圓形露天競技場」，因為現代的馬戲團也常在圓形場地中演出，因此產生「馬戲團」的意思。

circulate	[ˋsɝkjə‚let] **v** （使）循環、（使）流通、（使）散布
circulation	[‚sɝkjəˋleʃən] **n** （報刊的）發行量、流通
	The local newspaper only has a **circulation** of 20,000, but it is very influential in the community. 該當地報紙只有 20,000 份的發行量，但在群眾中極具影響力。
circumscribe	[ˋsɝkəm‚skraɪb] **v** 限制
circumstances	[ˋsɝkəm‚stænsɪs] **n** 狀況、環境
	Under different **circumstances**, the man would have chosen to go to college, but he needed to work to feed his family. 景況不同，該名男子是要選擇上大學，但他需要工作養家。
circular	[ˋsɝkjələ] **adj** 環形的、拐彎抹角的；**n** 公告、傳單
circus	[ˋsɝkəs] **n** 馬戲團、馬戲表演

32 **clar** clear / *root*

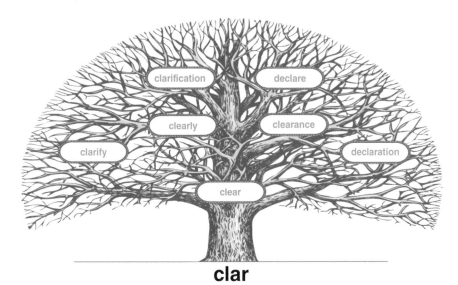

clar

源來如此

　　clear 和 *clar* 同源，表示「清楚的」、「清澈的」、「清除」（clear）的意思。clearance 是「清除」庫存，引申為「清倉」；clarify 是「使……」（-fy）想法變得「清楚」（*clar*=clear），引申為「澄清」；declaration 是試圖讓自己的想法變得「清楚」（*clar*=clear），引申為「聲明」。此外，declare 又可作「申報」解釋，因為報稅時需「清楚」交代自己收入。

clear	[klɪr] **adj** 晴朗的；清楚的；**adv** 遠離；**v** 清除
	補充 **clear** A from B **phr** 把 A 從 B 清除
clear**ly**	[ˋklɪrlɪ] **adv** 清楚地、顯然
clear**ance**	[ˋklɪrəns] **n** 清除；清倉；准許
	The department store lowered its prices on the day after Christmas to have a clearance of its unsold products.
	百貨公司在耶誕節隔天降低售價以將未售出的商品清倉。

clarify	[ˈklærəˌfaɪ] **V** 澄清、使純淨
	The secretary returned to her manager's office to **clarify** the last request that he made. 秘書回到她的經理辦公室以釐清他所做的最後要求。
clarification	[ˌklærəfəˈkeʃən] **n** 澄清
declare	[dɪˈklɛr] **V** 宣告、聲明
declaration	[ˌdɛkləˈreʃən] **n** 聲明、（納稅品等的）申報
	The District Court made a **declaration** that the agreements remained in full force and effect. 地方法院聲明該協議仍然完全有效。

33 **clud, clus, close** close / root

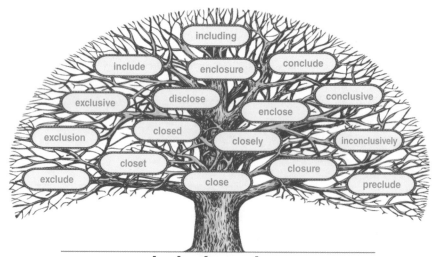

clud, clus, close

源來如此

　　clud、*clus* 和 *close* 皆表示「關閉」（close）的意思。**clos**et 是可以「關」（close）上門的「壁櫥」、「衣櫃」；**clos**ure 常指工廠、學校、醫院

MP3

等（永久的）停業、「關閉」、倒閉；disclose 是「關閉」（close）的「相反」（opposite of）動作，沒有將消息封閉，表示將事實、秘密等「公開」、「透露」；enclosure 是將信件「關」（clos=close）在信封內，以便寄出，引申為「（信中）附件」；exclusive 是將把東西「關」（clus=close）在「外」（ex-=out）的，表示「排除在外」，引申為「獨佔的」；including 的意思是「關」（clud=close）在「裡面」（in-=in），引申為「包括」；conclude 表示把所有東西「關」（clud=close）在「一起」（con-=together），表示把重點抓在一起，引申為「下結論」；preclude 表示「事先」（pre-=before, ahead）「關」（clud=close）起門來，不允許進入，引申為「阻止」、「妨礙」。

close	[klos] **adj** 近的、接近的；密切的、親密的 **adv** 接近、靠近地 **補充** **close** a deal…… **phr** 成交、做成生意 **close** down…… **phr** 關閉、停業
clos**et**	[`klɑzɪt] **n** 壁櫥、衣櫥
close**d**	[klozd] **adj** 封閉的、關閉的
close**ly**	[`kloslɪ] **adv** 仔細地、嚴密地
clos**ure**	[`kloʒɚ] **n**（永久的）停業、關閉、倒閉
disclose	[dɪs`kloz] **v** 公開、透露
	During the divorce proceedings, the attorney ordered the husband to disclose any offshore assets. 離婚訴訟期間，律師要求先生公開任何海外資產。
enclose	[ɪn`kloz] **v** 封入……；圍繞
enclos**ed**	[ɪn`klozd] **adj** 被附上的
	Enclosed in the envelope were two roundtrip airplane tickets to Hawaii. 信封附上二張夏威夷來回機票。
enclos**ure**	[ɪn`kloʒɚ] **n** 封入、附件、圍繞
exclude	[ɪk`sklud] **v** 排除、除外

exclud**ing**	[ɪk`skludɪŋ] **prep** 除了……以外
	The advertised price for the hotel room was $59 per night, **excluding** taxes and a parking fee. 飯店廣告價格是每晚 59 美元，不含稅金及停車費。
exclus**ion**	[ɪk`skluʒən] **n** 排除在外
exclus**ive**	[ɪk`sklusɪv] **adj** 獨有的、排外的
exclus**ively**	[ɪk`sklusɪvlɪ] **adv** 獨佔地、排外地
includ**e**	[ɪn`klud] **v** 包含
includ**ing**	[ɪn`kludɪŋ] **prep** 包括……
	The interior designer got more than he expected when hired by the company, **including** the use of a company car. 受雇於公司時，該室內設計師獲得的比預期的還多，包括公司車輛的使用權。
conclu**de**	[kən`klud] **v** 下結論
conclu**sion**	[kən`kluʒən] **n** 結論 補充 reach a con**clus**ion **phr** 達成結論
	The only **conclusion** reached at the end of four days of negotiations was that neither side would concede any territory. 四天協商結束時唯一達到的結論是任一方都不願退讓任何區域。
conclu**sive**	[kən`klusɪv] **adj** 決定性的、確實的
inconclu**sively**	[ˌɪnkən`klusɪvlɪ] **adv** 非決定性地
preclu**de**	[prɪ`klud] **v** 防止

MP3

34 **come** come / *root*

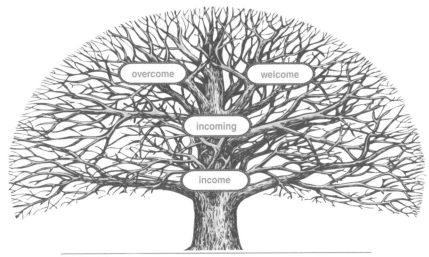

come

源來如此

　　come 表示「來」。in**come** 是「來到」（come）「裡面」（in-），在商業用法裡，表示「錢進到裡面」，引申為「收入」；over**come** 是「來到」（come）「另一端」（over-），引申為「戰勝」、「克服」。

in**come**	[ˈɪn,kʌm] **n** 收入、收益
	The factory sub-chief's **income** was greater than in his previous job, but his living expenses greatly increased, too. 副廠長的收入較前一工作豐碩，但是他的生活開銷也大幅增加。 **補充** in**come** tax **phr** 所得稅
in**com**ing	[ˈɪn,kʌmɪŋ] **adj** 到來的、即將就任的
over**come**	[ˌovə`kʌm] **v** 戰勝、克服
	The student from a single family had to **overcome** her family's extreme poverty and put herself through school. 來自單親家庭的那位學生必須克服她家庭的赤貧，並且供自己上學。
wel**come**	[ˈwɛlkəm] **v** 歡迎

35 **commun** common / *root*

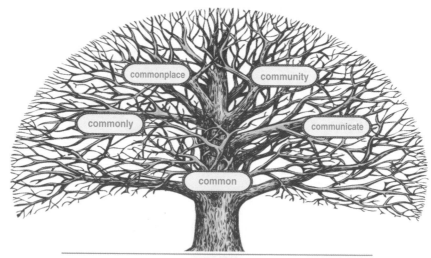

commun

common	[`kɑmən] **adj** 普通的；共同的
	The tenant and his landlady shared a **common** interest in collecting postage stamps. 該名房客與他的女房東有收集郵票的共同興趣。
	補充 **common** interest… **phr** 共同利益、共同的興趣 **common** practice **phr** 慣例；習慣做法
commonly	[`kɑmənlɪ] **adv** 普遍地；共同地
commonplace	[`kɑmən,ples] **n** 尋常的事物；**adj** 平凡的、普通的
community	[kə`mjunətɪ] **n** 社區；社群
	Teenagers are becoming more disconnected from their **communities**, leading to many social problems. 青少年與他們的社區變得更加疏離，導致許多社會問題。

communicate	[kə`mjunə,ket] **v** 溝通
	Parents who don't **communicate** frequently with their children risk behavioral issues. 不常與他們的孩子溝通的父母便承擔著行為問題的風險。

36 **con-** together / *prefix*

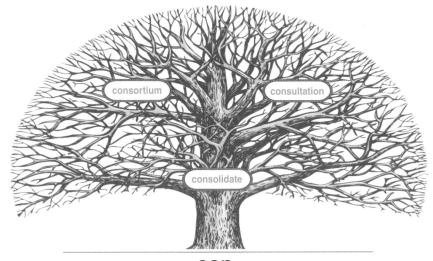

consortium

consultation

consolidate

con-

源來如此

con- 表示「和」（with）、「一起」（together）。

consolidate	[kən`sɑlə,det] **v** 統一、鞏固、加強
	This marriage of convenience was arranged to **consolidate** the assets of two families. 這場基於利害關係的婚姻的安排是為鞏固二家族的資產。
consortium	[kən`sɔrʃɪəm] **n** 合夥、聯合；國際財團
consultation	[,kɑnsəl`teʃən] **n** 商議、（磋商）會議

37 **cord, cour** heart / *root*

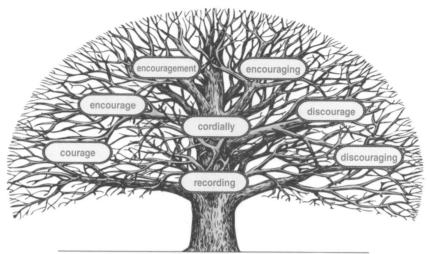

cord, cour

　　cord 和 *cour* 皆表示「心」（heart）。**record** 表示讓事件「儲存」（*re-* =store）在內「心」（*cord*=heart），引申為「記錄」，**record**ing 為「錄音」、「唱片」；**cour**age 表示發自內「心」（*cour*=heart）的「勇氣」；**cord**ially 指發自內「心」（*cord*=heart）的；**en**cour**age 表示「使」（*en-*=make）有「勇氣」（*courage*），引申為「鼓勵」；dis**cour**age 表示「勇氣」（*courage*）「離開」（*dis-*=away），表示「使……洩氣」、「使……打消念頭」。

recording	[ˋrɛkədɪŋ] **n** 錄音、唱片
cordially	[ˋkɔrdʒəlɪ] **adv** 誠摯地
courage	[ˏkɝɪdʒ] **n** 勇氣
encour**age**	[ɪnˋkɝɪdʒ] **v** 鼓勵、促使
	The new teaching methods **encourage** children to become independent learners. 這新式教學法促使孩童成為獨立學習者。
encour**agement**	[ɪnˋkɝɪdʒmənt] **n** 鼓勵

encou**rag**ing	[ɪn`kɝɪdʒɪŋ] **adj** 鼓勵的、令人振奮的
discou**rage**	[dɪs`kɝɪdʒ] **v** 使……洩氣、使……打消念頭
	The future manager **discouraged** him from investing in a new tech company without performing due diligence. 期貨管理人要他打消投資一家新科技公司的念頭，除非有做足功課。
discou**rag**ing	[dɪs`kɝɪdʒɪŋ] **adj** 令人洩氣的

38 **corp, corpor** body／*root*

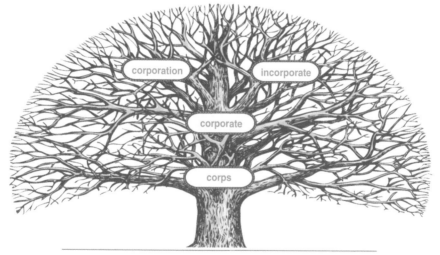

corp, corpor

源來如此

　　corp 和 *corpor* 皆表示「體」、「人體」（body）。**corp**s 來自法語，是由一群人所組成的群「體」（*corp*=body），引申為「團隊」、「團體」；**corpor**ate 本意是聯合成一個「群體」（*corpor*=body）「的」（*-ate*），引申為「團體的」、「公司的」；**corpor**ation 是基於特地目的，由許多人所組成的「群體」（*corpor*=body），引申為「公司」、「法人」；in**corpor**ate 是將……納入「體系」（*corpor*=body）「裡面」（*in*），引申為「把……合併」。

corps	[kɔr] **n** 團隊
corporate	[ˋkɔrpərɪt] **adj** 團體的、公司的、法人的
	The **corporate** bylaws prohibit any person to serve as Chairman of the company for more than four years. 公司章程禁止任何人擔任公司董事長超過四年。
corporation	[͵kɔrpəˋreʃən] **n** 公司、法人
	The multinational **corporation** avoided paying taxes by choosing the small island country as its headquarters. 該跨國公司藉由選擇小型島國作為公司總部來避免支付稅金。
incorporate	[ɪnˋkɔrpə͵ret] **v** 把……合併、使併入

39 **count** reckon / *root*

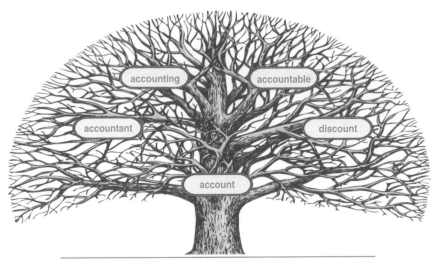

count

MP3

count 表示「計算」（reckon）。account 表示「去」（*ac-*=*ad-*=to）「計算」（*count*=reckon），引申為「帳戶」；accountant 本意是「計算」（*count*=reckon）數字的「人」（*-ant*=one who），引申為「會計師」；discount 表示「算」（*count*=reckon）錢時扣除部分金額，拿「開」（*dis-*=away）這些錢，引申為「折扣」。

account	[əˋkaʊnt] **n** 帳號、帳戶；**v** 解釋、說明
	When her father died, Sarah needed to bring documents to the bank to gain access to his account. 父親過世後，沙菈必須攜帶文件到銀行以取得他的帳戶。 **補充** be ac**count**ed for **phr** 清點、記錄
account**ant**	[əˋkaʊntənt] **n** 會計師
	The charity was required to hire a certified accountant in order to keep track of its donations. 為了瞭解捐款動態，該慈善機構被要求聘雇一名有合格證書的會計師。
account**ing**	[əˋkaʊntɪŋ] **n** 會計、會計學
account**able**	[əˋkaʊntəbl] **adj** 應負責的
discount	[ˋdɪskaʊnt] **n** 折扣
	The factory needed to offer a 10% discount to compete with its competitors in Southeast Asia. 為了與東南亞競爭者競爭，該工廠必須提供一成折扣。

40 cre, creat, creas grow / root

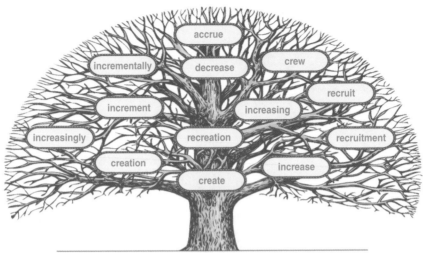

cre, creat, creas

源來如此

　　cre、**creat** 和 **creas** 皆表示「成長」（grow）。**creat**ion 是「創造」，表示使內容「成長」（*creat*=grow）；re**creat**ion 字面意思是「再次」（*re-*=again）「成長」（*creat*=grow），後來指做一些事讓自己的身心靈「重新」「成長」，使人輕鬆、恢復精神，引申為「娛樂」、「消遣」；in**crease** 表示「內部」（*in-*=in）「成長」（*creas*=grow），表示「增加」；de**crease** 表示「離開」（*de-*=away from）「成長」階段，引申為「減少」；ac**crue** 是利息、債務、存款「成長」（*creas*=grow），引申為「（利息）等孳生」；**crew** 是「全體船員」、「全體機務人員」，機組的人員數量會因為招募不斷「成長」；re**cruit** 是為了成員「再次」（*re-*=again）「成長」（*cruit*=grow），引申為「招募」。

crea**te**	[krɪ`et] **V** 創造、創作
crea**tion**	[krɪ`eʃən] **n** 創設、創造、創立
	The **creation** of his college savings account when he was an infant was one of the wisest moves that his parents had made.
	在他嬰兒時期便開立他的大學存款帳戶是他的父母最明智的舉動之一。

recrea**t**i**on**	[ˌrɛkrɪˋeʃən] **n** 娛樂、消遣
	The factory chief booked a weekend at a resort that offered recreation designed for married couples. 廠長在一處專為已婚夫婦設計並提供娛樂的度假勝地預約一個周末。
increas**e**	[ɪnˋkris] **v** 增加；[ˋɪnkris] **n** 增加
	Some companies in Japan discovered they could increase productivity by offering employees a 4-day work week. 一些日本公司發現他們可以藉由提供員工一周工作四天以增加產能。
increas**ing**	[ɪnˋkrisɪŋ] **adj** 增加中的
increas**ingly**	[ɪnˋkrisɪŋlɪ] **adv** 漸增地、越來越……
incre**ment**	[ˋɪnkrəmənt] **n** 增加、增額
incre**mentally**	[ˌɪnkrəˋmɛntlɪ] **adv** 遞增地
decreas**e**	[ˋdikris] **n**；**v** 減少
	The political candidate promised to decrease the government's budget by reducing wasteful spending. 該名政治候選人承諾降低浪費的支出以減少政府預算。
accrue	[əˋkru] **v** （利息）等孳生；增加
crew	[kru] **n** 全體船員、全體機務人員
	The night crew of the factory were given a 10% raise in order to get more employees to join. 為了得到更多的員工加入，工廠夜班組員獲得 10% 的加薪。
recruit	[rɪˋkrut] **v** 招募
	The ESL manager of the school held a job fair in California to recruit more English teachers. 學校的 ESL 經理在加州舉辦一場徵才大會以招募更多的英語教師。
recru**itment**	[rɪˋkrutmənt] **n** （新員工或成員的）招募、徵求

41 cred believe / *root*

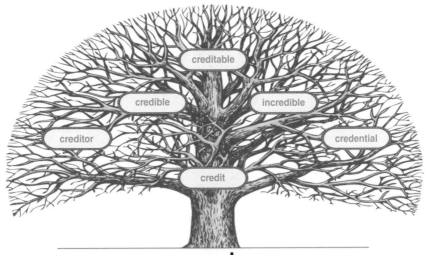

creditable

credible   incredible

creditor   credential

credit

cred

源來如此

　　cred 表示「相信」（believe）。**cred**it 表示「信」（*cred*=believe）用；**cred**ible 是「能夠」（-ible）「相信」（*cred*=believe）「的」（-ible）；**cred**ential 是可讓人「相信」（*cred*=believe）其資格的證明書。

credit	['krɛdɪt] **n** 信用
	It is nearly impossible for the average person to buy a house without having good **cred**it.
	若是沒有良好信用，一般人要買房是幾乎不可能的。
	補充 **cred**it card **phr** 信用卡　**cred**it limit **phr** 信用額度
creditor	['krɛdɪtɚ] **n** 債權人
credible	['krɛdəbl] **adj** 可信的、可靠的
	The retired professor was perceived as an honest, **cred**ible witness to the crime.
	該名退休教授被視為那起刑案的誠實且可信的證人。
creditable	['krɛdɪtəbl] **adj** 值得稱讚的、可尊敬的

MP3

incred**ible**	[ɪn`krɛdəbl] **adj** 難以置信的、驚人的
credential	[krɪ`dɛnʃəl] **n** 資格證明書

42 crit, cret, creet separate, judge / *root*

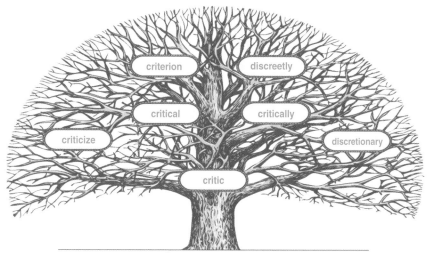

criterion　　discreetly

critical　　critically

criticize　　discretionary

critic

crit, cret, creet

源來如此

　　crit、*cret* 和 *creet* 皆源自拉丁文，表示「分開」（separate）、「判斷」（judge）。**crit**ic 是「判斷」（*crit*=judge）事情是非的人，引申為「評論家」，又當「批評者」解釋；**crit**icize 是「批評」（*crit*=judge）的動作；**crit**erion 是「判斷」（*crit*=judge）事情的標準；dis**creet**ly 本意是「分」（*creet*=separate）「開」（*dis*-=away），表示「能分辨是非對錯」，因此有「謹慎地」的衍生意思。

critic	[`krɪtɪk] **n** 評論家、批評者
critical	[`krɪtɪkl] **adj** 關鍵的、批判的
	At a **critical** point in her life, my boss met a mentor who guided her to become a successful entrepreneur. 在人生的關鍵時刻，我的老闆遇見一位引領她成為成功企業家的心靈導師。

critically	[`krɪtɪklɪ] **adv** 評論地、批判地
criticize	[`krɪtɪ,saɪz] **v** 批評
	Unlike other professors, Dr. Wharton challenged his students to **criticize** him if they felt he was wrong. 不像其他教授，瓦頓博士要學生對他提出批評，如果他們覺得他錯了的話。
criterion	[kraɪ`tɪrɪən] **n** 標準、規範
	Fluency in French was the **criterion** that the applicant from Asia did not meet to qualify for the job position. 法文流暢度是該名亞裔應徵者無法達到的職位資格標準。
discreetly	[dɪ`skritlɪ] **adv** 謹慎地、小心地
discretionary	[dɪ`skrɛʃən,ɛrɪ] **adj** 自由支配的；酌情行事的 補充 dis**cret**ionary orders **phr** 無條件的訂貨

43 **cruc, cross** cross, important point, torment / *root*

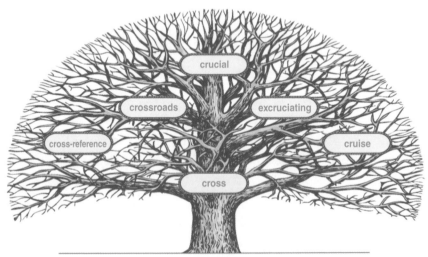

cruc, cross

MP3

cruc 源自於拉丁文，和 *cross* 同源，是「十字」（cross）、「穿越；使交叉」（cross）、「重點」（important point）、「折磨」（torment）的意思。**cruc**ial 是「十字型的」，引申為「決定性的」，可以想像為站在十字路口，要往哪個方向走，需做「決定」；ex**cruc**iating 是「非常」（*ex-*=thoroughly）「折磨」（*cruc*=torment）的，也可用站在「十字」路口，要做決定是很「折磨」人的來記憶；**cruc**ise 本意是在「跨越」（*cruc*=cross）兩個定點，來來去去，引申為「巡航」，可想像為船隻「跨越」幾個定點在海上航行。

cross	[krɔs] **v** 越過、使交叉；**n** 十字形 **補充 cross**ed lines **phr** 電話干擾
cross-reference	[krɔs`rɛfərəns] **n** 前後參照；**v** 使前後對照
crossroads	[`krɔs,rodz] **n** 十字路口、轉折點
crucial	[`kruʃəl] **adj** 十字型的、決定性的、至關重要的
	The senior consultant emphasized the management method as cruc**ial** to the project's success. 資深顧問強調管理方式對於計劃的成功至關重要。
excruciating	[ɪk`skruʃɪ,etɪŋ] **adj** 極痛苦的、極度的
crucise	[kruz] **v** 巡航、航遊、緩慢行駛於
	The retired couple have just set off on a round-the-world cruis**e**. 這對退休夫婦剛出發進行全世界旅遊航行。

44 **cur** care / *root*

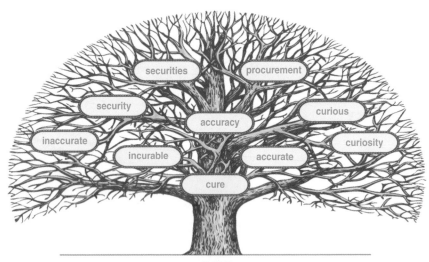

cur

源來如此

　　cur 源自於拉丁文的 cura，是「關心」（care）、「留意」（heed）的意思。**cure** 原指對病人的「關心」、「留意」（*cur*=care），引申為「治療」；**accur**ate 本意是做事「留意」（*cur*=care），做事越是留意，越能「精準」；**secur**ity 是「免於」（*se*-=free from）「關（憂）心」（*cur*=care），引申為「安全」；procu**re**ment 在拉丁文中表示「代替」（*pro*-= in behalf of）「照顧」（*cur*=care），「採購」是後來才衍生出來的意思；**cur**ious 是密切「注意」（*cur*=care）的意思，有「好奇心」的人總是會密切「注意」（*cur*=care）一些事物、現象。

| **cur**e | [kjʊr] **n**；**v** 糾正、治療 |

MP3

incu**rable**	[ɪnˋkjʊrəbl] **adj** 不可救藥的、無法矯正的
	Diagnosed with incurable cancer, the supervisor quit her job, sold her home, and spent her remaining active years traveling. 被診斷為無法醫治的癌症，督導辭去工作、賣掉房子，並將還動得了的剩餘幾年用在旅遊上。
accu**racy**	[ˋækjərəsɪ] **n** 準確度、準確性
	An atomic clock is used around the world to measure time with the greatest accuracy possible. 原子鐘用於全世界，以最大可能的準確度測量時間。
accu**rate**	[ˋækjərɪt] **adj** 準確的、精確的、正確無誤的
inac**cu**rate	[ɪnˋækjərɪt] **adj** 不正確的、不精確的
secu**rity**	[sɪˋkjʊrətɪ] **n** 安全、安全感
secu**rities**	[sɪˋkjʊrətɪs] **n** 擔保（品）、債券、證券
	The financial services company launched a new line of securities that comprise of investments in renewable energy. 該金融服務公司推出一款由可再生能源投資所組成的新債券。
procu**rement**	[proˋkjurmənt] **n** 取得；採購
	The sergeant was ordered to report to the quartermaster for the procurement of food and supplies. 該名中士受命向總部報告食物及補給品的採購。
curious	[ˋkjʊrɪəs] **adj** 好奇的、渴望知道的
curiosity	[͵kjʊrɪˋɑsətɪ] **n** 好奇心、珍品、古玩

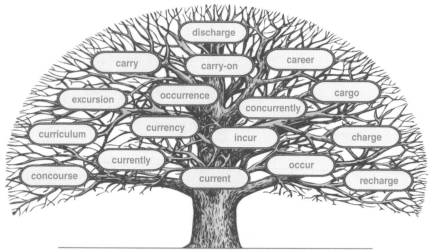

cur, cour, car, char

(source tree labels: discharge, carry, carry-on, career, excursion, occurrence, cargo, concurrently, curriculum, currency, incur, charge, currently, occur, concourse, current, recharge)

源來如此

　　cur、*cour*、*car* 和 *char* 皆表示「跑」（run）。**cur**rent 表示正在「跑」（*cur*=run）的，引申為「流通的」、「通用的」、「目前的」；**cur**rency 表示「流通」（*cur*=run）的「貨幣」；in**cur** 本意是「跑」（*cur*=run）「進來」（*in*-=in），可表示債務「跑進來」，引申為「招致（債務）」；oc**cur** 表示「朝著……」（*oc*-=*ob*-=toward）「跑」（*cur*=run）過來，表示「發生」；con**cur**rently 表示「一起」（*con*-=together）「跑」（*cur*=run）過來，引申為「同時地」；con**cour**se 表示「一起」（*con*-=together）「跑」（*cour*=run）到某地，引申為乘客匯集的「（火車站、機場等的）中央大廳」；**cur**riculum 表示在學校內要「跑」的流程，引申為「課程」，和 **cour**se（*cour*=run）同源；ex**cur**sion 表示「跑」（*cur*=run）「出去」（*ex*-=out），引申為「遠足」；**car**rier 原意是「跑」（*car*=run）道，指人一生所經歷的「職涯」生活；**car**go 是「貨物」，因為貨物需要運送，運送時「跑」（*car*=run）來「跑」去；**char**ge 是把貨物裝載到可以「跑」（*char*=*car*=run）得很遠的馬車上，因此 *char* 亦產生「裝載」（load）的意思，後來又衍生出「裝滿」、「充電」、「索取（費用）」等意思。

MP3

current	[`kɚənt] **adj** 現在的、目前的；流通的、現行的、通用的
	Click on the links below to access the **current** issue of our magazine's contents in a mobile device friendly format. 點進下面連結進到我們最新一期雜誌目錄，是以行動裝置的友善格式呈現。
currently	[`kɚəntlɪ] **adv** 現在、目前
currency	[`kɚənsɪ] **n** 貨幣
	Upon arriving to the airport, the tour guide visited the **currency** exchange counter to convert her money back to US dollars. 一抵達機場，領隊就去貨幣兌換櫃檯將她的錢換回美金。 補充 **cur**rency exchange **phr** 貨幣兌換 foreign **cur**rency **phr** 外國貨幣
in**cur**	[ɪn`kɚ] **v** 遭受（損失）、招致（債務）
	A late fee of NT25 was **incurred** when the student returned the DVD after the due date. 該名學生於到期日之後歸還 DVD，遭到收取台幣 25 元的延滯金。
oc**cur**	[ə`kɚ] **v** （事情）發生、出現
	An accident involving over ten vehicles has **occurred** in the northbound lane of Interstate 5. 五號州際公路北上車道上發生一起包括十多輛汽車的交通事故。
oc**cur**rence	[ə`kɚəns] **n** 發生
con**cur**rently	[kən`kɚəntlɪ] **adv** 同時地
con**cour**se	[`kɑnkors] **n** （火車站、機場等的）中央大廳、大堂
curriculum	[kə`rɪkjələm] **n** 課程 補充 **cur**riculum vitae **phr** 履歷書

excursion	[ɪkˈskɚʒən] **n** 遠足、短途旅行
carry	[ˈkærɪ] **v** 搬、運送、運載 補充 carry out phr 執行、貫徹
carry-on	[ˈkærɪˌɑn] **n** 登機行李、手提行李
career	[kəˈrɪr] **n** 職業生涯、（終生的）職業
	During a successful business **career**, the securities analyst accumulated a great amount of wealth. 在成功的商業職涯期間，該股票分析師累積了大筆財富。
cargo	[ˈkɑrgo] **n** 貨物
	The Coast Guard searched the **cargo** for drugs because the ship departed from a South American country. 由於該船隻自南美洲國家出港，海岸防衛隊為了毒品而搜查貨物。
charge	[tʃɑrdʒ] **n** 收費、費用；責任；**v** 裝滿；充電；索取（費用）；把……記在帳上
	The customer complained that the food was served cold, and the manager reversed the **charge** on the credit card. 該名顧客抱怨端來的食物是冷的，經理便將刷卡費用退還。
recharge	[riˈtʃɑrdʒ] **v** 再充電
undercharge	[ˌʌndɚˈtʃɑrdʒ] **v** 少收錢
discharge	[dɪsˈtʃɑrdʒ] **v** 排放

46 **cause, cus** cause / *root*

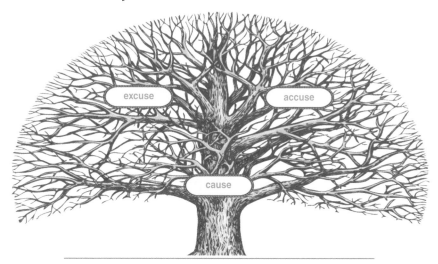

cause, cus

cause 和 *cus* 同源，皆表示「理由」、「原因」（cause）。accuse 表示「控告」，因為「指控」他人之前要先找到「原因」（*cus*=cause）；excuse 是找到「理由」（*cus*=cause）「遠離」（*ex-*=out, away）指控，尋求「原諒」。

cause	[kɔz] **n** 原因、起因、動機
excuse	[ɪk`skjuz] **n** 理由、藉口；**v** 原諒、寬恕
	The student offered the teacher one **excuse** after another to explain why he didn't turn in his homework. 為了解釋為何未繳交作業，該名學生向老師提出一個接一個的藉口。
accuse	[ə`kjuz] **v** 控告、譴責
	The policeman **accused** the protestor of throwing rocks at him, and promptly arrested him. 該名警察控告那位抗議人士向他投擲石頭，隨後迅速予以逮補。

47 **dam, demn** loss, harm / *root*

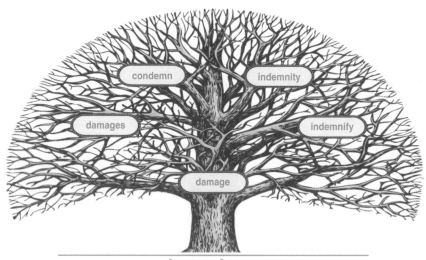

condemn   indemnity

damages   indemnify

damage

dam, demn

源來如此

　　dam 和 *demn* 皆表示「損失」（loss）、「傷害」（harm）。**dam**age 是「損失」（*dam*=loss）；con**demn** 本意是「傷害」（*demn*=harm），衍生出「譴責（傷害）」的意思，後來更產生「判決充公」的語意；in**demn**ity 本意是「沒有」（*in*-=not）造成「傷害」（*demn*=harm）或「損失」（*demn*=loss），後來語意轉變，表示「賠償」自己所造成的「傷害」（*demn*=harm）或「損失」（*dam*=loss），引申為「賠償金」。

damage	[`dæmɪdʒ] **n** 損害、損失；**v** 損害
	The insurance company reimbursed the Carson family for the **damage** to their roof caused by the storm. 保險公司賠償卡爾森家人暴風雨所造成的屋頂損害。

MP3

damages	[ˋdæmɪdʒs] **n** 賠償金
condemn	[kənˋdɛm] **v** 責難、責備、宣告沒收、充公
	In an unfair act, the government **condemned** the land before a developer purchased it at a cheap price. 在一項不公平的法令中，政府於開發商低價購入之前宣告沒入該筆土地。
indemnity	[ɪnˋdɛmnɪti] **n** 賠償、補償、賠償金、補償金
indemnify	[ɪnˋdɛmnə͵faɪ] **v** 使免於受罰、賠償、補償

48 **dis-** apart, away, not, lack of / *prefix*

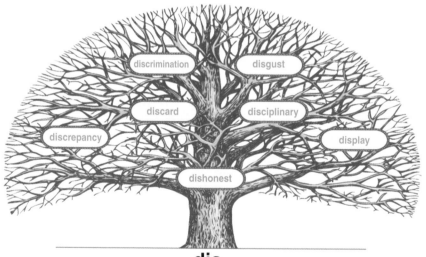

dis-

　　dis- 表示「分開」（apart）、「離開」（away）、「不」（not）、「缺乏」（lack of）。**dis**card 表示丟「開」（*dis-*=away）手上的「牌」（card），引申為「拋棄」；**dis**ciplinary 意思是一點一滴「拿」（*cip=cap*=take）「走」

（*dis-*=apart）老師所傳授知識技能，且心領神會，引申為「訓練的」，後來衍生出「懲戒性的」的語意；discrepancy 本意是東西「裂」（*crep*=crack）「開」（*dis-*=apart）發出「爆裂聲」，有異於正常的聲音，引申為「差異」、「不同」；discriminate 本意是「分」（*cr-*=separate）「開」（*dis-*=away），舉凡依種族、階級、性別等來對人進行分隔，就容易產生「歧視」；distaste 是「缺乏」（*dis-*=lack of）「味道」（taste），若對事情感到索然無味，易感「厭惡」、「反感」；display 表示將「對摺」（*play*=fold）的東西攤「開」（*dis-*=away），表示「陳列」、「展示」等。

dishonest	[dɪsˋɑnɪst] **adj** 不誠實、不正直
discard	[ˋdɪskɑrd] **v** 拋棄
disciplinary	[ˋdɪsəplɪnˏɛrɪ] **adj** 規律的、訓練的；懲戒性的
	The courts ruled in favor of taking **disciplinary** action against the chemical company. 法院裁決贊成對化學公司採取懲戒行動。
discrepancy	[dɪˋskrɛpənsɪ] **n** 差異、不同、不一致
	The investigation started when the auditor noticed a **discrepancy** between the accounting records and the actual bank balance. 查帳員注意到帳戶記錄與實際銀行餘額不一致時，調查便啟動了。
discrimination	[dɪˏskrɪməˋneʃən] **n** 歧視
disgust	[dɪsˋgʌst] **n** 厭惡、反感
display	[dɪˋsple] **v** 陳列、展示
	At the international exhibition, Huawei **displayed** their newest phones on a giant screen. 該場國際展覽會中，華為在巨大螢幕上展示他們的最新手機。

MP3

49 **de-** away, down / *prefix*

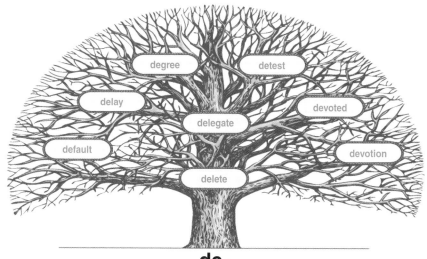

de-

源來如此

　　de- 表示「離開」（away）、「（往）下」（down）。delete 表示「抹」（*let*=wipe）「掉」（*de-*=away），引申為「刪除」；delegate 是依「法」（*leg*=law）被選出來「離開」（*de-*=away）本地到另一地的「代表」；default 是「騙」（*fault*=deceive）「走」（*de-*=away），引申為「違約」；delay 表示「讓……」（*lay*=let）「離開」（*de-*=away），引申為「延緩」；devotion 表示「發誓」（*vot*=vow）要轉「移」（*de-*=away）專注力，引申為「奉獻」。

de**lete**	[dɪˋlit] **v** 刪除、劃掉
	The legal advisor needed to spend an extra day preparing the proposal, because his assistant accidentally **deleted** his file. 法務顧問需要多花一天預備提案，因為他的助理意外刪除他的檔案。
de**legate**	[ˋdɛləgɪt] **n** 代表 [ˋdɛləˌget] **v** 委派……為代表、授（權）、把……委託給
	At the United Nations, the **delegate** from the African nation spoke out against the illegal invasion. 在聯合國，該非洲國家代表發言反對非法入侵。

default	[dɪˋfɔlt] **n** 不履行、違約、拖欠、預設值
	The technician advised the secretary to reinstall the operating system and restore the settings to its **default**. 技術員勸告秘書重新安裝操作系統，然後儲存設定到電腦的預設值。
delay	[dɪˋle] **v** 延緩、使延期
	The construction foreman **delayed** the completion date of the project and apologized to the investors. 營造監工延遲計劃竣工日期並向投資者致歉。
degree	[dɪˋgri] **n** 程度、等級、學位
detest	[dɪˋtɛst] **v** 厭惡、憎惡
devoted	[dɪˋvotɪd] **adj** 專心致志的、忠實的
devotion	[dɪˋvoʃən] **n** 獻身、奉獻

50 **dent** tooth / *root*

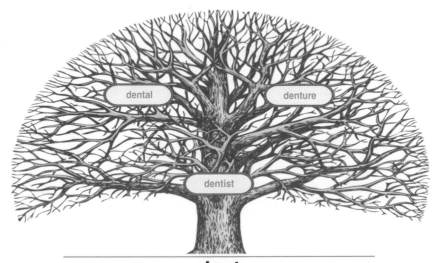

dental

denture

dentist

dent

MP3

dent 表示「牙齒」（tooth）。**dent**ist 是治療「牙齒」（*dent*=tooth）的「人」（*-ist*=one who），引申為「牙醫師」；**dent**ure 是假「牙」（*dent*=tooth）。

dentist	[`dɛntɪst] **n** 牙醫
	Not everyone likes going to the **dent**ist, and people often procrastinate when they have dental problems. 不是每個人都喜歡去看牙醫，人們遇到牙齒問題時經常延遲。
dental	[`dɛntl] **adj** 牙齒的
denture	[`dɛntʃə] **n** 假牙

51 dic, dict speak / *root*

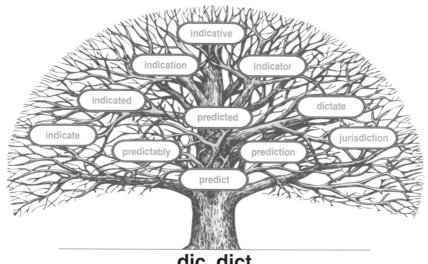

dic, dict

dic 和 dict 皆表示「說」（speak）。pre**dict** 是事「前」（pre-=before）「說」（dict=speak），引申為「預測」；in**dic**ate 表示「說」（dic=speak）出「裡面」（in-=in）的真相，引申為「指出」、「顯示」；**dict**ate 是「說」了就要別人做，引申為「支配」、「命令」；juris**dic**tion 是「法律」（jur=law）上的「說」法，引申為「司法權」。

predict	[prɪ`dɪkt] **v** 預測
	It is impossible for the average investor to **predict** the future trends of the stock market. 對該名一般投資客來說，預測股市未來趨勢是重要的。
predict**ably**	[prɪ`dɪktəblɪ] **adv** 可預料地
predict**ed**	[prɪ`dɪktɪd] **adj** 被預測的
predict**ion**	[prɪ`dɪkʃən] **n** 預測
in**dic**ate	[`ɪndə,ket] **v** 指出、顯示
in**dic**ated	[`ɪndə,ketɪd] **adj** 被表明的、被指出的
in**dic**ation	[,ɪndə`keʃən] **n** 徵兆、跡象
	The professor refuted the government report that test scores were an accurate **indication** of intelligence. 該名教授駁斥政府有關測試成績是智力準確指標的報告。
in**dic**ative	[ɪn`dɪkətɪv] **adj** 指示的、表示的
in**dic**ator	[`ɪndə,ketə] **n** 指標
dictate	[`dɪktet] **v** 口述、支配、命令
juris**dic**tion	[,dʒʊrɪs`dɪkʃən] **n** 司法權、裁判權、管轄權

 MP3

52 **don, dos** give / *root*

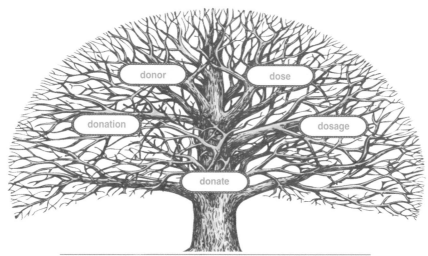

don, dos

源來如此

　　don 和 *dos* 皆表示「給」（give）。**don**ate 本意是「給」（*don*=give），引申為「捐贈」；**dos**e 是醫生「給」的東西，引申為「（藥的）一次的劑量」。

donate	[`donet] **v** 捐贈
donation	[do`neʃən] **n** 捐贈、捐獻
	A last-minute **donation** by an anonymous donor kept the orphanage from closing its doors. 一位不知名的捐款者在最後關頭的捐款使該孤兒院免於關門。
donor	[`donɚ] **n** 捐贈者
dose	[dos] **n** （藥的）一次的劑量
	The doctor made a grave error in judgment, giving the patient a fatal **dose** of painkiller. 該名醫師嚴重誤判，開給那位病患一劑致命的止痛藥。
dosage	[`dosɪdʒ] **n** 劑量

53 **duc, duct** tow, lead / *root*

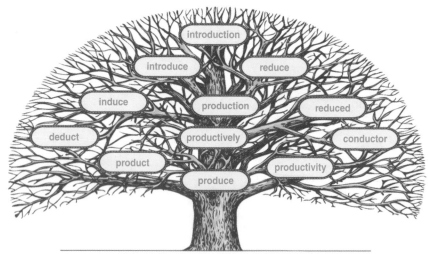

duc, duct

源來如此

　　duc 和 *duct* 皆表示「引導」（lead）、「拖、拉」（tow）。pro**duc**e 本意是「往前」（*pro-*=forward）「引導」（*duc*=lead），「生產」新產品；repro**duct**ion 表示「再次」（*re-*=again）「生產」（production），引申為「複製（品）」；de**duct** 表示「往下」（*de-*=down）「引導」（*duct*=lead），造成數字降低，引申為「扣除」；in**duc**e 表示「引導」（*duc*=lead）到「內部」（*in-*=in），引申為「引起」；intro**duc**e 表示「引導」（*duc*=lead）「進來」（*intro-*=inward），引申為「介紹」、「發表產品」；re**duc**e 表示「拉」（*duc*=tow）「回」（*re-*=back），表示「減少」；con**duct**or 表示「引導」（*duct*=lead）所有人「一起」（*con-*=together）做的「人」（*-or*），可表示樂團「指揮家」。

---

pro**duc**e	[prə`djus] **v** 生產

MP3

product	[ˈprɑdəkt] **n** 產品
	The medium-sized company relocated the manufacturing of its **product** back to Taiwan. 那家中型公司將產品製造地點遷回台灣。
product**ively**	[prəˈdʌktɪvlɪ] **adv** 有生產力地
product**ivity**	[ˌprodʌkˈtɪvətɪ] **n** 生產力
product**ion**	[prəˈdʌkʃən] **n** 生產、產量 補充 go out of pro**duct**ion **phr** （產品）停產 pro**duct**ion quota **phr** 複製（品）、再現
deduct	[dɪˈdʌkt] **v** 扣除、減除
	Every month, $100 is automatically **deducted** from his paycheck to pay for his health insurance. 每個月 100 美元會自動從他的薪資支票扣除以支付健康保險。
induce	[ɪnˈdjus] **v** 引起
	The mental illness is mainly **induced** by the trauma of participation in a military confrontation. 該心理疾病主要是參與軍事衝突的創傷所引起的。
introduce	[ˌɪntrəˈdjus] **v** 介紹、發表（產品）
	The emcee was paid to **introduce** the guest speakers at the annual tourism conference. 主持人獲聘在年度觀光大會中介紹受邀講者。
introduct**ion**	[ˌɪntrəˈdʌkʃən] **n** 介紹、引進
reduce	[rɪˈdjus] **v** 減少、縮減
	The engineers needed to **reduce** the weight and increase the strength of the metal frames of the vehicle. 工程師必須減少車輛的重量，並且增加其金屬骨架的強度。
reduc**ed**	[rɪˈdjust] **adj** 縮小的、減少的
conduct**or**	[kənˈdʌktə] **n** 指揮家

dur firm, last ╱ *root*

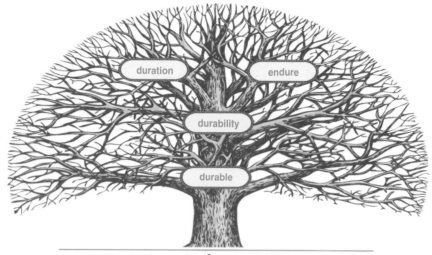

dur

┌─ 源來如此 ─

　　dur 表示「堅固的」（firm）、「持續」（last）。**dur**ability 本意是「堅固」、「持久」（*dur*=firm, last），引申為「耐用」；en**dur**e 表示「使」（*en*-=make）變「堅固的」（*dur*=firm），引申為「忍耐」。

durable	[ˋdjʊrəbl] **adj** 耐用的、持久的
durability	[ˌdjʊrəˋbɪlətɪ] **n** 耐用
	The metal alloy was developed to provide more **durability** when applied to mining equipment. 運用在採礦設備時，金屬合金被開發來提供更大的耐用度。
duration	[djʊˋreʃən] **n** 持續、期間
en**dur**e	[ɪnˋdjʊr] **v** 忍耐、忍受
	The hardest thing he had to **endure** at his job was the constant harassment from his co-workers. 他在工作上必須忍受最嚴苛的事是來自同事不斷的騷擾行為。

 MP3

55 **eco** house, living condition / *root*

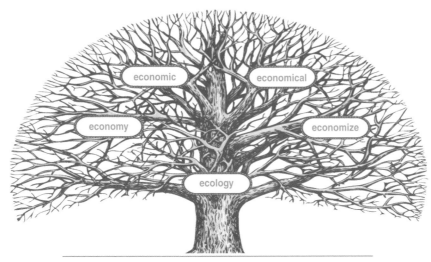

eco

源來如此

eco 表示「家」（house）、「生態」（living condition）。ecology 表示「研究」（-logy=study）「生態」（eco=living condition）的學問，即「生態學」；economy 本意是「家庭」（eco=house）「管理」，表示「經濟」、「節約」。

ecology	[ɪˋkɑlədʒɪ] **n** 生態、生態學
economy	[ɪˋkɑnəmɪ] **n** 經濟
	It is often a conservative approach that reduces consumer spending and slows down the economy. 減少消費者支出並使經濟減緩成長是一種保守的作法。
economic	[ˌikəˋnɑmɪk] **adj** 經濟的
economical	[ˌikəˋnɑmɪkl] **adj** 經濟的、節約的
	The accounting assistant did not buy a Toyota Yaris for its style, but it seemed like the most economical choice. 會計助理不是因著豐田 Yaris 的風格而購車，但這似乎是最經濟的選擇。
economize	[ɪˋkɑnə‚maɪz] **v** 節約、節省

56 **electr-** electricity, electric / *prefix*

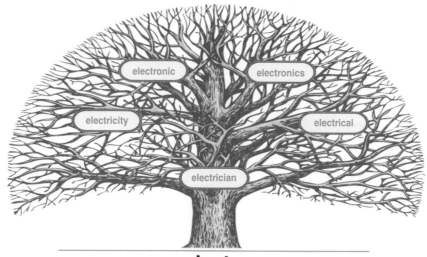

electronic
electronics
electricity
electrical
electrician

electr-

　electr- 源自希臘文，表示「電的」（electric）或「電」（electricity），本意是「琥珀」（amber）。古希臘人發現琥珀摩擦時會產生靜電，會吸引羽毛、線頭等小東西，他們稱呼這種磨擦起電的現象為 elektron。

electr**ician**	[ˌilɛk`trɪʃən] **n** 電工、電氣技師
electr**icity**	[ˌilɛk`trɪsətɪ] **n** 電能
	Nikola Tesla invented a large tower designed to distribute **electricity** wirelessly through the air. 尼古拉・特斯拉發明一座藉由空氣無線配電的巨塔。
electr**onic**	[ɪlɛk`trɑnɪk] **adj** 電子的、使用電子零件的
electr**onics**	[ɪlɛk`trɑnɪks] **n** 電子產品
	The trade show in Hong Kong featured consumer **electronics** from companies throughout Asia. 香港商展以來自全亞洲公司的消費電子產品為特色。
electr**ical**	[ɪ`lɛktrɪkl] **adj** 與電有關的、電氣科學的

MP3

57 ► -en Ⓥ /*suffix*

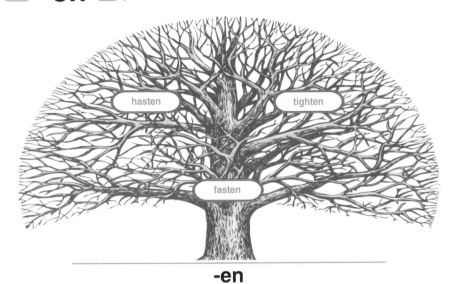

-en

源來如此

　　-en 源自古英文，為動詞字尾，加在名詞之後，表示「使……」（to cause to be）或「變……」（to become）。

fasten	[`fæsn̩] Ⓥ 緊繫、拴住
hasten	[`hesn̩] Ⓥ 催促、加速、趕緊
	Being diagnosed with diabetes only **hastened** the CFO's decision to retire. 被診斷為糖尿病只有加速財務長退休的決定。
tighten	[`taɪtn̩] Ⓥ 使變緊、加嚴

58 -ency, -ancy n / *suffix*

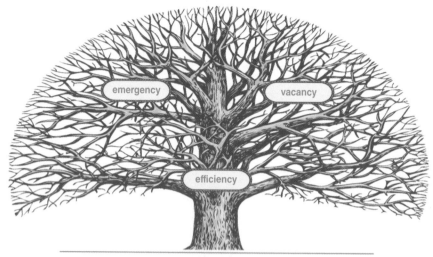

emergency

vacancy

efficiency

-ency, -ancy

源來如此

　　-ency 和 *-ancy* 皆為名詞字尾，加接在動詞或動詞字根之後，表示該「行為」或其「性質」、「狀態」等。

efficiency	[ɪˋfɪʃənsɪ] n 效率
	The company promised that the new polymer coating would increase **efficiency** of the engines by 15%. 公司保證該新型聚合物塗層將增加引擎 15% 的效率。
emergency	[ɪˋmɝdʒənsɪ] n 緊急狀況、突發事件 補充 emergency room phr 急診室
	The doctors and staff prepared for potential disaster-related **emergencies** by holding practice drills monthly. 藉由每月一次舉行演練，醫師及工作人員為可能的災難緊急狀況做準備。

MP3

vacancy	[ˋvekənsɪ] **n** 空缺、空位
	The tenured professor passed away last weekend, offering a rare **vacancy** at the university. 該名終身職教授於上周末往生,連帶提供大學一個罕見的空缺。

59 -ent adj / *suffix*

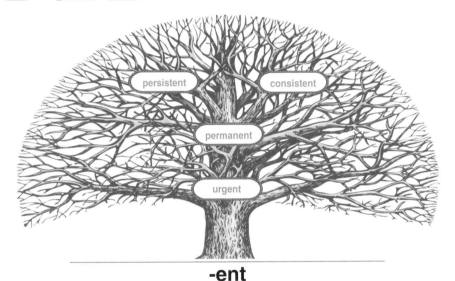

-ent

源來如此

-ent 為形容詞字尾,加在動詞或動詞字根之後。

urgent	[ˋɝdʒənt] **adj** 緊急的、急迫的
	This construction project is in **urgent** need of funding. 這項營建計劃急需資金。

permanent	[`pɚmənənt] **adj** 永久的、不變的
persistent	[pɚ`sɪstənt] **adj** 堅持不懈的、固執的、持續的
	Suffering from a **persistent** toothache, the boarder demanded that the dentist extract the tooth immediately. 遭受持續的牙痛，該名住宿生要求牙醫師立刻拔掉那顆牙齒。
consistent	[kən`sɪstənt] **adj** 始終如一的、前後一致的
	Phyllis was a valued member of the team, because of her **consistent** sales results. 菲力斯是團隊的重要成員，因為她始終如一的銷售成果。

60 **equ** even /root

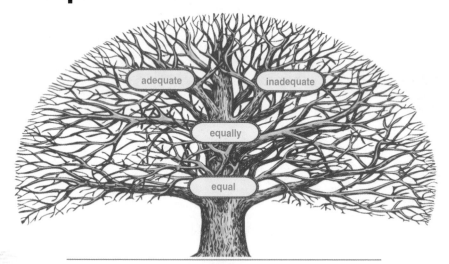

equ

源來如此

　　equ 表示「相等的」（even）。inad**equ**ate 表示和所要求的條件「不」（*in-*=not）「相等」（*equ*=even）「的」（*-ate*），表示「不足夠的」。

   MP3

equal	[ˋikwəl] **adj** 相等的
equally	[ˋikwəlɪ] **adv** 公平地、平均地
	Every food choice in the cafeteria was **equally** bad, leading to dissatisfaction among the employees. 餐廳裡每一項食物選擇都一樣糟，導致員工之間的不滿。
adequate	[ˋædəkwɪt] **adj** 適當的、足夠的
	The first settlers to the New World did not have **adequate** resources to survive and were saved by the indigenous people. 首批到達新世界的墾荒者沒有足夠的資源求得生存而被原住民拯救。
inadequate	[ɪnˋædəkwɪt] **adj** 不適當的、不足夠的

61 ▸ **-er** doer / *suffix*

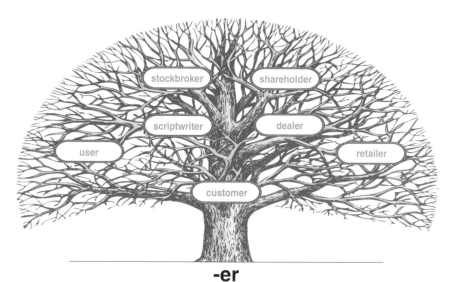

-er

源來如此

　　-er 源自古英語，是常見的字尾，大多加在動詞或名詞之後，表示「行為者」、「與某事物有關的人」，或「與某行為有關的器物」。

customer	[ˋkʌstəmɚ] **n** 顧客、客戶
	The sales representative didn't fear rejection, and he considered each person he called his next big **customer**. 該業務代表不畏懼拒絕，而且他認為每一位他打過電話的人都是他的下一位大客戶。
dealer	[ˋdilɚ] **n** 經銷商
	My cousin was such an avid collector of coins that he eventually became a coin **dealer**. 我表弟是一名非常熱衷的錢幣收藏者，後來他就成為一名錢幣交易商。
user	[ˋjuzɚ] **n** 使用者、用戶 補充 end us**er** **phr** 終端用戶
scriptwriter	[ˋskrɪpt‚raɪtɚ] **n** 編劇
stockbroker	[ˋstɑk‚brokɚ] **n** 證券和股票經紀人
shareholder	[ˋʃɛr‚holdɚ] **n** 股東
	In the annual report, every **shareholder** was provided with profit and loss figures as well as future goals. 年度報告中，每一位股東被提供損益數字及未來目標。
retailer	[rɪˋtelɚ] **n** 零售商
	With the success of online **retailers** such as Amazon and Alibaba, physical stores are having difficulty being profitable. 隨著例如亞馬遜及阿里巴巴等線上零售商的成功，實體商店正面臨獲利的困境。

MP3

62 **erg, org , work** work / *root*

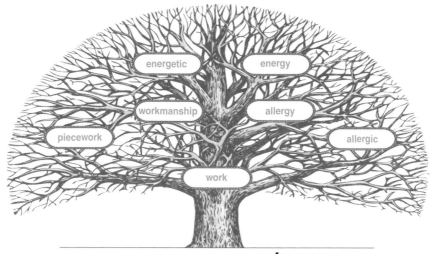

energetic   energy

workmanship   allergy

piecework   allergic

work

erg, org , work

> 【源來如此】
>
> *work* 和 *erg*、*org* 同源，皆表示「作用」、「工作」。energy 表示「從事於」（work at），引申為做事所需的「活力」；allergic 表示有「其他」（all-=ali-=other）異物在身上「作用」（work），造成「過敏」。

work	[wɚk] **n** 工作、勞動；**v** 工作、勞動
	The manager was not satisfied with the trainee's work during his 3-month probationary period. 經理對該名實習生三個月試用期間的工作表現不滿意。 【補充】 **work**force **n** 工作人員、勞動力 **work**ing experience **phr** 工作經驗
work**manship**	[`wɚkmən,ʃɪp] **n** 技巧、手藝
piecework	[`pis,wɚk] **n** 計件工作

energy	[ˋɛnədʒɪ] **n** 活力；能源
	補充 energy drink **phr** 提神飲料
	energy efficiency **phr** 能源效率
	With the application of a high technology coating, the **energy** efficiency of the motor is increased by 10%. 由於應用高科技鍍膜技術，馬達的能源效率增加 10%。
energetic	[ˌɛnəˋdʒɛtɪk] **adj** 精力充沛的
allergy	[ˋælədʒɪ] **n** 過敏
allergic	[əˋlədʒɪk] **adj** 過敏的

63 **err** wander / *root*

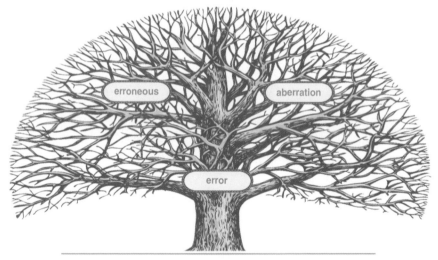

erroneous　aberration

error

err

源來如此

　　err 表示「徘徊」（wander）、「出錯」（go wrong）。**error** 本意是「出錯」（*err*=go wrong），引申為「失誤」；aberration 本意是「徘徊」（*err*=wander）「離開」（*ab-*=away）正軌，引申為「偏差」。

error	[ˋɛrə] **n** 失誤、過失
	補充 random **error** **phr** 隨機誤差
	Human **error** has been blamed for the air crash in Iran.
	在伊朗的飛機墜毀被歸咎於人為失誤。
erroneous	[ɪˋronɪəs] **adj** 錯誤的、不正確的
aberration	[ˌæbəˋreʃən] **n** 色差、偏差

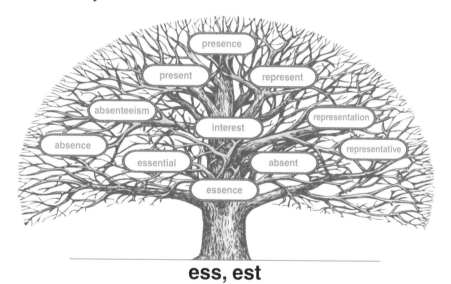

ess, est

源來如此

　　ess 和 *est* 皆表示「是」（is）、「存在」（to be），*ess* 變 *est* 是「異化作用」（dissimilation），因為兩個 ss 不好發音，第二個 s 變成發音方式不同、但發音部位相同的 t，會比較好發一些。**ess**ence 表示「存在」（to be）的

「情況」，引申為「本質」；essential 是「存在」（to be）的，引申為「必要的」、「不可或缺的」；interest 本意是「存在」「其中」，語意幾經轉折才產生「興趣」、「利息」等意思；absent 是「離開」（ab-=away）現場，不「存在」（s=ess=to be），引申為「缺席的」；present 是「存在」（s=ess=to be）「前方」（pre-=before），引申為「出席的」、「在場的」等意思；represent 表示「存在」（s=ess=to be）於某活動場合中，引申為「代表」。

essence	[ˋɛsn̩s] **n** 本質、精華
essential	[ɪˋsɛnʃəl] **adj** 必要的、不可或缺的
	Careful preparation of the raw materials was **essential** to having a flawless product. 審慎預備原料對於產出無瑕疵的產品是不可或缺的。
interest	[ˋɪntərɪst] **n** 利息、利益、股份
	Interest charges on an overdraft are usually quite high. 對透支金額收取的利息通常是很高的。
absent	[ˋæbsn̩t] **adj** 缺席的、不在場的
	The candidate was curiously **absent** from a televised debate with his political opponent. 該名候選人弔詭地缺席一場與政治對手的電視辯論。
absence	[ˋæbsn̩s] **n** 不在、缺席
absenteeism	[͵æbsn̩ˋtiɪzm] **n** 曠職、曠課、無故缺席
present	[ˋprɛzn̩t] **adj** 出席的、在場的
presence	[ˋprɛzn̩s] **n** 出席、在場
represent	[͵rɛprɪˋzɛnt] **v** 代表、代理
	The young man won the tennis competition and earned the opportunity to **represent** his country in the Olympics. 那名年輕男子贏得網球比賽並獲得代表祖國參加奧運的機會。
representation	[͵rɛprɪzɛnˋteʃən] **n** 代理、代表權

representative	[rɛprɪˈzɛntətɪv] **n** 典型、代表、代理人
	The insurance company sent a **representative** to the scene of the accident to determine the cause. 保險公司派遣一名代表前往意外現場以確定原因。

65 **ex-** out, thoroughly /*prefix*

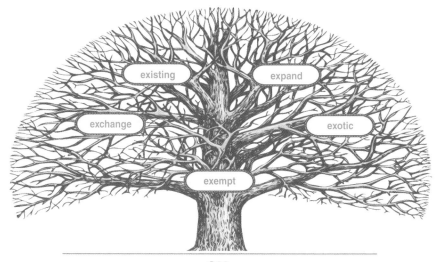

existing　expand

exchange　exotic

exempt

ex-

源來如此

　　ex- 表示「向外」、「出去」（out），另有「徹底地」（thoroughly）等語意。**ex**empt 本意是「拿」（*em*=take）「出去」（*ex-*=out），引申為「免除」、「豁免」；**ex**change 是把東西拿「出去」（*ex-*=out）和人家「換」（change）錢，進行「交易」；**ex**isting 表示能「站」（*sis*=*ist*=stand）在「外面」（*ex-*=out）「的」（*-ing*），引申為「現存的」；**ex**pand 表示往「外」（*ex-*=out）「擴散」（*pand*=spread）；**ex**otic 表示「外」來的，引申為「異國情調的」。

exempt	[ɪgˋzɛmpt] **V** 免除、豁免
	The new law was added a tax to new vehicles, but it **exempted** electric vehicles. 該項新法增加一項新型車輛的稅金，但免除電動車輛的稅金。
exchange	[ɪksˋtʃendʒ] **V** 交易、兌換
	The **exchange** of goods between nations drove the economies for thousands of years. 國與國之間的物品交易驅動經濟數千年。
existing	[ɪgˋzɪstɪŋ] **adj** 現存的、現行的
expand	[ɪkˋspænd] **V** 擴大、擴充
	Knowing that heat **expands** the metal railroad tracks, there was regular maintenance scheduled during summer months. 知道熱會使金屬鐵軌擴張，便有定期維修排定在夏季月份。
exotic	[ɛgˋzɑtɪk] **adj** 異國情調的、奇特的、外來的

66 **exter-, extra-, extr-** outside, beyond / *prefix*

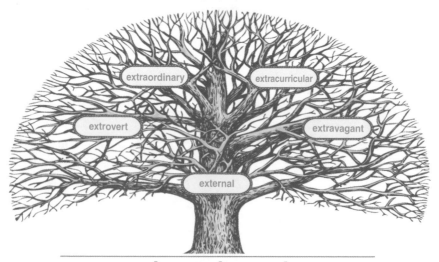

exter-, extra-, extr-

　　exter-、*extra-* 和 *extr-* 皆表示「外部」（outside），*extra-* 在構詞上常引申出「超過」（beyond）的意思。**extra**ordinary 表示「超出」（*extra-*=beyond）一般「順序」（*ord*=order），表示「異常的」；**extra**vagant 表示「遊蕩」（*vag*=wander）到「外面」（*extra-*=outside），「超出」範圍，引申為「奢侈的」、「過分的」。

external	[ɪkˋstɚnəl] **adj** 外面的、外部的
extrovert	[ˋɛkstrovɚt] **adj** 性格外向的；**n** 性格外向的人
extraordinary	[ɪkˋstrɔrdn͵ɛrɪ] **adj** 非凡的、非常特別的
	The biologist led an archaeology team in the Gobi Desert that made an **extraordinary** find of intact dinosaur eggs. 該生物學家帶領一支考古隊在戈壁沙漠，在那裡非常特別地發現完好無損的恐龍蛋。
extracurricular	[͵ɛkstrəkəˋrɪkjələ] **adj** 課外的
	The transfer student's advisor recommended he take a few **extracurricular** courses in order to round out his resumé. 該名轉學生的指導教授建議他修一些課外的課程以使他的履歷更完美。
extravagant	[ɪkˋstrævəgənt] **adj** 奢侈的、浪費的、過分的

67 **fac, fec, fic, -fy** make, do / *root (-fy 是 suffix)*

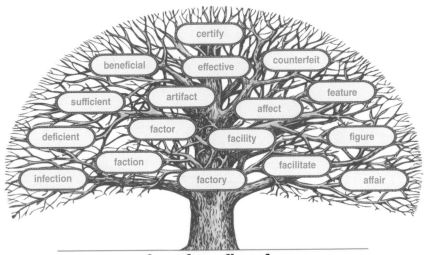

fac, fec, fic, -fy

source

源來如此

　　fac、*fec* 和 *fic* 表示「做」（make, do），除了「做」的意思外，尚有「簡單」（easy）的意思；字尾 *-fy* 可以加接在形容詞、名詞後形成動詞，也可加在字根後面形成動詞，此類動詞大多為及物動詞，表示「使成為」（to make）、「使……」（to cause to be）。**factory** 表示「製作」（*fac*=make, do）東西的「場所」（*-ory*=place），引申為「工廠」；**faction** 是「派系」，表示聚在一起「做事」（*fac*=do）的一群人；**factor** 表示影響「做事」（*fac*=do）的「因素」；**facility** 指讓人「容易」「做事」（*fac*=do）的「能力」或「設備」；**facilitate** 表示讓人「做」（*fac*=do）事「容易」，引申為「促進」；**artifact** 指「做」（*fac*=do）出來的東西，引申為「人工製品」；**affect** 表示「去」（*af-*=*ad-*=to）「做」（*fec*=do），引申為「影響」；**effective** 表示「做」（*ef-*=*ex-*=out）「出來」（*fec*=do）「的」（*-ive*），引申為「有效的」；**infection** 表示細菌或病毒在人體「內」（*in-*=in）「做」（*fec*=do）工，引申為「感染」；**deficient** 表示越「做」（*fic*=do）數量越是「往下」（*de-*=down）滑，表示有「不足的」、「缺乏的」；**sufficient** 表示「從下面」（*suf-*=*sub-*=under）

MP3

「做」（*fic*=do）上來，越累積越多；benefi**c**ial 表示把事情「做」（*fic*=do）「好」（*bene*=well），引申為「有益的」；certi**fy** 表示「使」（*-fy*=make）「確認」（*cert*=sure），引申為「證實」；offi**c**e 表示「做」（*fic*=do）「工作」（*of*=opus=work）的地方，引申為「辦公室」；profi**c**ient 表示可順利地「往前」（*pro-*=forward）「做」（*fic*=do），表示「精通的」；counter**feit** 表示「做」（*feit*=*fic*=do）假貨「對抗」（*counter-*=against）真品。值得一提的是，有幾個借自古法語的字，像 **fea**ture, **aff**air, **fig**ure 雖明顯變形，但這些字仍保留 f 字母，隱約可以看到 ***fac*** 的影子。

factory	[ˋfæktərɪ] **n** 工廠
	The **factory** in China was closed because of the loss of orders due to the trade war. 在中國的這家工廠關閉了，因為貿易戰的關係導致訂單盡失。
factually	[ˋfæktʃʊəlɪ] **adv** 事實上
faction	[ˋfækʃən] **n** 派系、小團體
factor	[ˋfæktə] **n** 因素、要素
	The main **factor** in the closing of schools around the country was the shrinking birth rate. 國內學校關閉的主要因素是萎縮的出生率。
facility	[fəˋsɪlətɪ] **n** 能力、機構、設備 [P]
	The engineer was transferred to a research **facility**, where the company developed their new products. 該名工程師調職到一處研究機構，公司在那裡研發他們的新產品。
facilitate	[fəˋsɪlə‚tet] **v** 使容易、促進
facilitator	[fəˋsɪlə‚tetə] **n** 輔助者、協助者
arti**fac**t	[ˋɑrtɪ‚fækt] **n** 人工製品、文物

affect	[əˋfɛkt] **v** 影響、對……產生不好的作用
	Students were told to get to bed early, as the lack of sleep will **affect** their health and wellbeing. 學生被告知要早早就寢，因為缺乏睡眠將影響他們的健康及快樂。
affection	[əˋfɛkʃən] **n** 感情
effect	[ɪˋfɛkt] **n** 效果
	補充 bandwagon ef**fec**t **phr** 花車效應、跟風效應 side ef**fec**t **phr** 副作用
effective	[ɪˋfɛktɪv] **adj** （法律的）生效的、有效的
	If there was an **effective** cure for cancer, the pharmaceutical companies may find it threatening to their profits. 有效的癌症療法若是存在，製藥公司或許會發現那是他們獲利的威脅。
effectively	[ɪˋfɛktɪvlɪ] **adv** 有效果地
defect	[dɪˋfɛkt] **n** 瑕疵
	The purchasing assistant brought the printer back to the store because of what he thought was **defect** in the paper feed tray. 採購助理將印表機帶回商店，因為他想到的是輸紙托盤有瑕疵。
defective	[dɪˋfɛktɪv] **adj** 有瑕疵的
infection	[ɪnˋfɛkʃən] **n** 感染
	After a week, the wound showed signs of **infection**, since it was not cleaned properly. 一周之後，傷口出現感染跡象，因為未正確清創。 補充 in**fec**tious disease **phr** 傳染病
efficient	[ɪˋfɪʃənt] **adj** 有效率的、有能力的
inefficient	[ɪnəˋfɪʃənt] **adj** 效率差的
efficiently	[ɪˋfɪʃəntlɪ] **adv** 有效率地

effic**iency**	[ɪˋfɪʃənsɪ] **n** 效率
	The efficiency of the gasoline powered motor was increased with the invention of the fuel injector. 汽油動力馬達的效率隨著噴油器的發明而增加。
defic**ient**	[dɪˋfɪʃənt] **adj** 不足的、缺乏的
	The transfer student was deficient in the number of transferable credits at his previous school. 該名轉學生在前一學校的可抵免學分數不足。
defic**it**	[ˋdɛfɪsɪt] **n** 赤字、不足額
	The private school did not enroll enough students, and thus, is operating with a deficit in funding. 私立學校沒有招收足夠的學生，因此，在運作上資金短缺。
artific**ial**	[ˌɑrtəˋfɪʃəl] **adj** 人工的、人造的
	High school students are encouraged to learn computer programming to prepare for the era of artificial intelligence. 為了做好人工智慧時代的預備，中學生被鼓勵學習電腦程式設計。
suffic**ient**	[səˋfɪʃənt] **adj** 充足的
	The personnel manager requested sufficient time and consideration to make the best decision on who to hire. 人事部經理要求充足的時間及考慮來做出雇用誰的最佳決定。
suffic**iently**	[səˋfɪʃəntlɪ] **adv** 充足地
insuffic**ient**	[ˌɪnsəˋfɪʃənt] **adj** 不充分的、不足的
identif**y**	[aɪˋdɛntəˌfaɪ] **v** 確認
identific**ation**	[aɪˌdɛntəfəˋkeʃən] **n** 身分證件；認同
benefic**ial**	[ˌbɛnəˋfɪʃəl] **adj** 有益的

benefit	[ˋbɛnəfɪt] **n** 利益、好處；**v** 受益、受惠
	An additional **benefit** of the job position was paid vacation time for two weeks. 該工作職位的一項附加利益是給予二周的帶薪假期。
certify	[ˋsɝtə͵faɪ] **v** 證實
certified	[ˋsɝtə͵baɪd] **adj** 經過認證的、證明合格的
certificate	[səˋtɪfəkɪt] **n** 證書
certification	[͵sɝtɪfəˋkeʃən] **n**（資格）證明
	The cram school did not accept the application of the foreign teacher because he lacked a teaching **certification**. 該家補習班未接受那位外籍教師的申請，因為他缺少教學證明。
official	[əˋfɪʃəl] **n** 公務員、官員
officially	[əˋfɪʃəlɪ] **adv** 正式地
officiate	[əˋfɪʃɪ͵et] **v** 執行職務
proficient	[prəˋfɪʃənt] **adj** 熟練的、精通的
proficiency	[prəˋfɪʃənsɪ] **n** 熟練、精通
	Steve's Chinese **proficiency** was only at a basic level, and he hoped to improve it by studying in Taiwan. 斯提夫的中文熟練度只在基礎程度，他希望藉由在台灣讀書提升中文。
profit	[ˋprɑfɪt] **n** 收益、利潤
	The main objective of every business owner is to make a **profit** from selling a product or service. 每一位企業主的主要目標都是藉由販賣每項產品或服務來產生利潤。
	補充 profit margin **phr** 利潤率 profitable **adj** 有利益的
qualify	[ˋkwɑlə͵faɪ] **v** 使具有資格、使合格

qualific**ation**	[ˌkwɑləfəˈkeʃən] **n** 資格、能力
	The teacher's extensive experience was impressive, but it was unclear if he met the legal qualifications to teach. 該名老師的廣泛經驗令人印象深刻，但不清楚他是否符合法定教學資格。
ratify	[ˈrætəˌfaɪ] **v** 批准、認可
amplify	[ˈæmpləˌfaɪ] **v** 放大、加強
notify	[ˈnotəˌfaɪ] **v** 通知、告知
counterfeit	[ˈkaʊntɚˌfɪt] **n** 偽造物、冒牌貨
	Store clerks are trained in how to identify counterfeit NT1,000 notes. 店員被訓練如何辨識偽造的台幣千元紙鈔。
feature	[fitʃə] **n** 特徵、特色；**v** 以……為特色、特別刊載……
	The lecturer had my attention, not because of his speech, but because his nose was his most prominent feature. 該名講者引起我的注意，不是因為他的演講，而是因為鼻子是他的最大特色。
feasible	[ˈfizəbl] **adj** 可行的
	With the extra resources, the investment project now seems feasible. 有了額外的資源，這項投資計劃現在似乎是可行的。
figure	[ˈfɪgjə] **n** 數字
affair	[əˈfɛr] **n** 事情、事件

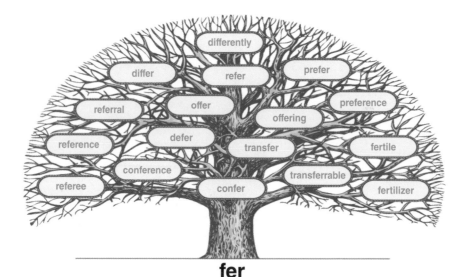

fer

源來如此

　　fer 表示「攜帶」（bear, carry）。conferecne 表示大家「一起」（con-=together）「攜帶」（*fer*=carry）意見來，引申為「會議」；defer 字面上的意思是「帶」（*fer*=carry）「開」（*de-*=away），表示脫離原有的時間規劃，引申為「延期」；transfer 是「攜帶」（*fer*=carry）某物，從一方「跨越」（*trans-*=across）另一方；offer 表示「帶」（*fer*=carry）「往」（*of-*=*ob-*=to），引申為「給予」、「提供」；refer 表示往「後」（*re-*=back）「帶」（*fer*=carry），表示「提及」、「歸於」，referee 是「裁判」，裁判的任務是判斷球或成功歸屬哪支隊伍；prefer 的字面意思是「帶」（*fer*=carry）到「前面」（*pre-*=before），我們常把喜愛的東西拿到前面，引申為「偏好」；fertile 表示能「帶」來豐厚產量的，引申為「肥沃的」、「富饒的」。

confer	[kən`fɚ] **V** 商量、協商

confer**ence**	[ˋkɑnfərəns] **n** 會議、研討會 補充 con**fer**ence call **phr** 電話會議 con**fer**ence room **phr** 會議室
	The executive arranged a **conference** call with all of the managers to announce the impending merger. 為了宣布即將到來的合併案，執行長安排一場與所有經理的電話會議。
defer	[dɪˋfɚ] **v** 延後、延期
	The trainee's student loan debt was structured to allow the student to **defer** payments until after his graduation. 該實習生的學生貸款被設定為允許該生延至畢業之後才支付。 補充 de**fer**red payment **phr** 延期付款
transfer	[trænsˋfɚ] **v** 轉移；使調職
	The bank **transferred** responsibility for the debt to the co-signer after the borrower died. 銀行在借款人往生之後將債務責任轉移至聯署人。 補充 make a trans**fer** **phr** 轉乘、換車
transfer**rable**	[trænsˋfɚəbl] **adj** 可轉移的、可轉讓的
nontransfer**able**	[nɑntrænsˋfɚəbl] **adj** 不可轉讓的
offer	[ˋɔfɚ] **v** 提供；**n** 提供、優惠
	The attorney was authorized to **offer** the victim a sum of one million dollars as compensation. 該名律師獲得授權提供受害者一筆總額一百萬元的補償金。
offer**ing**	[ˋɔfərɪŋ] **n** 提供的東西
refer	[rɪˋfɚ] **v** 參考、查閱 補充 re**fer** to **phr** 提到……、參照……
refer**ee**	[ˏrɛfəˋri] **n** 裁判
refer**ence**	[ˋrɛfərəns] **n** 推薦信；參考 補充 re**fer**ence letter **phr** 推薦信

68 ▶ fer   113

re**fer**ral	[rɪˋfɚəl] **n** 提及、被推舉的人
differ	[ˋdɪfɚ] **v** 不同、不一樣
differ**ently**	[ˋdɪfərəntlɪ] **adv** 不同地、分別地
in**dif**ferent	[ɪnˋdɪfrənt] **adj** 不感興趣的、一般的
pre**fer**	[prɪˋfɚ] **v** 偏好
pre**fer**ential	[ˌprɛfəˋrɛnʃəl] **adj** 優先的、優惠的
pre**fer**ence	[ˋprɛfərəns] **n** 偏愛、偏愛的事物（或人）
	The student said there was no **preference** between choosing a national university or a private college. 該名學生說在選擇國立大學或私立學院之間沒有偏好。
fertile	[ˋfɝtl] **adj** 肥沃的、富饒的
fertilizer	[ˋfɝtl͵aɪzɚ] **n** 肥料

69 **fid, fed** trust, faith ⁄ *root*

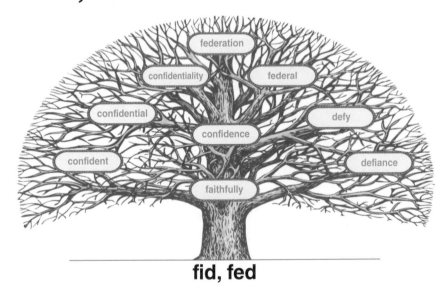

fid, fed

MP3

　　fid 和 *fed* 皆表示「信任」（trust）、「信心」（faith）。confidentiality 表示「完全」（*con-*=completely）「信任」（*fid*=trust），引申為「機密」，只有對人完全信任，才會託付機密；federation 是在彼此「信任」（*fed*=trust）之下，由數個邦所組成的「聯邦」，而 **fed**eral 是其形容詞；**de**fy 是「信任」（*fy*=faith）已「不在」（*de-*=away），引申為「反抗」。

faith**fully**	[ˈfeθfəlɪ] **adv** 忠實地、準確地
con**fid**ence	[ˈkɑnfədəns] **n** 信心、自信；信任
	The supervisor has complete confidence in the hire. She'll be perfect for the job. 主管對該名新進員工心十足，她將完全勝任工作。
con**fid**ent	[ˈkɑnfədənt] **adj** 有自信的
con**fid**ential	[ˌkɑnfəˈdɛnʃəl] **adj** 機密的、秘密的
	The confidential documents were sealed in a secure envelope and delivered via courier service. 該機密文件密封在被妥善保管的信封，並且經由快遞公司遞送。
con**fid**entiality	[ˌkɑnfɪˌdɛnʃɪˈælɪtɪ] **n** 機密
federation	[ˌfɛdəˈreʃən] **n** 聯邦
federal	[ˈfɛdərəl] **adj** 聯邦的
defy	[dɪˈfaɪ] **v** 反抗；使（說明、描寫等）不可能
defiance	[dɪˈfaɪəns] **n** 反抗

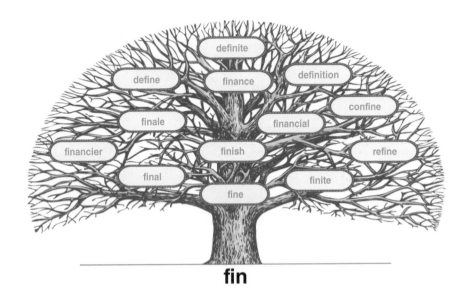

源來如此

　　fin 表示「結束」（end）、「限制」（limit）、「付清」（pay off）。**fine**
表示支付一筆款項來「終結」（*fin*=end）懲罰，引申為「罰款」；**fin**ite 表示
被「限制」（*fin*=end）「的」（*-ite*），就是「有限的」；**fin**ance 原指「結
束」（*fin*=end）或「付清」（*fin*=pay off）債務，引申為「金融」；de**fine** 表
示「完全」（*de-*=completely）「限制」（*fin*=end），引申為「給……下定
義」；con**fine** 表示大家「一起」（*con-*=together）受到「限制」（*fin*=end），
引申為「禁閉」；re**fine** 表示設下「限制」（*fin*=end），去除雜質，引申為
「提煉」。

MP3

fi**n**e	[faɪn] **n** 罰款;**v** 處……以罰金
	The majority of people felt the **fine** imposed on the banks by the Supreme Court was just a slap on the wrist. 大多數人覺得高等法院對銀行所處的罰款只是輕微的處罰。
fi**n**al	[`faɪnl] **adj** 最後的、決定性的
fi**n**ish	[`fɪnɪʃ] **v** 完成
fi**n**ite	[`faɪnaɪt] **adj** 有限的
fi**n**ale	[fɪ`nɑlɪ] **n** 結局、樂曲的最後一部分
fi**n**ance	[faɪ`næns] **n** 財政、金融;**v** 融資
fi**n**ancial	[faɪ`nænʃəl] **adj** 財政的、金融的
	The **financial** burdens of raising a family scare many young people into remaining childless. 扶養一個家庭的經濟負擔讓許多年輕人嚇到一直不生孩子。
fi**n**ancier	[ˌfɪnən`sɪə] **n** 金融家、財政家
de**fi**ne	[dɪ`faɪn] **v** 限定;給……下定義
	The decade of the 1960s was **defined** by revolutions and great changes around the world. 1960 年代的十年被定義為全世界的變革及大改變。
de**fi**nite	[`dɛfənɪt] **adj** 明確的、限定的
de**fi**nition	[ˌdɛfə`nɪʃən] **n** 定義、限定
con**fi**ne	[kən`faɪn] **v** 限制、禁閉
	The middle-aged traveler was **confined** to the hospital for two weeks after contracting swine flu. 該名中年旅客感染豬流感之後被限制在醫院二星期之久。
re**fi**ne	[rɪ`faɪn] **v** 提煉、琢磨

71 **firm** fixed, strong / *root*

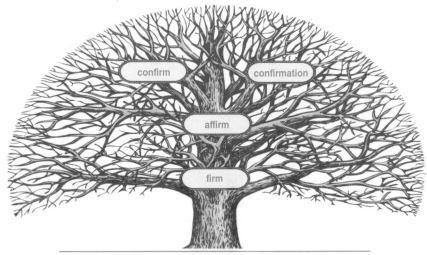

firm

源來如此

　　firm 表示「穩固的」、「強壯的」（strong）。af**firm** 本意是使「穩固」（*frim*=strong），引申為「斷言」、「證實」等意思；con**firm** 本意是「完全」（*con*-=completely）「穩固的」（*frim*=strong），引申為「證實」、「批准」等意思。

---

firm	[fɝm] **adj** 堅固的、結實的
affirm**	[ə`fɝm] **v** 斷言、證實、聲明
	The new president was sworn into office with his hand on the Bible, **affirming** to protect the Constitution. 新任總統手持《聖經》宣誓就職，聲明保護憲法。
confirm**	[kən`fɝm] **v** 證實、批准
	The reporters asked the agent to **confirm** the terms of the basketball player's contract. 記者要求經紀人證實該名籃球選手合約的條款。
confirm**ation	[ˌkɑnfɝ`meʃən] **n** 確證、批准

 MP3

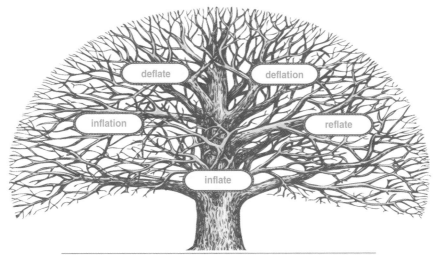

fla

源來如此

　fla 表示「吹」（blow）。inflate 表示「往內」（*in-*=in）「吹」（*fla*=blow）氣，產生「膨脹」，引申為「通貨膨脹」；deflate 表示「吹」（*fla*=blow）「開」（*de-*=away），表示「使洩氣」，引申為「通貨緊縮」。

inflate	[ɪn`flet] **v** 物價上漲、通貨膨脹
inflation	[ɪn`fleʃən] **n** 通貨膨脹
	During the war, there was rampant inflation, rendering the paper currency worthless. 戰爭期間，通貨膨脹失控，紙幣毫無價值。
deflate	[dɪ`flet] **v** 緊縮（通貨）
deflation	[dɪ`fleʃən] **n** 通貨緊縮
	Once the country's leaders committed to green energy, there was a rapid deflation in the costs of producing solar electricity. 一旦這些國家領袖投注於綠能，太陽能發電成本便快速緊縮。
reflate	[rɪ`flet] **v** 通貨再膨脹

73 **flict** strike / *root*

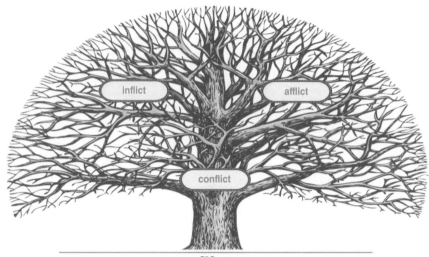

flict

源來如此

flict 表示「打」（strike）。conflict 表示「一起」（*con-*=together）「打」（*flict*=stike），引申為「衝突」；inflict 表示「打」（*flict*=stike）「入」（*in-*=in），引申為「施加」；afflict 表示「朝⋯⋯」（*af-*=*ad-*=to）「打」（*flict*=stike），引申為「使痛苦」、「折磨」。

conflict	[ˋkɑnflɪkt] **n** 衝突、抵觸、爭執
	The **conflict** between the religious groups in the Middle-Eastern country flared into a civil war. 那個中東國家國內宗教團體之間的衝突演變成內戰。
inflict	[ɪnˋflɪkt] **v** 給予（打擊）、加以（處罰或判刑）
afflict	[əˋflɪkt] **v** 使痛苦、使苦惱、折磨

 MP3

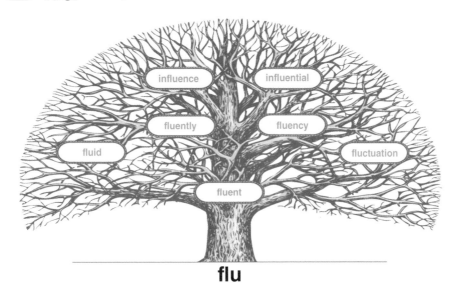

74 **flu** flow /root

flu

　　flu 表示「流」（flow）。**flu**ent 表示說話「流」（*flu*=flow）利「的」（-*ent*）；in**flu**ence 表示「流」（*flu*=flow）「入」（*in-*=in），引申為「影響（力）」；**flu**ctuation 表示如水「流」（*flu*=flow）流經不同地形時，會有高低起伏的「波動」。

fluent	[`fluənt] **adj** 流利的
	補充 **flu**ent in **phr** 說某種語言很流利的
fluently	[`fluəntlɪ] **adv** 流暢地
fluency	[`fluənsɪ] **n** 流暢
	The English **fluency** of Taiwanese students is much higher in Taipei than in Tainan City. 相較於台南市，台北地區的台灣學生英文流暢度高出很多。

fluid	[`flʊɪd] **n** 液體
influence	[`ɪnflʊəns] **n** 影響（力）
	The church leaders were concerned about their diminishing **influence** over the community. 該教會領袖擔憂他們對大眾的影響力日漸式微。
influential	[ˌɪnflʊ`ɛnʃəl] **adj** 有影響力的
	In some cases, teachers have been more **influential** in the lives of their students than parents. 在一些事例中，相較於父母，老師對於他們的學生一直較具影響力。
fluctuation	[ˌflʌktʃʊ`eʃən] **n** 波動、變動

75 **form** shape / *root*

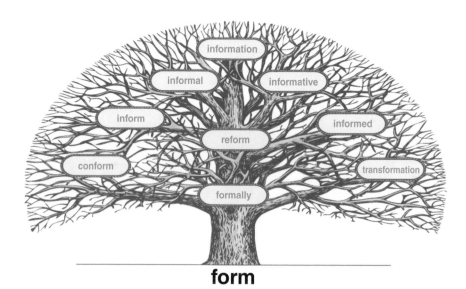

form

form 表示「形狀」（shape）。re**form** 表示「重新」（*re-*=again）「塑形」（*form*=shape），引申為「改革」；con**form** 表示「一起」（*con-*=together）表現出某種「形式」（*form*=shape），指「一致」，引申為「遵守」；in**form** 表示使成為……「形狀」（*form*=shape），隱含「教導」的意思，後來引申為「供給資訊」；trans**form**ation 表示「跨越」（*trans-*=across）原本的「形體」（*form*=shape）限制，「變成」另一「形體」。

form**ally**	[ˋfɔrmlɪ] **adv** 正式地
re**form**	[ˌrɪˋfɔrm] **n**；**v** 改革
	The people elected the unconventional leader because of their desire to **reform** the political system. 人民選出那名非傳統的領導人，因為對於改革政治體制的渴望。
con**form**	[kənˋfɔrm] **v** 使遵守、使符合 **補充** con**form** to **phr** 符合、遵守（規則等）
	The mayor warned the citizens to **conform** to the new laws or face jail time. 市長提醒市民要遵守這項新法律，否則將面臨牢獄之災。
in**form**	[ɪnˋfɔrm] **v** 通知（某人）；提供資訊
in**form**al	[ɪnˋfɔrml] **adj** 非正式的、不拘禮節的
	The judge called for an **informal** hearing to discuss the case before it went to trial. 為了做出判決之前先討論案件，該名法官召開非正式聽證會。
in**form**ation	[ˌɪnfɚˋmeʃən] **n** 資訊
in**form**ative	[ɪnˋfɔrmətɪv] **adj** 提供資訊的、有益的
in**form**ed	[ɪnˋfɔrmd] **adj** 根據情報的
trans**form**ation	[ˌtrænsfɚˋmeʃən] **n** 變化、變形

76 *fort, forc* strong, power / *root*

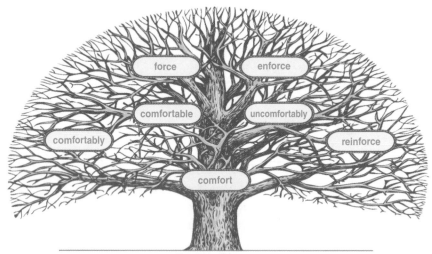

fort, forc

> **源來如此**
>
> *fort* 和 *forc* 皆表示「強壯的」（strong）、「力量」（power）。com**fort** 表示使人有「力量」（*fort*=power），引申為「安慰」；en**forc**e 表示「使」（*en-*=make）「力量」（*forc*=power）得以發揮，引申為「實施」、「執行」；rein**forc**ement 表示「再次」（*re-*=again）「實施、執行」（*force*），引申為「強化」、「加強」。

com**fort**	[ˋkʌmfət] **n** 舒適；**v** 安慰
com**fort**able	[ˋkʌmfətəbl] **adj** 舒適的、自在的
	The new hire's apartment wasn't very large, but it was **comfortable** and convenient to his office. 那位新進員工的公寓不是很大，但是舒適且方便上班。
uncom**fort**ably	[ˌʌnˋkʌmfətəblɪ] **adv** 不自在地、不舒服地
com**fort**ably	[ˋkʌmfətəblɪ] **adv** 舒適地、舒服地
force	[fors] **v** 強迫；**n** 力量

 MP3

enforce	[ɪn`fors] **v** 實施、執行
reinforce	[ˌriɪn`forsmənt] **v** 強化、加強

77 **frag, break** break／*root*

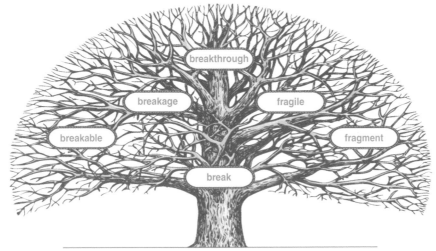

frag, break

　　frag 表示「破裂」、「破碎」（break）。**frag**ile 表示易「碎」（*frag*=break）的。

break	[brek] **v** 打破、折裂
	補充 break down **phr** 故障
breakable	[`brekəbl] **adj** 易碎的
breakage	[`brekɪdʒ] **n** 破損、破損物

breakthrough	[`brek,θru] **n** （科學等的）突破性發展
	The new artificial hormone is a **breakthrough** in the slowdown of the aging process. 這種人造賀爾蒙是延緩老化過程的突破性發展。
fragile	[`frædʒəl] **adj** 易碎的
	Be careful with that china vase because it's very **fragile**. 拿那個瓷花瓶要小心，因為很容易碎。
fragment	[`frægmənt] **n** 碎片；（文藝作品）未完成部分 **v** 使成碎片

78 **fund** bottom /*root*

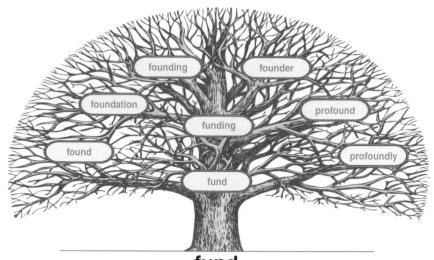

founding　founder

foundation　profound

funding

found　profoundly

fund

fund

MP3

fund 表示「底部」（bottom）、「基礎」（basis）。foundation 表示「底」部，引申為「基礎」、「創辦」；profound 表示到「底」了，還繼續「向前」推進，表示「深不見底」，引申為「深奧的」。

fund	[fʌnd] **n** 資金、基金
	The women started a **fund** to provide scholarships to students in their community. 那些婦女開辦一個基金用以提供他們社區裡的學生獎學金。 **補充** **fund**-raising **n** 募款
fund**ing**	[ˋfʌndɪŋ] **n** 提供資金
found	[faʊnd] **v** 創立
found**ation**	[faʊnˋdeʃən] **n** 基礎；建立、創辦
	The cement floor provided a solid **foundation** for the apartment building. 水泥地板提供公寓大樓一個堅固的基礎。
found**ing**	[ˋfaʊndɪŋ] **adj**；**n** 創辦（的）、創始（的）
found**er**	[ˋfaʊndə] **n** 創辦人
profound	[prəˋfaʊnd] **adj** 深奧的、難理解的
profound**ly**	[prəˋfaʊndlɪ] **adv** 深深地、極度地
	The election results were **profoundly** lopsided, favoring the pro-democracy candidate. 本次選舉結果極度失衡，對支持民主的候選人有利。

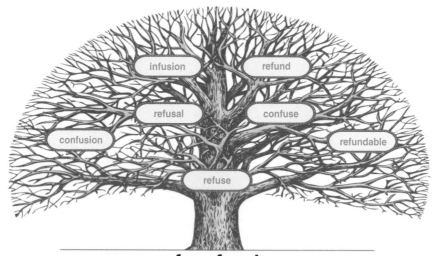

79 fus, fund pour / root

fus, fund

　　fus 和 *fund* 皆表示「倒」（pour）。refuse 表示「倒」（*fus*=pour）「回去」（*re-*=back），引申為「拒絕」；confuse 表示把所有東西都「倒」（*fus*=pour）在「一起」（*con-*=together），使人感到「困惑」；refund 表示「倒」（*fus*=pour）「回去」（*re-*=back），引申為「退款」，須注意的是 re**fund** 和 **fund** 不同源。

refuse	[rɪ`fjuz] **v** 拒絕
	The counter clerk **refused** the advances of one of the salesmen in the office, and reported him to HR. 這位櫃台職員拒絕辦公室一位業務的獻殷勤，並且向人資部門舉報他。
refusal	[rɪ`fjuzl] **n** 拒絕、回絕

  MP3

confuse	[kən`fjuz] **v** 使困惑
	The cars driving on the left side of the road in Japan **confused** the traveler who was driving a rental car. 日本左側駕駛的汽車使駕駛租賃車的旅客感到困惑。
confusion	[kən`fjuʒən] **n** 混亂
infusion	[ɪn`fjuʒən] **n** 注入、混入物
refund	[rɪ`fʌnd] **n** 退款
	The shop owner **refused** to give me a refund when I tried to return the defective oven. 當我試著退還有缺陷的烤箱時，店家主人拒絕退款給我。
refundable	[rɪ`fʌndəbl] **adj** 可退款的

80 # gen kind, give birth /*root*

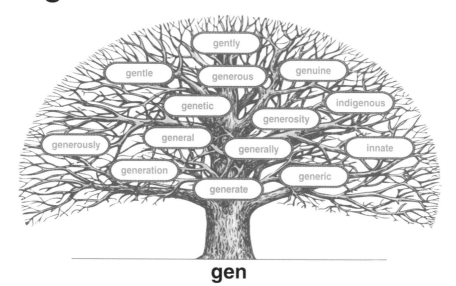

gen

　　gen 表示「種類」（kind）、「生產」（give birth）。**gen**ertaion 表示「生」（*gen*=give birth）下來是同時期的，引申為「世代」；**gen**eral 表示大家都屬同「類」（*gen*=kind），引申為「一般的」；**gen**etic 表示「基因的」，物種「生」下來是否屬於同「類」（*gen*=kind）是由「基因」（gene）所決定；**gen**erous 表示「產」（*gen*=give birth）量「豐富的」（*-ous*=full），引申為「慷慨的」；**gen**tle 本指「出身高貴的」，因為「生」（*gen*=give birth）在貴族家庭的人帶有「優雅」氣質，後來更衍生出「溫柔的」的意思；**gen**uine 表示天「生」（*gen*=give birth）的，不是後天人為改造，引申為「真誠的」；indi**gen**ous 指「生」（*gen*=give birth）在某地點「內」（*-in*=in）的，引申為「當地的」；in**nat**e 表示「天生的」，*nat* 也是「生」。

generate	[ˋdʒɛnə‚ret] **v** 產生、引起
generation	[‚dʒɛnəˋreʃən] **n** 世代；一代事物
	The Russian lady is being acclaimed as the greatest dancer of her **gen**eration. 該名俄羅斯女子一直被讚譽為她的世代最棒的舞者。 補充 **gen**eration gap **phr** （世代間的）代溝
general	[ˋdʒɛnərəl] **adj** 一般的；普遍的
	Rain will become more **gen**eral in the northeast during the afternoon. 降雨範圍將在下午進一步擴展到東北地區。 補充 **gen**eral population **phr** 一般大眾
generally	[ˋdʒɛnərəlɪ] **adv** 一般而言
generic	[dʒɪˋnɛrɪk] **adj** 無註冊商標的；一般的、普通的
	By purchasing a **gen**eric brand of the drug, the patient was able to save 25% on her prescription. 藉著購買一般品牌的藥品，這位病患便能節省 25% 的處方費用。

genetic	[dʒə`nɛtɪk] **adj** 基因的、遺傳訊息的
	補充 **gen**etic research **phr** 遺傳學研究
generous	[`dʒɛnərəs] **adj** 慷慨的
	The manager cried with joy after receiving a **generous** donation from the corporate sponsor.
	經理收到一筆來自企業贊助的慷慨捐款後高興地大叫。
generosity	[ˌdʒɛnə`rɑsətɪ] **n** 慷慨、大方
generously	[`dʒɛnərəslɪ] **adv** 慷慨地
gentle	[`dʒɛntl̩] **adj** 溫和的、溫柔的
gently	[`dʒɛntlɪ] **adv** 溫和地、溫柔地
genuine	[`dʒɛnjʊɪn] **adj** 真的、真正的
indigenous	[ɪn`dɪdʒɪnəs] **adj** 當地的、土產的
innate	[`ɪn`et] **adj** 天生的

81 gest, gist carry / root

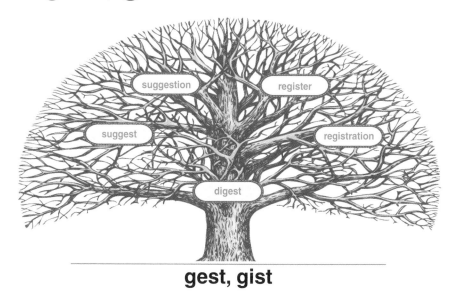

gest, gist

gest 和 *gist* 皆表示「帶」（carry）。digest 表示「帶」（*gest*=carry）「開」（*di-*=*dis-*=away），引申為「消化」；suggest 表示將想法「從由下面往上帶」（*sug-*=*sub-*=up from below）「帶」（*gest*=carry），引申為「建（提）議」；register 表示「帶」「回」來做記錄，引申為「登記」。

digest	[daɪˋdʒɛst] **v** 消化、理解
	This income statement is so difficult to **digest**, and I'll have to read it again later. 這份損益表不易理解，稍後我得再看一遍。
suggest	[səˋdʒɛst] **v** 建議、提議
sugges**tion**	[səˋdʒɛstʃən] **n** 建議、提議
	The restaurant owner accepted the customer's **suggestion** of staying open until midnight. 餐廳老闆接受那名顧客開店到午夜的建議。
regis**ter**	[ˋrɛdʒɪstə] **v** 登記、註冊 補充 cash re**gister** phr 收銀機
regis**tration**	[ˏrɛdʒɪˋstreʃən] **n** 登記、註冊
	The school accepted **registrations** for their new classes as of August 15. 該校接受新班註冊至八月十五日止。

MP3

82 gnor, gnos, gn, know   know / *root*

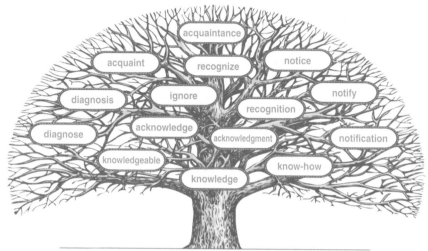

gnor, gnos, gn, know

源來如此

　　know 和 *gnor*、*gnos*、*gn* 同源，皆表示「知道」（know）。**ignor**e 的本意是「不」（*i-*=*in-*=not）「知道」（*gnor*=know），現今的語意是視若無睹，故意「忽視」本來「知道」的事；re**cogn**ize 字面上的意思「再次」（*re-*=again）「知道」（*gn*=know），引申為「辨別出」；dia**gnos**e 表示區別不同病症「之間」（*dia-*=between）的差異，確切「知道」（*gnos*=know）病因，引申為「診斷」；ac**quaint** 表示使人「知曉」（*quaint*=know），引申為「使熟識」；**no**tice 表示讓人「知曉」（*no*=know），引申為「通知」。

knowledge	[`nɑlɪdʒ] **n** 知道、知識、學識
	補充 job **know**ledge **phr** 業務知識
knowledgeable	[`nɑlɪdʒəbl] **adj** 博學的
ac**know**ledge	[ək`nɑlɪdʒ] **v** 認知；（確認收到而）通知；對⋯⋯表示謝忱
	The basketball game was paused for a few minutes to **acknowledge** the retired coach. 為了向退休教練表達謝忱，籃球比賽暫停數分鐘。

acknow**ledgment**	[ək`nɑlɪdʒmənt] **n** 感謝的表示;(確認收到的)通知、認知
know-how	[`no,haʊ] **n** 技能、專業知識
ignore	[ɪg`nor] **v** 不顧、不理會、忽視
	Listening to the person speaking in front of me, I tried to **ignore** the big pimple on his nose. 聆聽在我面前的人講話時,我努力忽視他鼻子上偌大的青春痘。
recognize	[`rɛkəg,naɪz] **v** 認定、認出、辨別出
recognition	[,rɛkəg`nɪʃən] **n** 承認、認可
diagnose	[`daɪəgnoz] **v** 診斷
diagnosis	[,daɪəg`nosɪs] **n** 診斷
	After visiting the doctor for an exam, the retired man awaited the **diagnosis**. 就醫檢查之後,該名退休男子等候診斷結果。
acquaint	[ə`kwent] **v** 使熟悉
acquaint**ance**	[ə`kwentəns] **n** 點頭之交
notice	[`notɪs] **n** 通知、公告
notify	[`notə,faɪ] **v** 通知、告知
	The manager sent his assistant to Steve's office to **notify** him of his termination of employment. 經理派他的助理到史提夫的辦公室去通知他的聘雇中止。
notific**ation**	[,notəfə`keʃən] **n** 通知 補充 send a **no**tification **phr** 寄出通知

83 grad, gred, gress go / root

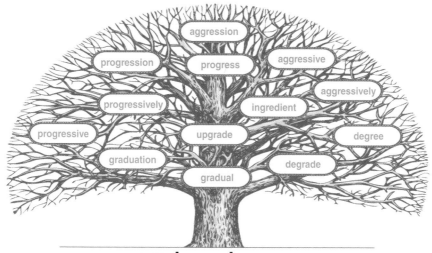

aggression
progression
progress
aggressive
progressively
ingredient
aggressively
progressive
upgrade
degree
graduation
degrade
gradual

grad, gred, gress

源來如此

　　grad、*gred* 和 *gress* 皆表示「走」（go）。**grad**ual 的本意是一步一步「走」（*grad*=go），引申為「逐漸的」；up**grad**e 表示「往上」（up）「走」（*grad*=go），引申為「升級」；de**grad**e 表示「往下」（down）「走」（*grad*=go），引申為「降低」；in**gred**ient 表示「走」（*gred*=go）「入」（*in-*=in），放入各種「原料」，能煮成佳餚或做成產品；pro**gress** 表示「往前」（*pro-*=forward）「走」（*gress*=go），引申為「進步」；ag**gress**ive 表示「朝」（*ag-*=*ad-*=go）某方向「走」（*gress*=go），隱含攻擊意圖，引申為「積極的」、「挑釁的」；de**gree** 表示一「階」（step），一階一階「走」（*gree*=go）可到達某一「等級」或取得「學位」。

gradual	[ˈgrædʒʊəl] **adj** 逐漸的、逐步的
	The **gradual** changes in my partner were hard to distinguish, but after a while, the change was obvious. 我搭檔逐步的改變不易分辨，但是過了一陣子，改變就很明顯。

grad**uation**	[ˌɡrædʒʊˋeʃən] **n** 畢業
upgrad**e**	[ˋʌpˋɡred] **n** 升級、改良；**v** 使升級、改進
	My landlord's son demanded that the cable service package be **upgraded** to the premium level. 我房東的兒子要求寬頻套裝服務升級到優質水準。
degrade	[dɪˋɡred] **v** 降級、降低（品質、地位等）
	The quality of the education at the private university **degraded** when the pay was reduced for the professors. 該所私立大學的教育品質在調降教授薪資時降低了。
in**gred**ient	[ɪnˋɡrɪdɪənt] **n** 材料、成分
	Jill went to a specialty store to find the missing **ingredient** for the holiday drink. 吉爾去一家特產店找尋那款假日飲品還缺少的成分。
progress	[prəˋɡrɛs] **n** 行進、進步、進展
	One must be willing to give up traditional knowledge and beliefs to experience true **progress**. 一個人必須願意放棄傳統知識及信念以體驗真實的進步。
progress**ive**	[prəˋɡrɛsɪv] **adj** 進步的
progress**ively**	[prəˋɡrɛsɪvlɪ] **adv** 逐漸地
progress**ion**	[prəˋɡrɛʃən] **n** 進行、進展
aggress**ion**	[əˋɡrɛʃən] **n** 侵犯、攻擊性
aggress**ive**	[əˋɡrɛsɪv] **adj** 有進取心的、積極的、挑釁的
	The parents were worried about the **aggressive** behavior of their son and sought professional help for him. 該夫婦擔憂他們兒子挑釁的舉止並且尋求對他的專業協助。
aggress**ively**	[əˋɡrɛsɪvlɪ] **adv** 積極地
degree	[dɪˋɡri] **n** 學位
	A Bachelor's or higher-level **degree** are required for teaching positions in this country. 學士或更高學位對這個國家的教職而言是必須的。

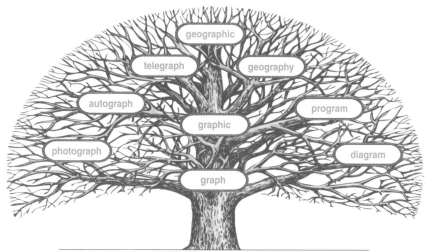

geographic

telegraph　geography

autograph

program

graphic

photograph

diagram

graph

graph, gram

源來如此

　　graph 和 ***gram*** 皆表示「寫」（write）。photo**graph** 表示用「光」（*photo=* light）「寫」（*graph*=write）下記錄，引申為「照片」；auto**graph** 表示「寫」（*graph*=write）下「自己的」（*auto*=self）的名字，引申為「親筆簽名」；tele**graph** 表示透過電線將「遠方」（*tele-*=far）傳來的文字符號透過靜電膽「寫」（*graph*=write）出來，引申為「電報」；geo**graph**y 表示「寫」（*graph*=write）關於「地球」（*geo*=earth）的學問，引申為「地理學」；pro**gram** 源自後期拉丁文，字面上的意思是「往前」（*pro-*=forth）「寫」（*gram*=write）給大家看，表示「公然書寫」，後語意轉變，產生「計劃」、「方案」、「節目單」等意思。

graph	[græf] **n** 圖表
graph**ic**	[ˈgræfɪk] **adj** 圖表的、生動的
photograph	[ˈfotəˌgræf] **n** 照片；**v** 拍照
	An old **photograph** of his deceased wife brought the retired general to tears. 一張已逝妻子的老照片使退休將軍老淚縱橫。

autograph	[`ɔtə,græf] **n**；**v** 親筆簽名
telegraph	[`tɛlə,græf] **n** 電報、電信
geograph**ic**	[dʒɪə`græfɪk] **adj** 地理學的、地理的
geograph**y**	[`dʒɪ`ɑgrəfɪ] **n** 地理學
	補充 economic geo**graph**y 經濟地理學
program	[`progræm] **n** 計劃、方案、節目單
	The after-school **program** was designed to inspire young people to choose a career in science. 該課後方案被設計來鼓舞年輕人選擇科學領域的職業。
diagram	[`daɪə,græm] **n** 圖表、圖解
	The presentation included a colorful **diagram** that showed the breakdown of the budget. 這次報告包括一份呈現預算細目的彩色圖表。

85 **her, hes** stick ／*root*

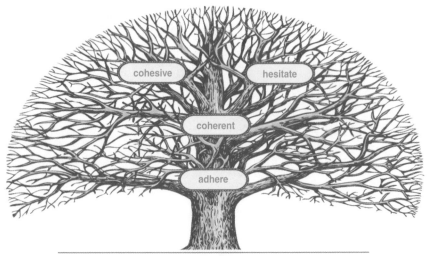

her, hes

MP3

her 和 *hes* 皆表示「黏」（stick）。ad**here** 的本意是「黏著」（*her*=stick），若對群體或人物附著力強，引申為「堅持」、「遵守」；co**her**ent 表示「黏」（*her*=stick）在「一起」（*co-*=*com-*=together），引申為「連貫的」；**hes**itate 表示「黏著」（*hes*=stick），引申為「猶豫」、「躊躇」不前。

ad**here**	[əd`hɪr] **v** 遵守、堅持
	Bob's friends told him that they kicked him out of the group because he did not ad**here** to the club rules. 包柏的朋友告訴他說他們已將他踢出群組，因為他未遵守社團規則。
co**her**ent	[ko`hɪrənt] **adj**（話語）有條理的、連貫的
co**hes**ive	[ko`hisɪv] **adj** 有凝聚力的、有黏著力的
hesitate	[`hɛzə,tet] **v** 猶豫、躊躇
	Please don't **hes**itate to call me, if you need help with the project. 請勿猶豫打電話給我，如果這計劃需要協助的話。

86 **ident** same / *root*

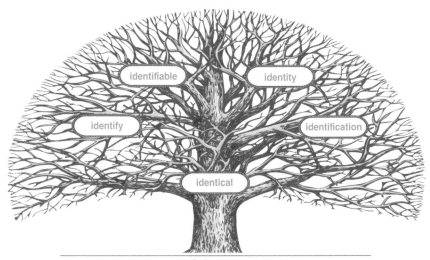

identifiable   identity

identify   identification

identical

ident

　　indent 表示「相同的」。**iden**t**ify** 的本意是「使」（-*if*=make）「相同」（*ident*=same），「辨識」就是現實和記憶中情況比對，找出「相同」者；**iden**t**ity** 表示「相同」（*ident*=same），引申為「身分」，身分是抽象的，需要他人或自我認「同」（*ident*=same）。

ident**ical**	[aɪˋdɛntɪkl̩] **adj** 完全相同的、完全相似的
	The two job candidates had **identical** qualifications, so it was tough to make a decision. 二名職務候選人擁有完全相同的資格，因此難以抉擇。
ident**ify**	[aɪˋdɛntə͵faɪ] **v** 識別、鑑定
	The forensics doctor worked late into the night to **identify** the cause of death. 該名法醫為了鑑定死因而工作至深夜。
ident**ifiable**	[aɪˋdɛntə͵faɪəbl̩] **adj** 可認明的、可識別的
ident**ity**	[aɪˋdɛntətɪ] **n** 個性、身分
	The **identity** of the whistleblower remained hidden, so the media could not interview him. 該名吹哨者的身分一直受到隱藏，因此媒體無法採訪他。
ident**ification**	[aɪ͵dɛntəfəˋkeʃən] **n** 確認、身分證

MP3

inter- between, among / *prefix*

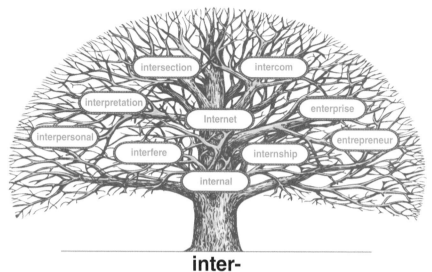

inter-

源來如此

inter- 源自拉丁文的介係詞或副詞，表示「在……之間」（between, among），inter- 黏接 l 開頭的字根時，會拼成 intel-，如：intellectual；inter- 進入法文中產生 enter- 這一變體，借入英文後，往往保留此拼法，如：enterprise。

internal	[ɪnˋtɚnl] **adj** 內部的、國內的
interfere	[ˏɪntɚˋfɪr] **v** 妨害、介入、干涉
	It is a serious problem if a foreign government interferes with the country's elections. 如果有外國政府介入該國選舉，那會是一個嚴重的問題。
Internet	[ˋɪntɚˏnɛt] **n** 網際網路
internship	[ˋɪntɚnˏʃɪp] **n** 實習生的職位、實習期

inter**personal**	[ˌɪntɚˋpɚsənl] **adj** 人際的
	The training program developed **interpersonal** communication skills for the new salespeople. 該訓練課程培養了新進銷售員的人際溝通技巧。
inter**pretation**	[ɪnˌtɚprɪˋteʃən] **n** 解釋、闡明
inter**section**	[ˌɪntɚˋsɛkʃən] **n** 交叉、十字路口
inter**com**	[ˋɪntɚˌkɑm] **n** 內部通話系統
enter**prise**	[ˋɛntɚˌpraɪz] **n** 事業、企業、冒險精神
entre**preneur**	[ˌɑntrəprəˋnɝ] **n** 企業家

88 **-ion, -ation** n /*suffix*

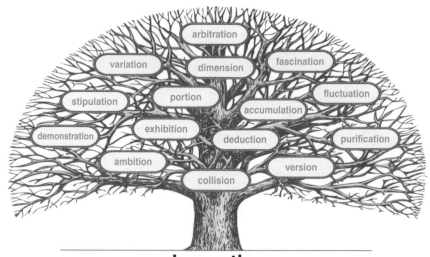

-ion, -ation

MP3

源來如此

-*ion* 源自拉丁語，為名詞字尾，通常加接在拉丁動詞詞幹或拉丁借字後面。-*ion* 有許多變體，例如：*-ition, -ation, -ution, -sion*，但和 *-ion* 的用法和語意差不多。

collision	[kə`lɪʒən] **n** 碰撞、衝突
ambition	[æm`bɪʃən] **n** 雄心、野心
exhibition	[ˌɛksə`bɪʃən] **n** 展覽
	The university students were required to attend the **exhibition** by the famous artist. 該大學學生被要求參加這位知名藝術家的展覽。
deduction	[dɪ`dʌkʃən] **n** 扣除、扣除額
	The cram school made a **deduction** from the salary of the teacher because of his unexcused absences. 因為未被批准而缺勤，補習班扣除該位老師的薪資。
version	[`vɝʒən] **n** 版本
portion	[`porʃən] **n** 部分
dimension	[dɪ`mɛnʃən] **n** 方面、尺寸、維
accumulation	[əˌkjumjə`leʃən] **n** 累積、積聚
demonstration	[ˌdɛmən`streʃən] **n** 示範；示威
stipulation	[ˌstɪpjə`leʃən] **n** 規定、條款
variation	[ˌvɛrɪ`eʃən] **n** 變異
arbitration	[ˌɑrbə`treʃən] **n** 公斷、仲裁
fascination	[ˌfæsn̩`eʃən] **n** 著迷、魅力
fluctuation	[ˌflʌktʃʊ`eʃən] **n** 起伏、波動、漲落
	The unpredictable **fluctuations** in the stock prices makes it difficult to plan an investment strategy. 股價前所未有的波動使規劃投資策略變得困難。
purification	[ˌpjʊrəfə`keʃən] **n** 洗淨、淨化

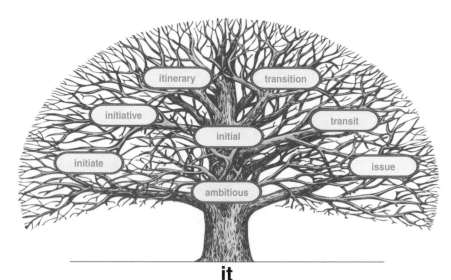

it

源來如此

　　it 表示「走」。ambitious 的本意是「四處」（*ambi-*=around）「走」（*it*=go），後演變為「抱負」；initial 的本意是「走」（*it*=go）「進去」（*in-*=in），引申為「最初的」；itinerary 是行「走」（*it*=go）的路線，引申為「旅程（路線）」；transit 的本意是「走」（*it*=go）「過去」（*trans-*=across），衍生出「運輸」之意；issue 源自古法文，字根和字首變體差異較大，本意是「走」（*ue*=go）「出去」（*iss-*=*ex-*=across），引申為「發行」。

ambitious	[æmˈbɪʃəs] **adj** 有野心的、有企圖心的
	The **ambitious** student stated his desire to attend Harvard University and to be a surgeon. 這位企圖心旺盛的學生陳述他想要進入哈佛大學並且成為一名醫師的渴望。
initial	[ɪˈnɪʃəl] **adj** 最初的、初期的
	The **initial** offer was not to the seller's liking, so he waited for another offer. 那位銷售員不滿意最初的報價，因此他等待另一份報價。

MP3

initiate	[ɪ`nɪʃɪet] **v** 開始、啟蒙
initiative	[ɪ`nɪʃətɪv] **n** 主導、提倡
itinerary	[aɪ`tɪnə,rɛrɪ] **n** 旅程（路線）、旅程表
	The guest speaker had a full **itinerary** during the conference, so he did not have much free time available. 研討會期間，特邀演講者的預定行程滿檔，因此他沒有許多可運用的空閒時間。
transition	[træn`zɪʃən] **n** 轉變、轉換、過渡
	There will be a **transition** period before Dr. Lin takes over as Head of the Nuclear Physics Division. 林博士接手核子物理部門主管之前會有一段過渡時期。
transit	[`trænsɪt] **n** 運輸、運輸系統
issue	[`ɪʃʊ] **n** 期刊（號）；發行物；議題；**v** 發行
	The female employees brought up to their manager the **issue** of equal pay for all genders. 女性員工提醒她們的經理各種性別的薪資都要平等的議題。

90 -ive adj / suffix

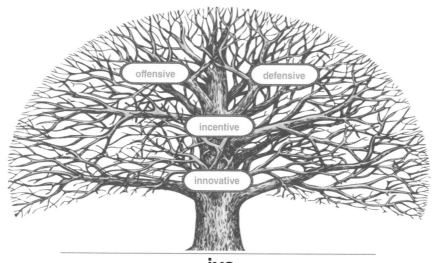

-ive

-ive 源自拉丁語,為形容詞字尾,通常加接在動詞或動詞字根後。-ive 有許多變體,例如:-ative, -itive。

innovative	[ˋɪnoˏvetɪv] **adj** 創新的
	The **innovative** physical therapy reduces the time it takes for accident victims to get back on their feet. 該創新物理治療法減少了意外傷者恢復步行所需的時間。
incentive	[ɪnˋsɛntɪv] **adj** 鼓勵的、獎勵的;**n** 鼓勵、誘因
	As an **incentive**, the company brings their team to Germany for an annual training meeting. 作為一份獎勵,該公司帶他們的團隊到德國參加一項年度訓練會議。
offensive	[əˋfɛnsɪv] **adj** 冒犯的、討厭的
defensive	[dɪˋfɛnsɪv] **adj** 防禦的、保護的

91 ject, jac throw / *root*

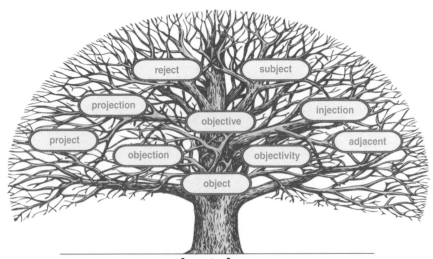

ject, jac

MP3

源來如此

　　ject 和 *jac* 皆表示「丟」、「投擲」（throw）。ob**ject** 表示「丟」（*ject*=throw）到「前面」（*ob-*=before），引申為「反對」、「目標」；pro**ject** 表示「往前」（*pro-*=forward）「丟」（*ject*=throw），表示「計劃」；re**ject** 表示「丟」（*ject*=throw）「回去」（*re-*=back），表示「拒絕」、「駁回」；sub**ject** 表示「丟」（*ject*=throw）到「下面」（*sub-*=under），衍生出「使臣服」的意思，引申為「容易受到……影響的」；ad**jac**ent 表示「丟」（*jac*=throw）到「附近的」（*ad-*=near）。

object	[əb`dʒɛkt] **V** 反對
	When it was proposed that children would not be allowed in the workplace, the women **objected**. 當提出孩童將不許進入工作場所時，這些婦女反對。
object**ion**	[əb`dʒɛkʃən] **n** 反對、異議
object**ive**	[əb`dʒɛktɪv] **n** 目標、目的
object**ivity**	[ˌɑbdʒɛk`tɪvətɪ] **n** 客觀、客觀性
project	[`prɑdʒɛkt] **n** ; [prə`dʒɛkt] **V** 計劃、企劃
	The consultant was hired to coordinate the development **project** because of her ability to organize and communicate. 顧問因為規劃及溝通能力而受聘協調該項發展計劃。 補充 pro**ject** coordinator **phr** 專案負責人 　　　pro**ject** management **phr** 專案管理
project**ion**	[prə`dʒɛkʃən] **n** 預測（值）
reject	[rɪ`dʒɛkt] **V** 拒絕
	The consultant presented a solution to increase worker productivity, but the CEO **rejected** any increase in pay. 顧問提出一項增加員工產能的解決方案，但是執行長拒絕任何加薪。
subject	[`sʌbdʒɪkt] **adj** 容易受到……影響的；以……為條件的 [səb`dʒɛkt] **V** 使……受到 補充 be sub**ject**ed to **phr** 遭受

injection	[ɪn`dʒɛkʃən] **n** 注射
adjacent	[ə`dʒesənt] **adj** 鄰近的
	補充 adjacent to **phr** 鄰近於

92 journ day /root

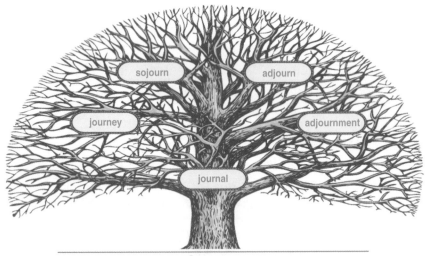

sojourn

adjourn

journey

adjournment

journal

journ

源來如此

　　journ 表示「日」（*journ*=day）。**journ**al 本指「日」（*journ*=day）誌，後演變為「期刊」；**journ**ey 表示一「日」（*journ*=day）之旅，古代交通不便，旅程多不超過一日，現今則指「（長途）旅程」；so**journ** 表示過了一「日」（*journ*=day），後語意改變，引申為「逗留」；ad**journ** 表示到另一「日」（*journ*=day），表示「使延期」、「休（會）」。

MP3

journal	[ˋdʒɚnl] **n** 日誌、期刊
	During her travels, Jill kept a detailed journal of her experiences for her own personal memory. 旅行期間，她將個人記憶中的經歷詳細寫在日記中。 **補充** online journal **phr** 線上期刊
journey	[ˋdʒɚnɪ] **n** 旅程、行程
	When he retired, Fred took a once-in-a-lifetime journey, traveling from Paris to Moscow by rail. 退休時，福瑞德完成一趟千載難逢的旅行，搭火車從巴黎到莫斯科。
sojourn	[ˋsodʒɚn] **n** 逗留、旅居
adjourn	[əˋdʒɚn] **v** 使延期、休（會）
adjournment	[əˋdʒɚnmənt] **n** 延期、休會

93 jun, juven young / *root*

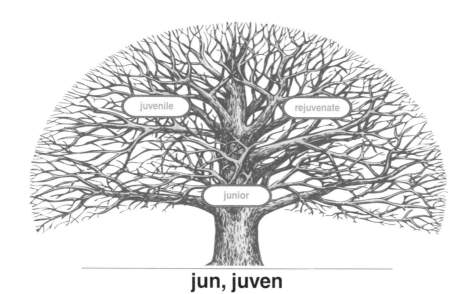

jun, juven

jun 和 juven 皆表示「年輕的」（young）。junior 表示「比較」（-ior）「年輕的」（jun=young）；rejuvenate 表示「使」（-ate=make）「再次」（re-=again）「年輕」（juven=young），引申為「使復原」、「使更生」。

junior	[`dʒunjə] **adj** 年資較淺的
	The **junior** partner at the law firm was given the opportunity to make a case for a promotion. 那位律師事務所的資淺夥伴得到一個可做為升遷充分理由的機會。
juvenile	[`dʒuvənl] **adj** 少年的、適合少年的
re**juven**ate	[rɪ`dʒuvənet] **v** 使復原、使更生

94 **labor** work／root

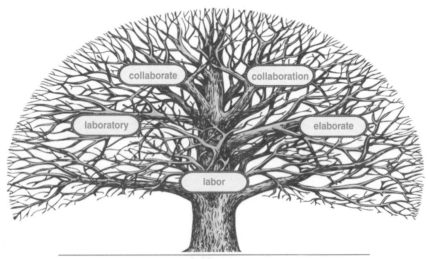

collaborate collaboration

laboratory elaborate

labor

labor

MP3

　　labor 表示「工作」、「勞動」（labor）。**labor**atory 是「勞動」（*labor*=work）之「場所」，許多現象和原理在此被發現、研究，引申為「實驗室」；col**labor**ate 表示大家「一起」（*col-*=*con-*=together）來「做工」（*labor*=work），引申為「合作」；e**labor**ate 表示靠「勞力做」（*labor*=work）「出來」（*e-*=*ex-*=out），後指「精心製作的」。

labor	[ˋlebɚ] **adj** 勞工的、公會的
laboratory	[ˋlæbrə͵torɪ] **n** 實驗室
col**labor**ate	[kəˋlæbə͵ret] **v** 合作
	The famous actor and respected novelist agreed to collaborate on a book project. 知名演員與備受尊敬的小說家對合作一份出書計劃持相同意見。
col**labor**ation	[kə͵læbəˋreʃən] **n** 合作
e**labor**ate	[ɪˋlæbə͵ret] **v** 詳盡說明 [ɪˋlæbərɪt] **adj** 精心製作的、詳盡的
	The employee was asked to elaborate on his reason for arriving late to the office. 該名員工被要求詳盡說明太晚抵達辦公室的原因。

lat carry / *root*

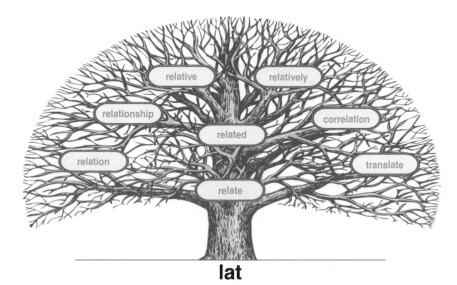

lat

源來如此

　　lat 表示「帶」（carry）。relate 表示「帶」（*lat*=carry）「回去」（*re-*=back）建立「關係」；translate 表示將某語言「帶」（*lat*=carry）「過去」（*trans-*=across）另一個語言，引申為「翻譯」。

rel**at**e	[rɪˋlet] **v** 使……產生關聯
rel**at**ed	[rɪˋletɪd] **adj** 有關的
rel**at**ion	[rɪˋleʃən] **n** 關係
	The **relations** between the two Asian countries have never been better. 這二個亞洲國家之間的關係從未改善。
rel**at**ionship	[rɪˋleʃənˋʃɪp] **n** 關係
rel**at**ive	[ˋrɛlətɪv] **adj** 相對的、相較之下的

relatively	[ˈrɛlətɪvlɪ] **adv** 相對地
	In a **relatively** unexpected move, the office manager resigned after returning from his vacation. 在一個相對意外的行動中，營業處經理在度假回來後辭職了。
correlation	[ˌkɔrəˈleʃən] **n** 相互關係
translate	[trænsˈlet] **v** 翻譯

96 **later** side /*root*

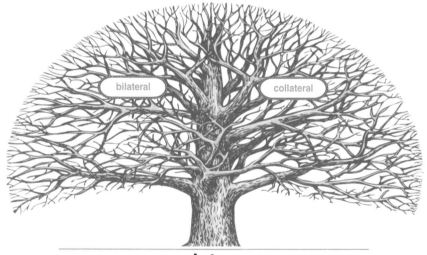

bilateral　　　collateral

later

　　later 表示「邊」（side）。bi**later**al 表示「雙」（*bi-*=two）「邊」（*later*=side）「的」（*-al*）；col**later**al 表示兩個「邊」（*later*=side）靠在「一起」（*com-*=together），即「並排」（side by side），引申為借貸時要附帶的「擔保品」、「抵押品」。

bilateral	[baɪˋlætərəl] **adj** 雙邊的
collateral	[kəˋlætərəl] **n** 擔保品、抵押品
	Phil received a bank loan to open his business, but he had to offer his house as **collateral**. 菲爾收到一筆開業的銀行貸款，但必須提供他的房子作為擔保品。

97 **lead** guide / *root*

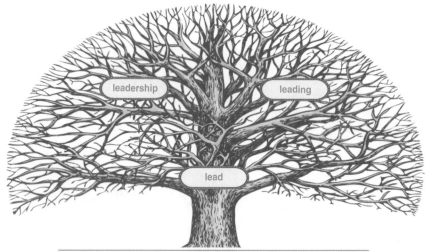

leadership　leading　lead

lead

源來如此

　lead 表示「引領」（guide）。

lead	[lid] **v** 領導、主導
	The hotel manager was recruited to **lead** a team to open a new property in Australia. 該飯店經理受雇領導一支團隊開啟位在澳洲的一份新資產。 補充 **lead** role **phr** 主角

leadership	[ˋlidəʃɪp] **n** 領導（地位）、領導力
leading	[ˋlidɪŋ] **adj** 領導的、領先的
	The police investigators turned to Mr. Jackson, who was a **leading** authority on DNA analysis. 警方調查幹員轉向傑克森先生求援，他是 DNA 分析的領先權威。

98 lect, leg, lig gather, choose, read, law /root

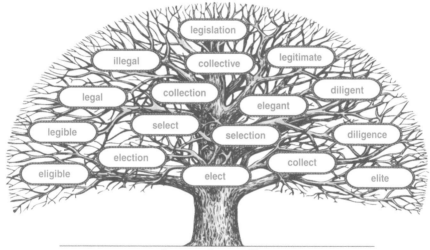

legislation
illegal
collective
legitimate
legal
collection
diligent
elegant
legible
select
selection
diligence
election
collect
eligible
elect
elite

lect, leg, lig

源來如此

　　lect、*leg* 和 *lig* 皆表示「聚集」（gather）、「選擇」（choose）、「讀」（read）等，而 *leg* 亦有「法律」（law）的意思。**elect** 表示「選」（*lect*=choose）「出來」（*e-=ex-*=out），引申為「選舉」；**select** 表示把「選」（*lect*=choose）到的東西「分開」（*se-*=apart）來，表示「挑選」，引申為「收集」；**collect** 表示把東西給「聚集」（*lect*=gather）在「一起」（*col-=con-*=together），引申為「收集」；**elegant** 表示「選」（*leg*=choose）「出來」（*e-=ex-*=out），精挑細選極重品味，引申為「優雅的」；**legible** 表示

清晰「可」（-ble）「讀」（leg=read）的；illegal 表示「不」（il-=in-=not）「合法」（leg=law）「的」（-al）；legitimate 表示合「法」（leg=law）「的」（-ate）；diligence 表示「選擇」（lig=choose）所要的事物，將之「分開」，隱含「專注」、「謹慎」、「小心」等意思，引申為「勤勞」；elite 表示「選」（lit=choose）「出來」（e-=ex-=out）的優秀的人或物，引申為「菁英」、「精華」。

elect	[ɪˈlɛkt] **v** 選出
election	[ɪˈlɛkʃən] **n** 選舉
	The professor went to the African country to observe its first democratic **election**. 該教授遠赴那個非洲國家觀察他們的首次民主選舉。
select	[səˈlɛkt] **v** 選擇、挑選
selection	[səˈlɛkʃən] **n** 選擇、選出來的東西、可選擇的範圍
	Most medical institutes would have a good **selection** of those books in their libraries. 大多數醫學機構都有那些書籍的豐富收藏。
selective	[səˈlɛktɪv] **adj** 選擇性的
collect	[kəˈlɛkt] **v** 收集、收取、收（欠款）
	After forgetting to pay his monthly automobile payment, he received a call to **collect** payment. 忘記支付每月的汽車款項之後，他接到一通收款電話。 補充 **col**lect call **phr** 對方付費電話
collectable	[kəˈlɛktəbl] **adj** 可收集的
collection	[kəˈlɛkʃən] **n** 收藏品、收集的東西；（款項的）收取
	The barber was proud to show his friend his **collection** of vinyl records, which are making a comeback. 理髮師自豪地展示他的黑膠唱片收藏給他朋友看，這些都恢復到原來不錯的狀態。

MP3

collect**ive**	[kə`lɛktɪv] **adj** 集體的、共同的
collect**ively**	[kə`lɛktɪvlɪ] **adv** 集體地、全體地
recollect**ion**	[ˌrɛkə`lɛkʃən] **n** 回憶、回想
eleg**ant**	[`ɛləgənt] **adj** 優雅的、高雅的
eleg**antly**	[`ɛləgəntlɪ] **adv** 優雅地
elig**ible**	[`ɛlɪdʒəbl] **adj** 有資格的、合適的
leg**ible**	[`lɛdʒəbl] **adj**（字樣）易讀的
illeg**ible**	[ɪ`lɛdʒəbl] **adj**（文字）難以判讀的
leg**al**	[`ligl] **adj** 法律的、合法的 **補充** **leg**al counsel **phr** 法律諮詢 **leg**al department **phr** 法務部門
illeg**al**	[ɪ`ligl] **adj** 違法的 The coast guard had the difficult challenge of preventing **illegal** fishing in its territory. 海岸警衛隊在防止該區域非法捕魚的任務上遇到困難的挑戰。
leg**islation**	[ˌlɛdʒɪs`leʃən] **n** 立法；法律、法規 The lawmakers were in session to pass important **legislation** that would secure human rights. 立法委員在開議期間通過保衛人權的重要法律。
leg**itimate**	[lɪ`dʒɪtəmɪt] **adj** 合法的、正當的
dil**ig**ent**	[`dɪlədʒnt] **adj** 勤勉的、勤勞的
dil**ig**ence**	[`dɪlədʒəns] **n** 勤勞
elit**e**	[e`lit]/[ɪ`lit] **n** 菁英、精華

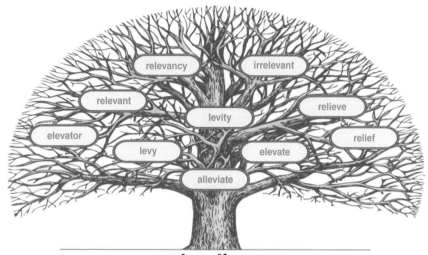

99 lev, liev light, lift, raise / *root*

lev, liev

　　lev 和 *liev* 皆表示「輕的」（light），衍生出「提起」（lift, raise）的意思。alleviate 表示減「輕」（*lev*=light）痛苦，引申為「緩和」；levy 表示「提起」（*lev*=raise）某物，衍生出提高稅賦的意思，引申為「徵收」；elevate 表示「提起」（*lev*=raise）某物，使之「往上」（*e-*=*ex-*=up）移動，引申為「提升……的職位」；relevant 表示「提起」（*lev*=raise）重物使負擔變「輕」，本意是「減輕」，引申為「有幫助的」，再衍生出「依賴」的意思，最後才產生「有關的」的意思。

alleviate	[əˋlivɪ͵et] **V** 減輕、緩和
	The businessman visited the massage parlor to **alleviate** the stress of his workplace. 該企業人士造訪按摩院以減緩他的職場壓力。
levy	[ˋlɛvɪ] **V** 徵收
	The politician proposes an alternative solution to raise funds instead of **levying** new taxes. 該政治人物提出一項募集資金的替代方案，而不是徵收新稅。

levity	[ˈlɛvətɪ] **n** 輕率
elevate	[ˈɛləˌvet] **v** 舉起、提升……的職位
elevator	[ˈɛləˌvetə] **n** 電梯、升降機
relevant	[ˈrɛləvənt] **adj** 有關的、切題的
	In order to understand the source of her illness, the young student studied **relevant** medical articles. 為了瞭解自己的疾病來源，那位年輕學生研讀了相關醫學文章。
relevancy	[ˈrɛləvənsi] **n** 相關性、實用性
irrelevant	[ɪˈrɛləvənt] **adj** 不恰當的、不對題的
relieve	[rɪˈliv] **v** 減輕；換……的班、解除職務
	The therapist applied pressure to specific points on the face to **relieve** the sinus pressure. 治療師按壓臉部特定的穴位以減緩鼻竇的壓力。
relief	[rɪˈlif] **n** 救濟、救濟金、接班者

100 **limin** limit, threshold */root*

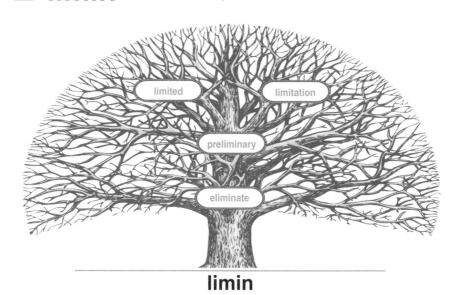

- limited
- limitation
- preliminary
- eliminate

limin

　　limin 表示「界線」、「限制」（limit）、「門檻」（threshold）。**elimin**ate 表示排除在「門檻」（*limin*=threshold）之「外」（*e-*=*ex-*=out），表示「消除」沒有必要的事物；pre**limin**ary 表示在「門檻」（*limin*=threshold）之「前」（*pre-*=before），表示需要「預備的」、「初步的」。

eliminate	[ɪˋlɪməˌnet] **v** 排除、消除
	The community leaders gathered to share ideas to **eliminate** poverty and homelessness. 社區領袖聚集分享消除貧窮與無家可歸的想法。
pre**limin**ary	[prɪˋlɪməˌnɛrɪ] **adj** 預備的、初步的
	The government appointed a committee to conduct a **preliminary** evaluation of the public transportation infrastructure. 政府指派一個委員會執行一項大眾運輸基礎設施的初步評估。
limited	[ˋlɪmɪtɪd] **adj** 有限的
limitation	[ˌlɪməˋteʃən] **n** 限制、侷限
	The pandemic prompted governments to impose **limitations** on travel and large gatherings. 疫情促使政府對於旅行及大型集會加以限制。

MP3

101 lingu language /root

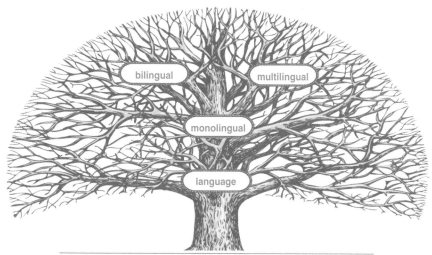

lingu

　　lingu 表示「語言」（language）。mono**lingu**al 表示「單」（*mono-*=one）「語言」（*lingu*=language）「的」（*-al*）；multi**lingu**al 表示「多種」（*multi-*=many）「語言」（*lingu*=language）「的」（*-al*）

language	[ˋlæŋgwɪdʒ] **n** 語言
	Fluency in two or three **languages** is a requirement for bank workers in Switzerland. 熟練二、三種語言是瑞士銀行人員的一項規定。
monolingual	[͵mɑnəˋlɪŋwəl] **adj** 單語的；僅懂一種語言的 **n** 只用一種語言的人
bilingual	[baɪˋlɪŋwəl] **adj**（能說）兩種語言的；雙語的 **n** 通兩種語言的人
	Bilingual hospital workers are in short supply, making it difficult for foreigners who need healthcare. 雙語醫療人員短缺，導致需要醫療保健服務的外國人難以就醫。
multilingual	[ˋmʌltɪˋlɪŋwəl] **adj** 使用多種語言的 **n** 使用多種語言的人

ⓒ **liter, letter** letter /*root*

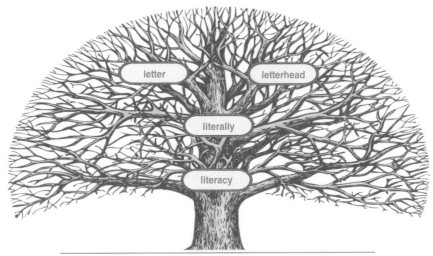

liter, letter

> **源來如此**
>
> *liter* 表示「字母」（letter）。**liter**acy 表示識「字母」（letter）的能力，引申為「讀寫能力」。

literacy	[ˈlɪtərəsɪ] **n** 讀寫能力
	Taiwan has a high level of **literacy**, because its society places great value on education. 台灣有高水準的讀寫能力，因為社會非常重視教育。
literally	[ˈlɪtərəlɪ] **adv** 照字面意義地、確實地
letter	[ˈlɛtɚ] **n** 信、函；字母 補充 **letter** of credit **phr** 信用狀
	The bank provided the manufacturer with a **letter** of credit, so it would be able to ship the products. 該銀行提供那家製造商一紙信用狀，因此它能夠船運產品。
letterhead	[ˈlɛtɚˌhɛd] **n** （印在信箋上的）信頭

103 **loc** place /root

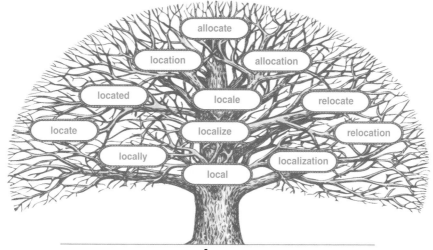

loc

源來如此

　　loc 表示「地方」、「放置」（place）。local 表示屬於某個「地方」（*loc*=place）「的」（*-al*），引申為「當地的」；locate 表示將……「放置」（*loc*=place）於，引申為「使……座落於」；allocate 表示將物品「置」（*loc*=place）於某「地方」，引申為「分配」、「分發」。

local	[`lokl] **adj** 地方的、當地的
	The purchase manager decided to place an order to a **local** supplier.
	採購經理決定向一家當地廠商下訂單。
	補充 **loc**al time **phr** 當地時間
locally	[`lokəlɪ] **adv** 在當地
localize	[`lokl‚aɪz] **v** 使……局部化、使……具地方色彩
localization	[‚lokəlaɪˋzeʃən] **n** 本土化
locale	[loˋkæl] **n** （事情發生的）現場；（書籍或電影中的）場景
locate	[loˋket] **v** 找到……的位置；使……座落於
located	[`loketɪd] **adj** 位於……的

location	[loˋkeʃən] **n** 地點、位置
	The **location** of the witness was kept secret until she could make an appearance in court. 證人的位置被保密到她能夠出庭為止。
allocate	[ˋæləˌket] **v** 分配、分派
	As project manager, Roberto will have to **allocate** jobs to his team members. 身為專案經理，羅伯特必須分派工作給他的團隊成員。
allocation	[ˌæləˋkeʃən] **n** 分配、分派
relocate	[riˋloket] **v** 搬遷（工廠等）
	The company had a hard time recruiting anyone who was willing to **relocate** to their office in the Middle East. 公司度過一段艱困時期，就是招募任何願意搬遷到他們位於中東地區辦公室人員的時候。
relocation	[riloˋkeʃən] **n** 遷移

104 **log** speak, study / *root*

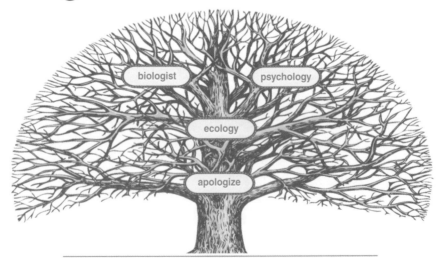

log

log 表示「說」（speak），也有「研究」、「學問」（study）的意思。apologize 表示把「話」（*log*=speak）說「開」（*apo-*=away），引申為「道歉」；psycho**log**y 是研究「心理」（*psych*=mind）的「學問」（*log*=study）。

apo**log**ize	[əˋpɑlə͵dʒaɪz] **V** 道歉
	Shuttle buses may be subject to delay; we **apologize** for any inconvenience caused. 接駁車可能會延誤，我們在此為造成的任何不便致上歉意。
eco**log**y	[ɪˋkɑlədʒɪ] **n** 生態學
bio**log**ist	[baɪˋɑlədʒɪst] **n** 生物學家
psycho**log**y	[saɪˋkɑlədʒɪ] **n** 心理學、心理

105 loqu, locu speak /*root*

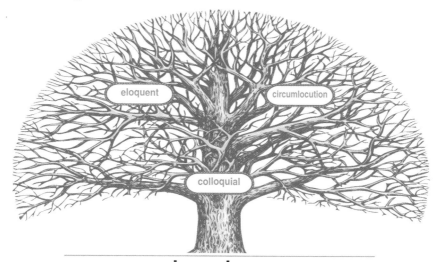

loqu, locu

　　loqu 和 *locu* 皆表示「說」（speak）。colloquial 表示在日常生活中，大家「一起」（*col-*=*con-*=together）「說」（*loqu*=speak）的話，有別於正式用語，引申為「口語的」；eloquent 表示「說」（*loqu*=speak）「出來」（*e-*=*ex-*=out），意指「雄辯滔滔」；circumlocution 表示「環繞」（*circum-*=around）著主題「說」（*locu*=speak），但不切入主題，引申為「迂迴說法」。

colloquial	[kə`lokwɪəl] **adj** 口語的、通俗的
	The visitor studied Chinese, but he could not understand the **colloquial** language spoken by the locals. 該來訪人士研讀中文，但他無法理解當地人所説的口語用法。
eloquent	[`ɛləkwənt] **adj** 有口才的、雄辯的
	During the wedding reception, the father of the bride gave an **eloquent** and touching speech. 婚宴期間，新娘的父親發表了滔滔不絕而又感人的談話。
circumlocution	[ˌsəkəmlo`kjuʃən] **n** 迂迴説法

106 **lys, lyz** loose / *root*

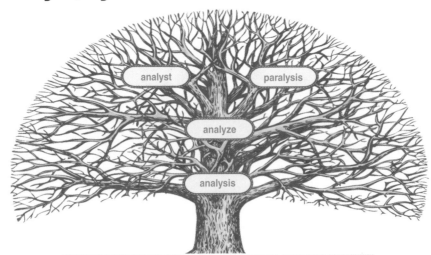

lys, lyz

lys 和 *lyz* 皆表示「鬆的」（loose）、「鬆開」（loosen）。analysis 表示從「後面」（*ana-*=back）「鬆開」（*lys*=loosen），引申為「分析」；paralysis 表示「旁邊」（*para-*=beside）都「鬆掉」（*lys*=loosen），身體四肢鬆垮垮，即「癱瘓」。

analy**sis**	[əˋnæləsɪs] **n** 分析
	The investigator ordered a full **analysis** of the blood stain to find any DNA evidence. 調查幹員要求一份血漬的完整分析以找到任何 DNA 的線索。
analy**ze**	[ˋænḷˌaɪz] **v** 分析
analy**st**	[ˋænḷɪst] **n** 分析師
paraly**sis**	[pəˋræləsɪs] **n** 麻痺、癱瘓

107 **mand, mend** order, entrust / *root*

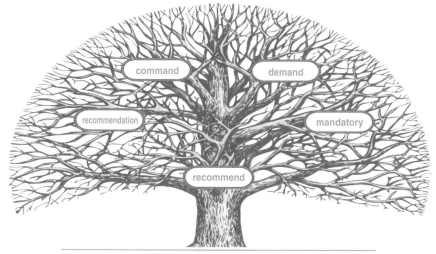

mand, mend

mand 和 mend 皆表示「命令」（order）、「託付」（entrust）。recommend 表示將某人「託付」（*mend*=entrust）給其他人，引申為「推薦」、「建議」；command 表示「命令」（*mand*=order）；demand 表示「命令」（*mand*=order）對方照自己意思行事，引申為「（強烈）要求」；mandatory 表示「命令」（*mand*=order）「的」（*-ory*）。

recommend	[ˌrɛkəˋmɛnd] **v** 推薦；建議
recommend**ation**	[ˌrɛkəmɛnˋdeʃən] **n** 推薦；建議
	The student owed his acceptance into Harvard to the professor who gave him a heartfelt **recommendation**. 學生將獲得哈佛大學入學許可歸功給那位為他寫了一份衷心推薦信的教授。
command	[kəˋmænd] **v** 命令、指揮
demand	[dɪˋmænd] **v**（強烈）要求；**n** 需求
	The **demand** for video gaming continues to increase, indicating a good investment opportunity. 電動遊戲需求持續攀升，顯示出一個好的投資機會。
mandatory	[ˋmændəˌtorɪ] **adj** 命令的、義務的

◀ MP3

108 manu, mani, man hand /root

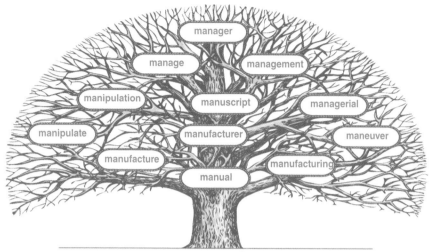

manu, mani, man

源來如此

　　manu、*mani* 和 *man* 皆表示「手」（hand）。**manu**al 表示「手」（manu=hand）冊；**manu**facture 表示用「手」（*manu*=hand）「做」（*fact*=do）東西，工業革命後語意轉變，產生「大規模生產」的意思；**manu**script 表示用「手」（*manu*=hand）「寫」（*script*=write），引申為「手稿」；**mani**pulate 原意類似 handful，意圖把「手」（*mani*=hand）「填滿」（*pul*=full），即一切掌握在「手」中，常指以不正當手段來「操縱」他人或事物；**man**age 表示用「手」（*man*=hand）操控，引申為「經營」、「管理」；**man**euver 表示用「手」（*man*=hand）「操控」（*euver*=*oper*=operate），引申為「調動」。

---

manu**al**	[ˈmænjʊəl] **n** 說明書、手冊
	The customer service worker asked the woman to refer to the **manual** in order to reinstall the operating system.
	該客服員工要求婦人查閱說明書以重新安裝操作系統。

manu**facture**	[,mænjə`fæktʃə] **n** 廠商、製造商；**v** 製造
	The community leader established the **manufacture** of sellable goods in order to increase employment. 這位社區領袖設立可販售商品的廠商以增加就業。
manu**facturer**	[,mænjə`fæktʃərə] **n** 製造商、製造業者
manu**facturing**	[,mænjə`fæktʃərɪŋ] **adj** 製造（業）的
manu**script**	[`mænjə,skrɪpt] **n** 手稿、原稿
mani**pulate**	[mə`nɪpjə,let] **v** 操作、操縱
	The wheelchair escalator is designed so that it is easy to **manipulate**. 輪椅電梯設計得容易操作。
mani**pulation**	[mə,nɪpjʊ`leʃən] **n** 操縱
man**age**	[`mænɪdʒ] **v** 經營、管理；設法想到、勉強做到
	I'm afraid I can't **manage** the time to see the client at the moment. 恐怕我現在抽不出時間去見那名客戶。
man**ager**	[`mænɪdʒə] **n** 經理、負責人
	Organizational ability is an essential attribute for a competent **manager**. 組織能力是一名稱職的經理必要的特質。
man**agement**	[`mænɪdʒmənt] **n** 管理、經營、經營團隊
man**agerial**	[,mænə`dʒɪrɪəl] **adj** 管理的
man**euver**	[mə`nuvə] **v** 調動

MP3

109 **mark** sign / *root*

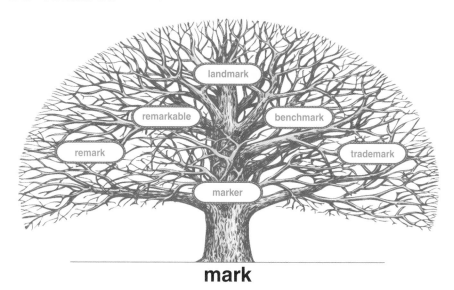

mark

　　mark 表示「記號」（sign）。re**mark**able 表示特別做「記號」（*mark*）「的」（*-able*），引申為「非凡的」、「卓越的」。

mark**er**	[mɑrkɚ] **n** 馬克筆、標誌、紀念碑
re**mark**	[rɪ`mɑrk] **n**；**v** 議論、評論
	A negative **remark** about immigrants cast the political candidate as a racist man. 一份關於移民的負面言論讓該位政治候選人成為一名種族主義人士的角色。
re**mark**able	[rɪ`mɑrkəbl] **adj** 非凡的、卓越的
	The **remarkable** young pianist began taking music lessons when he was four years old. 該位卓越的年輕鋼琴家四歲開始修習音樂課程。

landmark	['lænd,mɑrk] **n** 地標、里程碑
	The tall church tower was a **landmark** that could be spotted anywhere from the town. 高聳的教堂塔樓是一處從小鎮任何地方都能看見的地標。
benchmark	['bɛntʃ,mɑrk] **n** 基準
	補充 income bench**mark** **ph** 薪資指導價
trademark	['tred,mɑrk] **n** 商標
	The company worked with attorneys to protect their product's name as a **trademark**. 該公司與律師合作以保護作為商標的自家產品名稱。

110 **mater** mother / root

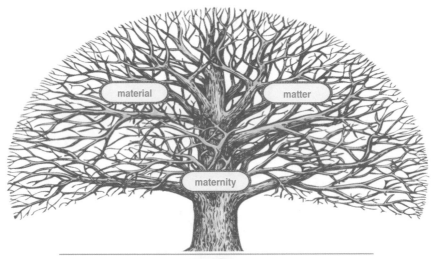

源來如此

　　mater 和 *mother* 同源，皆表示「母親」（mother）。**mater**ial 表示「物質」（matter），泛稱所有組成可觀測物體的基本成份，就像構成萬物的「母親」（mother）。

maternity	[mə`tɜnətɪ] **n** 母性、母愛;產科醫院
	Many countries require companies to provide maternity leave for its employees who give birth. 許多國家要求企業提供生育的員工產假。
	補充 **matern**ity leave **phr** 產假
material	[mə`tɪrɪəl] **n** 材料、原料、物質
	補充 raw **material** **phr** 原料
matter	[`mætə] **n** 問題、事件
	After the police refused to arrest the suspect, angry citizens took the matter into their own hands. 警方拒絕逮補該名嫌犯之後,憤怒的市民便親自處理問題。

111 **memor, member** remember /*root*

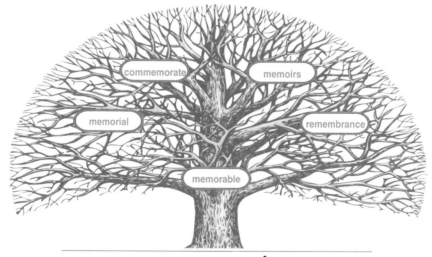

memor, member

源來如此

　　memor 和 *member* 皆表示「記得」(remember)。**memoirs** 是讓人「記得」(*memoir*=*memor*=remember)一生事蹟的記錄,即「回憶錄」。

memorable	[`mɛmərəbl] **adj** 值得紀念的、難忘的
	At his retirement party, the COO thanked his co-workers for giving him a **memorable** sendoff. 在退休派對上，營運長感謝他的同事給他一個難忘的送行。
memorial	[mə`mɔrɪəl] **n** 紀念物；**adj** 紀念的
commemorate	[kə`mɛmə,ret] **v** 慶祝、紀念
	The special gold watch **commemorates** the 200th anniversary of the country's founding. 該支特殊金錶紀念該國建立 200 周年。
memoirs	[`mɛmwɑrs] **n** 回憶錄、自傳
remembrance	[rɪ`mɛmbrəns] **n** 回憶、紀念

112 -ment n /*suffix*

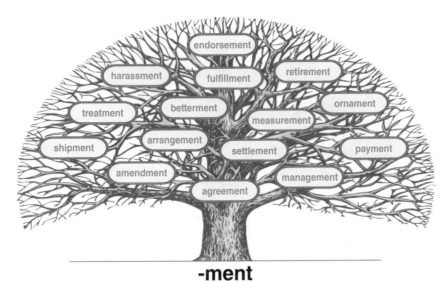

endorsement
harassment fulfillment retirement
treatment betterment ornament
measurement
shipment arrangement settlement payment
amendment management
agreement

-ment

源來如此

-*ment* 為名詞字尾，加在動詞或動詞字根後。

MP3

agreement	[əˋgrimənt] **n** 同意、協定
	The company had to pay a large fine for not adhering to its agreement with the local government. 公司必須支付巨額罰金，因為未遵守與當地政府的協議。
amendment	[əˋmɛndmənt] **n** 修正
	The committee convened to make an amendment to the corporate by-laws. 委員會開會以針對公司章程做出修正。
arrangement	[əˋrendʒmənt] **n** 布置、準備
	I'm sure the two parties will come to an arrangement soon. 我確信雙方很快就會達成協議。
settlement	[ˋsɛtḷmənt] **n** 協議、支付、償付
	The female pundit accepted a settlement of $ 500,000 from the magazine. 這名女性名嘴接受了雜誌 50 萬美元的庭外和解費。
management	[ˋmænɪdʒmənt] **n** 管理 補充 attendance manage**ment** phr 考勤管理
	The CEO was recruited by the bank because of his reputation as an expert in financial management. 執行長因為財務管理專家的聲譽而受到該銀行的網羅。
betterment	[ˋbɛtəmənt] **n** 改善、改良
fulfillment	[fʊlˋfɪlmənt] **n** 履行、實行
measurement	[ˋmɛʒəmənt] **n** 測量、尺寸
shipment	[ˋʃɪpmənt] **n** 運輸、運輸的貨物、裝載的貨物（量）
	The quality assurance agent was responsible for examining the arriving shipment for any product defects. 品質保證代理商要為運抵貨物的任何產品瑕疵檢查負責。
treatment	[ˋtritmənt] **n** 處理、對待
harassment	[ˋhærəsmənt] **n** 騷擾、煩惱
endorsement	[ɪnˋdɔrsmənt] **n** 背書、支持
	The section chief asked her manager if he could give her an endorsement for the new position that was open. 課長問她的經理是否可以支持她去爭取開缺的新職務。

retirement	[rɪˋtaɪrmənt] **n** 退休、退役
ornament	[ˋɔrnəmənt] **n** 裝飾、裝飾品
payment	[ˋpemənt] **n** 支付、付款、支付的款項
	In some parts of the world, people can make a **payment** at stores with their smart phones. 在世界上某一些地區，人們可以用他們的智慧型手機在商店支付。

113 **ment, mind** mind / *root*

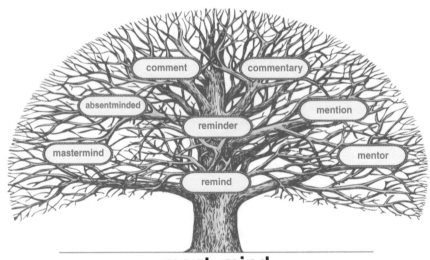

ment, mind

MP3

ment 表示「心（智）」（mind）。remind 表示讓某事「再次」（re-=again）進到某人「心」（mind）裡，引申為「使想起」；comment 表示出自內「心」（ment=mind）的想法，引申為「評論」；mention 表示某事進到內「心」（ment=mind），引申為「提到」；mentor 通常指「心」（ment=mind）靈導師。

re**mind**	[rɪˈmaɪnd] **v** 提醒、使想起
	My assistant called the consultant and **reminded** him the review meeting had been cancelled. 我的助理打電話給顧問並提醒他檢討會議已經取消了。
re**mind**er	[rɪˈmaɪndɚ] **n** 提醒者、作為提醒的事物
mastermind	[ˈmæstɚˌmaɪnd] **n** 策劃者、主謀者
absentmind**ed**	[ˈæbsəntˈmaɪndɪd] **adj** 心不在焉的
com**ment**	[ˈkɑmɛnt] **v** 評論、發表意見
	Below the online video is a section for viewers to leave their **comments**. 線上影片底下有一個提供觀賞者留下評論的區域。
com**ment**ary	[ˈkɑmənˌtɛrɪ] **n** 評論、評註、實況報導
mention	[ˈmɛnʃən] **v** 提到
	The clerk apologized to his co-workers for being late, but he was too embarrassed to **mention** the reason. 該名職員為了遲到而向他的同事道歉，但是太尷尬而未提及原因。
mentor	[ˈmɛntɚ] **n** 導師

114 **merc** market, trade /*root*

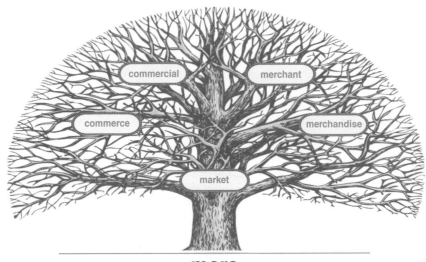

merc

---

merc 表示「市場」（market）、「交易」（trade）。com**merc**ial 表示「一起」（*com-*=together）「交易」（*merc*=trade）「的」（*-ial*），引申為「商業的」；**merc**hant，表示從事「交易」（*merc*=trade）的「人」（*-ant*=one who），引申為「商人」。

---

market	[ˋmɑrkɪt] **n** 市場
	補充 flea **market** phr 跳蚤市場
	My secretary explored the flea **market** every Sunday to find special items and to save money. 我的秘書每周日都逛跳蚤市場以找尋特別的物品並省下金錢。
comm**erc**e	[ˋkɑmɝs] **n** 商務、貿易

commercial	[kə`mɝʃəl] **adj** 商業的、商務的；**n** 廣告
	補充 commercial relations **phr** 商業上的關係 commercial value **phr** 商業價值 commercial use **phr** 商業用途 commercial space **phr** 商業空間
	The famous jewelry company planned to open a new store in the **commercial** center of the city. 該知名珠寶公司規劃在市區商業中心開一家新店。
merchant	[`mɝtʃənt] **n** 商人；**adj** 商業的、貿易的
	For hundreds of years, **merchants** from Europe and Asia traveled the Silk Road to exchange goods. 數百年來，來自歐洲及亞洲的商人行經絲路交換商品。
merchandise	[`mɝtʃən,daɪz] **n** 商品
	The new jewelry store advertised that it sold only the finest luxury **merchandise** from Europe. 新開幕的珠寶店宣傳他們只賣最精巧的歐洲奢華商品。

115 **min** project / *root*

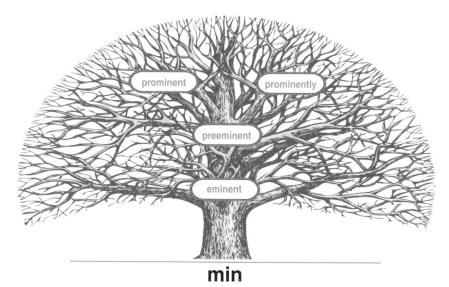

min

　　min 表示「突出」（project）。e**min**ent 字面上的意思是「突出」
（*min*=project）到「外面」（*e-*=*ex-*=out）「的」（*-ent*），有「鶴立雞群」
的意思，引申為「卓越的」、「名聲顯著的」；pree**min**ent 表示不只突出
到外面，還「超前」（*pre-*=forward），引申為「優秀的」、「卓越的」；
pro**min**ent 表示「突出」（*min*=project）到「前面」（*pro-*=before, forward）
「的」（*-ent*），引申為「著名的」、「顯著的」。

emin**ent**	[ˋɛmənənt] **adj** 卓越的、名聲顯赫的
preemin**ent**	[priˋɛmɪnənt] **adj** 優秀的、卓越的
	Established in 1895, this store was known as the **preeminent** clothier in Hong Kong. 創立於 1895 年，這家店舖以香港優越的服飾店聞名。
promin**ent**	[ˋprɑmənənt] **adj** 著名的、顯著的
	For its board, the charity sought retired businessmen who were once **prominent** business leaders. 為了董事會，該慈善機構物色了曾是顯赫商界領袖的退休商人。
promin**ently**	[ˋprɑmənəntlɪ] **adv** 顯著地、顯眼地

MP3

116 mit, miss send /root

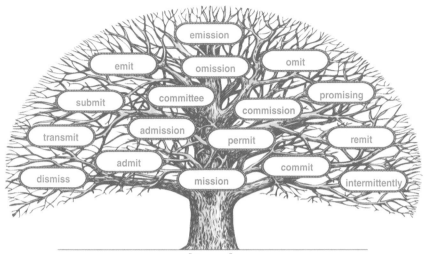

mit, miss

源來如此

　　mit 和 *miss* 皆表示「送」（send）。**miss**ion 表示被派「送」（*miss*=send）去出去，引申為「任務」。ad**mit** 表示「往……」（*ad-*=to）「送」（*mit*=send），引申為「承認」、「准許」；per**mit** 表示「通過」（*per-*=through）錄取門檻，將人或物「送」（*mit*=send）入某個地點或機構，引申為「許可」、「允許」；com**mit** 表示「送」（*mit*=send）在「一起」（*con-*=together），引申為「奉獻」、「使致力於某事致力」等；dis**miss** 表示把人給「送」（*miss*=send）「離開」（*dis-*=away），引申為「解雇」；trans**mit** 表示「送」（*mit*=send）「過去」（*trans-*=across），引申為「傳播」、「傳送」；sub**mit** 表示從「下面」（*sub-*=under）往上「送」（*mit*=send），引申為「提交」；e**mit** 表示「送」（*mit*=send）「出去」（*e-*=*ex-*=across），引申為「發出」、「射出」、「散發」；o**mit** 表示將東西「送」（*mit*=send）走，引申為「刪除」；pro**mis**ing 表示「往前」（*pro-*=forward）「送」（*mis*=send）「的」（*ing*），這個字通常表示「有前途的」，因為一個有前途的人，必定可以勇往直前，通過各個難關，好像是上天「承諾」要將他「送」（*mis*=send）往光明之處；re**mit** 表示「送」（*mit*=send）「回去」（*re-*=back），引申為「匯寄」、「匯款」；inter**mit**tent 表示「送」（*mit*=send）進「兩（三）者之間」（*inter-*=between, among），表示「打斷」，引申為「斷斷續續地」、「間歇性地」。

mission	[ˋmɪʃən] **n** 任務
	The undercover agent was sent on a dangerous **mission** to infiltrate criminal gangs. 該名臥底特務被派赴滲透犯罪集團的危險任務。
admit	[ədˋmɪt] **v** 承認 補充 be ad**mit**ted to **phr** 被允許進入……
admiss**ion**	[ədˋmɪʃən] **n** 入場
	My roommate prayed every day that she would be able to earn **admission** into an Ivy League university. 我的室友每天祈禱能夠獲得一所長春藤聯盟大學的入學許可。 補充 free ad**miss**ion **phr** 免費入場
permit	[ˋpɝmɪt] **n** 許可證、證照；[pɚˋmɪt] **v** 許可、允許
	The street vendor received a fine of $100 because he did not have a **permit** to sell cigarettes. 該街頭攤販收到一張 100 美元的罰單，因為他沒有販售香菸的許可證。 補充 get a per**mit** **phr** 得到許可 per**miss**ion **n** 允許、許可
commit	[kəˋmɪt] **v** 奉獻、使致力於某事
commit**ment**	[kəˋmɪtmənt] **n** 投身、投入、致力
commit**tee**	[kəˋmɪtɪ] **n** 委員會
	The board members voted to create a **committee** to investigate the feasibility of converting from traditional energy usage to renewable energy usage. 董事會成員投票產生一個調查將傳統能源使用方式轉變為再生能源使用方式之可行性的委員會。
commiss**ion**	[kəˋmɪʃən] **n** 佣金、手續費、委員會
	The salesperson will get a 10 percent **commission** on every device he sells. 該名銷售員每賣出一台設備就拿 10% 的佣金。

dismiss	[dɪs`mɪs] **v** 解雇
	To find the best job candidate, the interns were **dismissed** one by one, until only one remained. 為了找到最佳求職應徵者，實習生一個接著一個被解雇，直到只有一位留下來。
dismiss**al**	[dɪs`mɪsl] **n** 解雇
transmit	[træns`mɪt] **v** 傳播、傳送
	The public service announcement asked citizens to wear masks to avoid **transmitting** the flu. 該則公共服務通知要求市民戴上口罩以避免傳播流感。
submit	[səb`mɪt] **v** 提交 補充 sub**mit** A to B **phr** 提交 A 給 B
	The city government asked companies to **submit** proposals for the renovation of city hall. 市政府要求所有公司提交翻修市府大樓的提案。
submiss**ion**	[sʌb`mɪʃən] **n** 提交、投降
emit	[ɪ`mɪt] **v** 發出、射出、散發
emiss**ion**	[ɪ`mɪʃən] **n** 排放、排放物 補充 fuel e**miss**ion **phr** 燃料排放
omit	[o`mɪt] **v** 遺漏、省略
omiss**ion**	[o`mɪʃən] **n** 遺漏、省略
promis**ing**	[`prɑmɪsɪŋ] **adj** 有希望的、有前途的
remit	[rɪ`mɪt] **v** 匯寄、匯款；豁免（捐稅等）
	The contract stated that the supplier would be paid within 30 days of **remitting** an invoice. 合約載明供應商在匯出發票 30 天內收到付款。
remit**tance**	[rɪ`mɪtns] **n** 匯款
intermiss**ion**	[,ɪntə`mɪʃən] **n**（音樂會、舞台表演途中的）休息時間
intermit**tently**	[ɪntə`mɪtəntlɪ] **adv** 斷斷續續地、間歇性的

117 **mob, mot** move /*root*

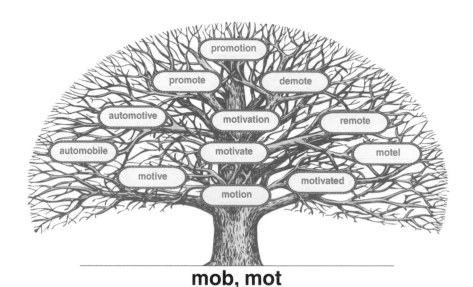

mob, mot

源來如此

　　mob 和 *mot* 皆表示「動」（move）。auto**mob**ile 表示「自己」（*auto*=self）會「動」（*mob*=move）的東西，特指「汽車」；pro**mot**ion 表示「往前」（*pro*-=forward）「動」（*mot*=move），表示「使升職」、「促進」；de**mot**e 表示「往下」（*de*-=down）「移動」（*mot*=move），引申為「降級」；re**mot**e 表示「移動」（*mot*=move）「後面」（*re*-=back），引申為「偏遠的」、「偏僻的」。

motion	[`moʃən] **n** （會議上的）動議、提議
	補充 **mot**ion sickness **phr** （搭乘交通工具造成的）動暈症
motive	[`motɪv] **n** 動機、主題、目的

motivate	[`motə,vet] **v** 給予動機、刺激
	The HR manager was known for his ability to **motivate** employees and increase their productivity. 人資經理以激勵員工動機並增加他們生產力的能力而出名。
motivated	[`motɪvetɪd] **adj** 有積極性的、有動機的
motivation	[,motə`veʃən] **n** 動機、誘因
	Self-preservation and hunger are two of the most basic **motivations** in the animal kingdom. 自衛本能及飢餓是動物界其中二種最基本的誘因。 補充 self-**mot**ivation **phr** 自我激勵
automobile	[`ɔtəmə,bɪl] **n** 汽車
	Tesla **automobiles** continued to sell well despite the negative publicity in the news. 儘管新聞中遭受負面名聲，特斯拉汽車持續熱銷。
automotive	[,ɔtə`motɪv] **adj** 汽車的 補充 auto**mot**ive repair shop **phr** 汽車修理廠
promote	[prə`tom] **v** 使升職；促進
	The company had a policy of **promoting** from within, when recruiting new managers. 招募新的經理人時，該公司有一項內部升遷的政策。
promotion	[prə`moʃən] **n** 升職
	The special assistant worked overtime every day for a week when she found out she was in the running for a **promotion**. 知道自己有晉升機會時，特別助理每天加班長達一周。 補充 get a pro**mot**ion **phr** 獲得升職 pro**mot**ion from within (PFW) **phr** 內部提升
demote	[dɪ`tom] **v** 降級
remote	[rɪ`tom] **adj** 偏遠的、偏僻的
motel	[mo`tɛl] **n** 汽車旅館

mod, med take appropriate measures, suitable /*root*

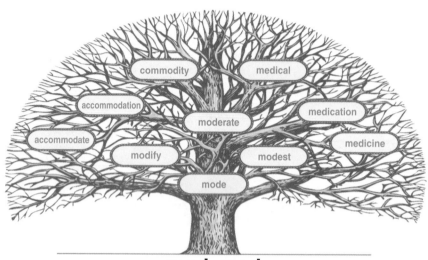

mod, med

源來如此

　　med 和 *mod* 原始核心語意皆表示「採取適合的措施」（take appropriate measures）。*med* 常衍生出「治療」（heal）的意思；*mod* 則衍生出「合適的」（suitable）、「測量」（measure）、「限制」（limit）、「尺寸」（size）等意思。**modify** 表示「採取合適的措施」（*mod*=take appropriate measures），表示稍加「修改」來應付現狀；**accommodate** 表示順應「模式」（*mod*=mode）調整，表示「容納」、「調節」；**medical** 是「治療」（*med*=heal）「的」（-*ical*）的意思。

MP3

mode	[mod] **n** 模式、樣式
	Each department in the multinational company has its own **mode** of operation. 這家跨國公司的每一個部門都有自己的運作方式。
modify	[`mɑdə,faɪ] **v** 更改、修改、緩和
	The home buyers asked the seller to **modify** the offer to include the furnishings, as well. 房子的買方要求賣方更改出價，同時算入傢俱費用。
moderate	[`mɑdərɪt] **adj** 適度的、有節制的
modest	[`mɑdɪst] **adj** 謙虛的、審慎的
accommodate	[ə`kɑmə,det] **v** 容納（人）；調節
accommodation	[ə,kɑmə`deʃən] **n** 住處、住宿設施
	During the exchange program, Jeff enjoyed the **accommodations** provided by his host family. 交換計劃期間，傑夫喜愛他的住宿家庭所提供的住宿設施。
commodity	[kə`mɑdətɪ] **n**（原物料或大宗的）商品
	With demand for steel at an all-time low, iron is no longer a lucrative **commodity** to invest in. 由於鋼鐵需求處於歷史低點，鐵不再是有利可圖的投資商品。
medical	[`mɛdɪkl] **adj** 醫療的
	The hit-and-run accident victim required immediate **medical** attention, so I dialed 9-1-1. 這起肇事逃逸意外的受害者需要立即治療，因此我撥打 9-1-1。
medication	[,mɛdɪ`keʃən] **n** 藥物治療
medicine	[`mɛdəsṇ] **n** 藥物、醫學

119 **mono** single, one / *root*

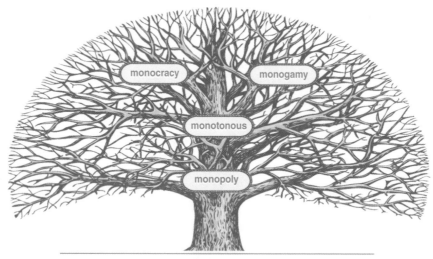

monocracy

monogamy

monotonous

monopoly

mono

源來如此

　　mono 表示「一」（one）、「單一的」（single）。**mono**poly 表示「單一的」（*mono*=single）商家在「賣」（*poly*=sell）東西，表示「獨賣」，具有排他性，只有自己能賣，而別人不能賣，即市場「獨佔」、「壟斷」；**mono**tonous 表示「單一」（*mono*=single）「音調」（*ton*=tone）「的」（*-ous*），沒有高低起伏，表示「無聊的」；**mono**cracy 表示「一人」（*mono*=one）「統治」（*cracy*=rule），引申為「獨裁政治」；**mono**gamy 字面上的意思是「單一的」（*mono*=single）「婚姻」（*gam*=marriage），引申為「一夫一妻制」。

mono**poly**	[məˋnɑpḷɪ] **n** 專賣、壟斷
	The telephone company was broken up into smaller companies because **monopolies** were outlawed. 該電話公司被分解成幾家較小的公司，因為壟斷是違法的。
mono**tonous**	[məˋnɑtənəs] **adj** 單調的、無聊的
	Ted fought hard to stay awake during his professor's lecture, because of its **monotonous** nature. 因為單調的內容，泰德在他的教授演講期間努力保持清醒。

monocracy	[mo`nɑkrəsɪ] **n** 獨裁政治
monogamy	[mə`nɑgəmɪ] **n** 一夫一妻制

120 **multi** many / *root*

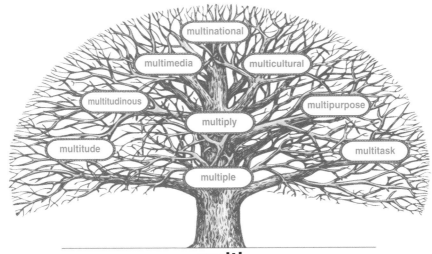

multi

源來如此

　　multi 表示「多的」（many）。**multi**ple 表示「多」（*multi*=many）「摺」（*ple*=fold），表示不斷「增加」的，引申為「複合的」、「多樣的」；**multi**tude 表示數量「多」（*multi*=many），引申為「許多」。

multiple	[`mʌltəpl] **adj** 複合的、多樣的
	There were **multiple** suspects in the bank robbery case, and the police were still searching for them. 該起銀行搶案有多位嫌疑犯，警方仍在循線查緝他們。
multiply	[`mʌltəplaɪ] **v** 乘、使（成倍地）增加
multitude	[`mʌltə,tjud] **n** 許多、一大群人

multitudinous	[ˌmʌltəˈtjudnəs] **adj** 眾多的
multimedia	[mʌltɪˈmidɪə] **adj** 多媒體的
	The presentation to the executives included a **multimedia** component that was interactive. 向主管們的說明包括一個互動式多媒體的部分。
multinational	[ˈmʌltɪˈnæʃənl] **n** 跨國公司
	Most of the oil industry in the world is dominated by a few **multinationals**. 世界石油工業大多是被一些跨國企業所支配。
multicultural	[ˌmʌltɪˈkʌltʃərəl] **adj** 多元文化的
multipurpose	[ˌmʌltɪˈpɝpəs] **adj** 多用途的
multitask	[ˌmʌltɪˈtæsk] **v** 處理多個任務

121 **mut** move, change / *root*

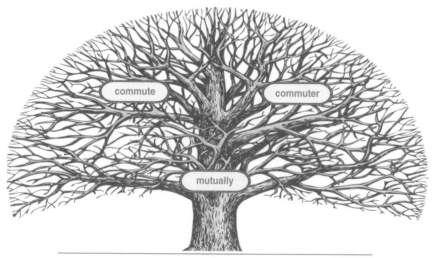

commute   commuter

mutually

mut

MP3

mut 表示「移動」（move）、「改變」（change）。**mut**ual 表示可以「移動」（*mut*=move）「的」（*-al*），引申為「相互的」；com**mut**e 表示「改變」（*mut*=change）「移動」（*mut*=move）的方向，後衍生為「通勤」。

mut**ually**	[ˋmjutʃʊəlɪ] **adv** 互相、彼此
	The remora and the shark are two sea creatures that live together in a **mutually** beneficial relationship. 鯽魚與鯊魚是二種以互惠關係而一起生活的海洋生物。
com**mut**e	[kəˋmjut] **v** 通勤；**n** 上下班路程
	There was an unbearable two-hour **commute** to the office to contend with each morning. 每天早上都要全力應付一趟無法忍受的二小時上班通勤。
com**mut**er	[kəˋmjutɚ] **n** 通勤者

122 **nect, nex** bind / *root*

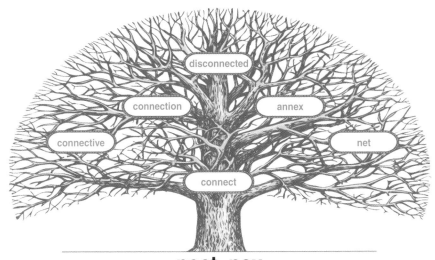

nect, nex

nect 和 *nex* 皆表示「束」、「綁」（bind）。con**nect** 表示「綁」（*nect*=bind）「一起」（*con-*=together），引申為「聯繫」；an**nex** 表示「綁」（*nex*=bind）到……上，引申為「附加」、「增添」。

con**nect**	[kə`nɛkt] **v** 聯繫、連結
con**nect**ive	[kə`nɛktɪv] **adj** 連接的、連結的
con**nect**ion	[kə`nɛkʃən] **n** 聯絡、銜接
	You're crazy, if you don't think there is a **connection** between the campaign donation and the mayor's decision. 你瘋了，假如你認為競選活動捐款與市長的決定沒有關聯的話。
dis**con**nected	[,dɪskə`nɛktɪd] **adj** 無聯絡的、無系統的
an**nex**	[ə`nɛks] **v** 附加、增添、把……作為附錄
net	[nɛt] **n** 通信網、網

123 -ness n / *suffix*

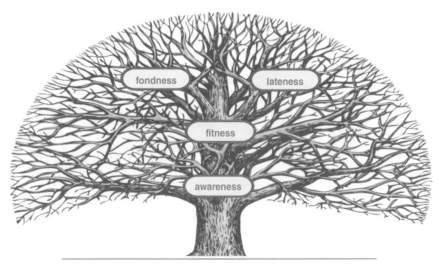

-ness

-ness 是名詞字尾，可加在不同字源的形容詞後面。

awareness	[əˋwɛrnɪs] **n** 意識、明白、知名度
fitness	[ˋfɪtnɪs] **n** 適合、身體健康
fondness	[ˋfɑndnɪs] **n** 溺愛、嗜好
lateness	[ˋletnɪs] **n** 遲、晚

124 **nomin, onym** name / *root*

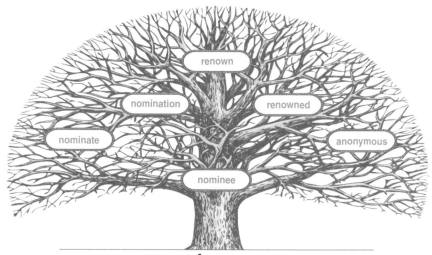

nomin, onym

　　nomin 和 **onym** 皆表示「名字」（name）。**nomin**ee 表示被提「名」（*nomin*=name）「者」（-*ee*=one who is）；**renown** 表示「名字」（*nown*=name）一「再」（*re*-=again）被提到，表示有「名聲」；a**nonym**ous 表示「沒有」（*an*-=without）「名字」（*nomin*=name）「的」（-*ous*），引申為「匿名的」。

nominee	[ˌnɑmə`ni] **n** 被提名人
	The **nominee** for the supreme court was scrutinized for two days by the legislative body. 最高法院被提名人受到立法機關仔細審查二天。
nominate	[`nɑmə,net] **v** 提名、任命
nomination	[ˌnɑmə`neʃən] **n** 提名、任命
	The political party met for **nomination** of their preferred candidate for the upcoming election. 該政黨為了即將舉行的選舉提名他們的首選候選人而召開會議。
renown	[rɪ`naʊn] **n** 名聲
renowned	[rɪ`naʊnd] **adj** 著名的、有名的、有聲譽的
	The French restaurant was recognized for its authentic cuisine and **renowned** for its delicate pastries. 這家法國餐廳因道地料理而受到認可，又以精緻點心聞名。
anonymous	[ə`nɑnəməs] **adj** 匿名的、不具名的
	An **anonymous** source provided evidence to the newspaper of the war crime. 一個匿名來源提供戰爭罪行的證據給那家報社。

MP3

125 **norm** standard / *root*

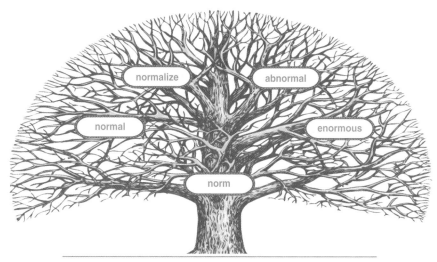

norm

norm 表示「標準」（standard）。ab**norm**al 表示偏「離」（*ab-*=away）「標準」（*norm*=standard）的狀態，即「反常的」；e**norm**ous 表示「離開」（*e-*=*ex-*=away）「標準」（*norm*=standard）大小，引申為「巨大的」。

norm	[nɔrm] **n** 基準、規範
normal	[ˋnɔrml] **adj** 正規的、標準的
	At any time, the customer may be able to buy this membership back at half the **normal** cost. 任何時間，該名顧客可以用一般價錢的一半買回這個會員資格。
normalize	[ˋnɔrmḷ͵aɪz] **v** 使合標準、使正常化
ab**norm**al	[æbˋnɔrml] **adj** 不正常的、反常的、例外的
e**norm**ous	[ɪˋnɔrməs] **adj** 巨大的、龐大的
	The scientists removed the entire carcass of a crocodile from the stomach of the **enormous** boa constrictor. 科學家將整個鱷魚屍體從那條大蟒蛇的胃中移除。

126 nov, new *new* / *root*

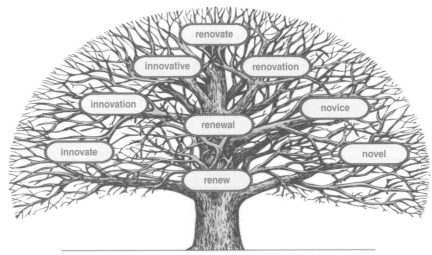

nov, new

源來如此

　　nov 和 *new* 同源，皆表示「新的」（new）。in**nov**ation 表示引「進」（*in-*）「新的」（*nov*=new）想法、方法、發明，引申為「創新」；re**nov**ation 表示「再」（*re-*=again）次變「新」（*nov*=new），意味著「整修」、「翻修」；**nov**ice 是「新」（*nov*=new）手。

re**new**	[rɪ`nju] **v** 更新（合約等）
re**new**al	[rɪ`njuəl] **n** 更新
	The part-timer clerk mailed in the payment for the **renewal** of the contract for her smart phone services. 該兼職職員以郵寄支付更新她的智慧型手機服務合約。
in**nov**ate	[`ɪnə,vet] **v** 創新
in**nov**ation	[,ɪnə`veʃən] **n** 創新、革新
in**nov**ative	[`ɪno,vetɪv] **adj** 創新的
	One **innovative** doctor approached wellness with a combination of Eastern and Western medicines. 一名創新的醫師以東西方醫學的結合達到健康的目標。

MP3

renovate	[ˋrɛnə͵vet] **v** 翻新、翻修（舊建築物、舊傢俱等）
renovation	[͵rɛnəˋveʃən] **n** 整修、翻修
novice	[ˋnɑvɪs] **n** 新手、沒經驗的人
	The young man quickly lost interest in the video game, because he did not perform well as a **novice**. 那位年輕人很快就對電動遊戲失去興趣，因為作為一名新手的他表現不佳。
novel	[ˋnɑvl] **n** 小說

127 **ol, ul** old, grow /root

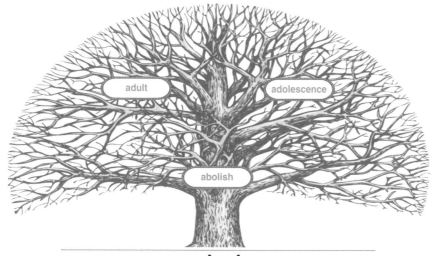

ol, ul

源來如此

    ol 和 *ul* 皆表示「老的」（old）、「成長」（grow）。abolish 表示「離開」（ab-=away）「成長」（ol=grow）階段，引申為「廢除」；adult 是已經「成長」（ul=grow），引申為「成人」；adolescent 是處於「成長」「變化」（ol=grow）中的「青少年」。

abolish	[ə`bɑlɪʃ] **v** 廢除（制度、法律等）
	The group demanded that the government **abolish** a law allowing same sex marriage. 該團體要求政府廢除一條允許同性婚姻的法律。
adult	[ə`dʌlt] **n** 成年人；**adj** 成年的
adolescence	[ˌædl`ɛsn̩s] **n** 青春期、青少年時期

128 **oper** work / *root*

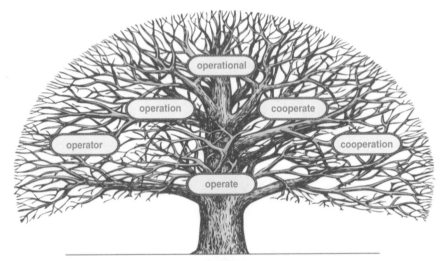

oper

operate	[`ɑpə,ret] **v** 操作、運轉
	The police investigated the construction worker to confirm that he had a license to **operate** the crane. 警方調查該營建工人以確認他是否取得操作吊車的執照。

operator	[ˋɑpə͵retə] **n** 接線生
operation	[͵ɑpəˋreʃən] **n** 營運、操作
operational	[͵ɑpəˋreʃənl̩] **adj** 可營運的、可操作的
cooperate	[koˋɑpə͵ret] **v** 合作
	The two professors tried to **cooperate** to write a book together, but their egos got in the way. 二位教授嘗試合作一起寫一本書，但是他們的自尊心壞了事。
cooperation	[ko͵ɑpəˋreʃən] **n** 合作

129 **-or** doer / *suffix*

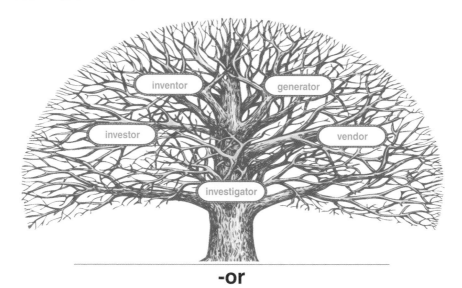

源來如此

　-or 是表示行為者的重要名詞字尾，可加在動詞或動詞字根後面。

investigator	[ɪnˋvɛstə͵getɚ] **n** 調查者、研究者
investor	[ɪnˋvɛstɚ] **n** 投資者、出資者
	In order to get funding, the startup company needed an **investor** that believed in their new idea. 為了獲得資金，新創公司需要一位相信他們新理念的投資者。
inventor	[ɪnˋvɛntɚ] **n** 發明家、發明者
	The **inventor** of the new gyroscope for space travel was an engineer that graduated from MIT. 太空旅行用的新式迴轉儀的發明者是一名畢業於 MIT 的工程師。
generator	[ˋdʒɛnə͵retɚ] **n** 發電機
vendor	[ˋvɛndɚ] **n** 小販；銷售公司
	The manufacturing company's purchasing agent held a meeting with his **vendor** to negotiate better prices. 該製造公司的採購代理人與他的供應商舉行會議以協商較優的價格。

130 **ordin** order / *root*

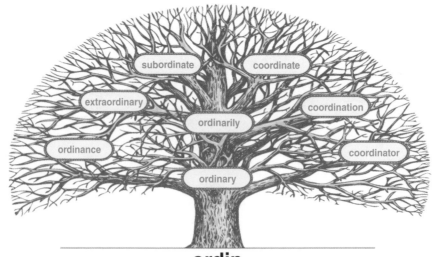

subordinate
coordinate
extraordinary
coordination
ordinarily
ordinance
coordinator
ordinary

ordin

　　ordin 表示「順序」、「次序」（order）。**ordin**ary 表示按一般「順序」（*ordin*=order），引申為「普通的」、「一般的」；**ordin**ance 表示使某對象有「秩序」（*ordin*=order），引申為「法令」；extra**ordin**ary 表示在一般「順序」（*ordin*=order）「外面」（*extra-*=outside），引申為「非凡的」；sub**ordin**ate 表示「順序」（*ordin*=order）排在他人之「下」（*sub-*=under）的，引申為「下屬」；co**ordin**ate 表示按「順序」（*ordin*=order）放「一起」（*co-*=*con-*=together），意味著「協調」。

ordinary	[ˋɔrdn‚ɛrɪ] **adj** 普通的、一般的
ordinarily	[ˋɔrdn‚ɛrɪlɪ] **adv** 普通地、一般地
ordinance	[ˋɔrdɪnəns] **n** 法令
extra**ordin**ary	[ɪkˋstrɔrdn‚ɛrɪ] **adj** 非凡的、非常特別的
	In an **extraordinary** turn of events, the homeless man befriended an investor and started a new company. 在意想不到的事態變化中，流浪漢與一名投資者成為朋友，並開始一家新的公司。 **補充** extra**ordin**ary feat **phr** 非凡的成績
sub**ordin**ate	[səˋbɔrdnɪt] **n** 下屬、部下
	As a **subordinate** to the manager, Grace was forbidden from having a romantic relationship with him. 身為經理的下屬，葛蕾斯被禁止與他產生戀愛關係。
co**ordin**ate	[koˋɔrdnɪt] **v** 協調
	The special assistant was asked to **coordinate** with the advertising agency and management to design a new logo. 特別助理被要求與廣告代理商與管理階層協調以設計一個新商標。
co**ordin**ation	[koˋɔrdn‚eʃən] **n** 協調
co**ordin**ator	[koˋɔrdn‚etə] **n** 協調者

131 **ori, or** rise / *root*

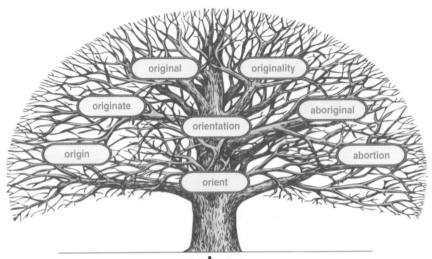

ori, or

源來如此

　　ori 和 *or* 皆表示「升起」（rise），有「開始」、「誕生」、「源頭」等衍生意思。**ori**entation 表示使面對「東方」，東方是太陽「升起」（*ori*=rise）的方位，引申為「（對新生的）情況介紹」；**ori**ginate 表示從「源頭」衍生的，表示「發源」、「來自」；ab**or**tion 表示「離開」（*ab-*=away）「出生」（*ori*=be born）的情況，使之無法順利誕生，意味著「墮胎」。

---

orient	[`ˋorɪɛnt] **v** 使朝向、熟悉環境
orientation	[ˌorɪɛnˋteʃən] **n** 傾向、（對新生的）情況介紹
	The law prevented businesses from discriminating against customers because of their sexual **orientation**. 這項法律防止企業因為顧客的性傾向而歧視他們。
origin	[`ɔrədʒɪn] **n** 起源、由來
	A parcel of unknown **origin** sat on Kate's desk, so she called security to check it out. 一件來源不詳的包裹擺在凱特的桌上，因此她電請保全人員前來檢視。

MP3

ori**g**inate	[əˋrɪdʒə,net] **v** 發源、來自
ori**g**inal	[əˋrɪdʒənl] **adj** 最初的、本來的
	An expert was hired by the museum to verify that it was an **original** painting by the famous artist. 一位專家受博物館聘請來證明它是出自知名藝術家的原作。
ori**g**inality	[ə,rɪdʒəˋnælətɪ] **n** 創造力、獨創性
ab**o**ri**g**inal	[,æbəˋrɪdʒənl] **adj** 土著的、原始的 **n** 土著居民、土生動物（或植物）
ab**o**r**t**ion	[əˋbɔrʃən] **n** 失敗、流產

132 ▸ -OUS [adj] / *suffix*

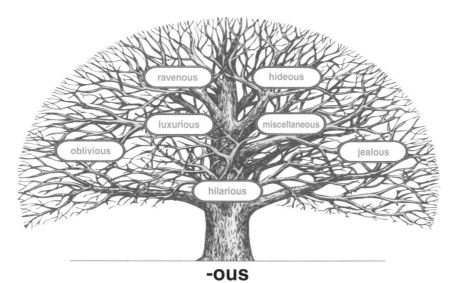

-ous

源來如此

　　-ous 是形容詞字尾，可加在名詞或名詞字根後面。

hilarious	[hɪˋlɛrɪəs] **adj** 狂歡的、令人捧腹的	
luxurious	[lʌgˋʒʊrɪəs] **adj** 奢華的、非常舒適的	
	The manufacturing company in Tainan City focused on building powerful, **luxurious** yachts. 該位於台南市的製造公司聚焦於興建馬力強大且奢華的遊艇。	
miscellaneous	[ˏmɪsɪˋlenjəs] **adj** 各式各樣的、混雜的	
	The clothing store sold normal clothing as well as **miscellaneous** items such as hats, watches and belts. 該服飾店販售一般的衣飾及例如帽子、手錶及皮帶等各式物件。	
oblivious	[əˋblɪvɪəs] **adj** 健忘的、不在意的	
ravenous	[ˋrævɪnəs] **adj** 貪婪的、飢餓的	
hideous	[ˋhɪdɪəs] **adj** 醜惡的、嚇人的	
jealous	[ˋdʒɛləs] **adj** 妒忌的、吃醋的	

133 **over-** above, across, too, too much / *prefix*

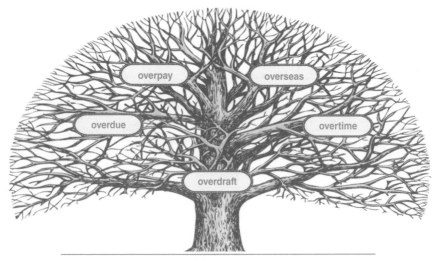

over-

MP3

over- 的意思是「超過」（above）、「越過」（across）、「太」（too）、「過分」（too much）等意思。*over-* 加接在形容詞前，意思大致上是「太」（too）；*over-* 加接在名詞前，意思大致上是「超過」（above）、「過分」（too much）；*over-* 加接在動詞前，意思大致上是「過分」（too much）。

overdraft	[`ovɚ͵dræft] **n** 透支、透支額
overdue	[`ovɚ`dju] **adj** 逾期未付的
	The library book was **overdue**, and the borrower was required to pay a fine of one dollar. 這本圖書館借的書逾期未還，借書者被要求支付一美元罰款。
overpay	[`ovɚ`pe] **v** 多付給某人錢、給……過多報酬
overseas	[`ovɚ`siz] **adv** 在海外、在國外
	Studying **overseas** has gained popularity in recent years, with many students attending grad school in Europe. 這幾年出國留學一直很普遍，許多學生就讀歐洲的研究所。
overtime	[͵ovɚ`taɪm] **n** 加班的時間
	Not wanting to pay for **overtime**, the manager asked his employees to work more efficiently. 不想支付加班費，經理要求他的員工更有效率地工作。 **補充** **over**time pay **n** 加班費

134 **par** equal / *root*

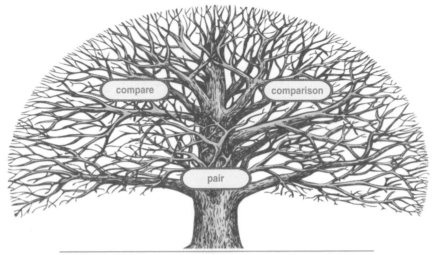

par

> 源來如此
>
>   *par* 表示「相等的」（equal）。*pair* 是完全相同或「相等的」（*pair*=equal）一雙或一對事物；compare 是將兩樣有「相等」（*par*=equal）屬性的事物拿來「一起」（*com-*=together）做「比較」。

pair	[pɛr] **n** 一雙、一對
compare	[kəm`pɛr] **v** 比較、比喻
	When we **compare** the driving performance of a BMW versus a Mercedes, there is little noticeable difference. 我們比較 BMW 及賓士的操控性能時，幾乎找不到明顯差別。
comparison	[kəm`pærəsn] **n** 比較、對照

135 **pre-** before / *prefix*

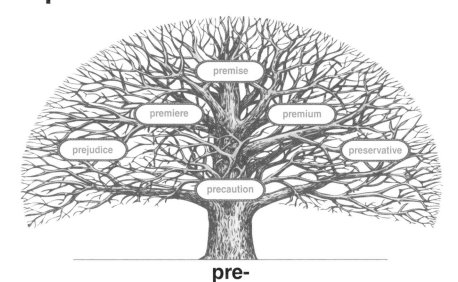

premise

premiere premium

prejudice preservative

precaution

pre-

源來如此

pre- 表示時間或空間上的「前面」（before）。

pre**caution**	[prɪˋkɔʃən] **n** 警惕、謹慎
pre**judice**	[ˋprɛdʒədɪs] **n** 偏見、歧視
	The HR manager was told that the decision to hire someone should be based on merit instead of **prejudice**. 人資經理被告知雇用某人的決定要根據優點，而不是偏見。
pre**miere**	[prɪˋmjɛr] **n** 初次上演；（戲劇的）女主角
pre**mise**	[ˋprɛmɪs] **n** 假設、前提
pre**mium**	[ˋprimɪəm] **n** 獎品；獎金、津貼
	The salesman was given a very expensive bottle of whiskey as a **premium** for closing the sale. 該銷售員獲贈一瓶非常昂貴的威士忌作為達成交易績效的獎品。
pre**servative**	[prɪˋzɚvətɪv] **n** 保護劑、防腐劑

136 prehend, prehens, pris seize / root

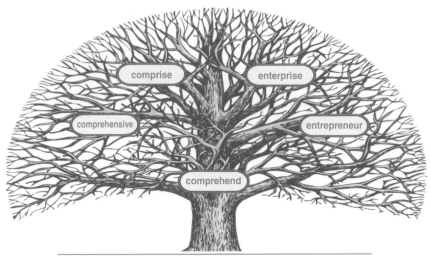

prehend, prehens, pris

　　prehend、*prehens* 和 *pris* 皆表示「抓」（take）。comprehend 表示「完全」（*com-*=*con-*=completely）「抓」（*prehend*=seize）到重點，引申為「理解」、「了解」；com**prehens**ive 表示「完全」（*com-*=*con-*=completely）「抓」（*prehend*=seize）到「的」（*-ive*），引申為「無所不包的」；enter**prise** 表示把……「抓」（*pris*=seize）到手「中」（*enter*=between），引申為「任務」，後來又衍生出「企業」的意思。

com**prehend**	[ˌkɑmprɪˋhɛnd] **v** 理解、了解
com**prehens**ive	[ˌkɑmprɪˋhɛnsɪv] **adj** 無所不包的、綜合的
	The chairman demanded that the business plan be more **comprehensive** before he would consider investing. 董事長考慮投資之前要求這項業務計劃要更加全面。
com**pris**e	[kəmˋpraɪz] **v** 包括、由……組成

enterprise	[`ɛntə‚praɪz] **n** 事業、企業、冒險精神
	The small language school became a national educational **enterprise** within five years. 該小型語言學校五年內成為一家全國教育企業。
enterpreneur	[‚ɑntrəprə`nɚ] **n** 企業家
	The life of an **entrepreneur** can be stressful, as one often takes big risks when starting a business. 企業家的人生可能充滿壓力，因為開創一個事業時常要冒很大的風險。

137 **priv** single, separate / *root*

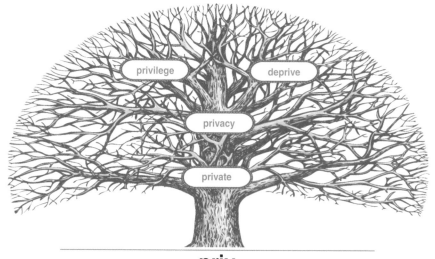

privilege   deprive

privacy

private

priv

源來如此

　　priv 表示「單一的」（single）、「分開（的）」（separate）。**priv**ate 表示「單一的」（*priv*=single），引申為「個人的」、「私人的」；**priv**ilege 表示為「單一的」對象所量身訂做的「法律」（*leg*=law），引申為「特權」；de**priv**e 表示為「完全」（*de-*=entirely）「分開」（*priv*=separate），引申為「剝奪」。

private	[`praɪvɪt] **adj** 個人的、私人的
privacy	[`praɪvəsɪ] **n** 秘密、私下、隱私
	Every company's web site needs to have a page that explains its **privacy** policy. 每一公司網站需要有一頁說明隱私政策。
privilege	[`prɪvlɪdʒ] **n** 特權、優待、殊榮
	Sir, let me tell you that it was a **privilege** having you as my professor this past year. 先生，讓我告訴您，過去一年有您擔任我的教授是我的殊榮。
deprive	[dɪ`praɪv] **v** 剝奪、免去……的職務
	As a temporary punitive measure, the employee was **deprived** of his monthly bonus pay. 作為臨時懲罰措施，該員工被剝奪他的每月紅利。

138 **pro-** forth, out /*prefix*

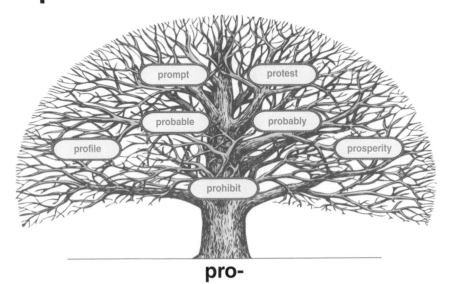

pro-

MP3

pro- 表示「向前」（forth）、「出」（out），與拉丁文字根結合，大多讀為 [prə] 或 [prɑ]。

pro**hibit**	[prə`hɪbɪt] **v** 阻止、防止
	The security guard took away cameras and smart phones to **prohibit** the visitors from taking photos. 安全警衛取走相機及智慧型手機以防止訪客照相。
pro**bable**	[`prɑbəbl] **adj** 很可能發生的
pro**bably**	[`prɑbəblɪ] **adv** 大概、或許、很可能
pro**file**	[`profaɪl] **n** 側影、外形、人物簡介
pro**mpt**	[prɑmpt] **v** 激起 　　　　 **adj** 敏捷的、迅速的、（付款）即時的、即期的
	The president's speech has **prompted** an outraged response from the opposition. 總統的發言激起了反對黨的憤怒回應。
pro**test**	[prə`tɛst] **v** 抗議、反對 [`protɛst] **n** 抗議、異議
pro**sperity**	[prɑs`pɛrətɪ] **n** 興旺、繁榮

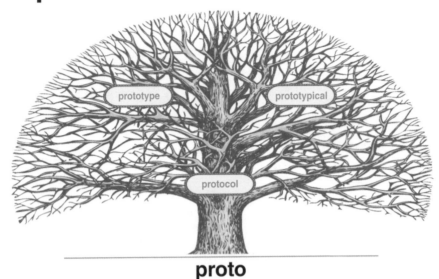

proto

源來如此

　　proto 表示「第一」（first）、「原始的」（primary）。**proto**col 表示用「膠水」（*col*=glue）黏到手稿上的「第一」（*proto*=first）張紙，後指「文件的草案」，引申為「協議」；**proto**type 表示「第一」（*proto*=first）種「類型」（type），引申為「標準」、「防範」。

protocol	[`protə,kɑl] **n** 協議、草案
prototype	[`protə,taɪp] **n** 原型、模範
	The **prototype** of the solar-powered reverse osmosis device demonstrated the viability of the concept. 太陽能發電的逆滲透裝置原型顯示這概念的可行性。
prototypical	[,protə`tɪpɪkl] **adj** 原型的、樣本的

MP3

140 **put** think, reckon / *root*

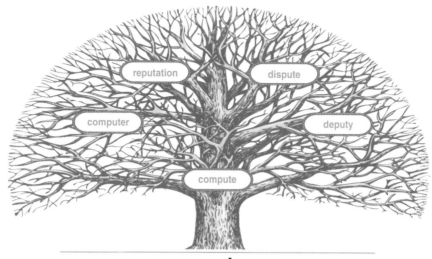

put

　　put 表示「思考」（think）、「計算」（reckon）。re**put**ation 表示「反覆」（*re*-=repeatedly）「思考」（think），引申為「名聲」、「名譽」，有好名聲的人，通常會被大家反覆想起；dis**put**e 表示「想法」（*put*=think）「分歧」（*dis*-=apart），引申為「爭論」、「爭執」。

compu**te**	[kəm`pjut] **V** 計算、估算
compu**ter**	[kəm`pjutə] **n** 電腦、電子計算機
repu**tation**	[ˌrɛpjə`teʃən] **n** 名譽、名聲
	The general manager had a **reputation** for having a short temper, so people were careful around him. 總經理有急性子的名聲，因此人們與他共事時都小心翼翼。
dispu**te**	[dɪ`spjut] **n**；**V** 爭論、爭執
depu**ty**	[`dɛpjətɪ] **n** 代表、副手
	While the sheriff was away, the **deputy** was responsible for the prisoners in the jail. 警長外出時，由副手負責監獄裡的囚犯。

141 **qui** rest, quiet / *root*

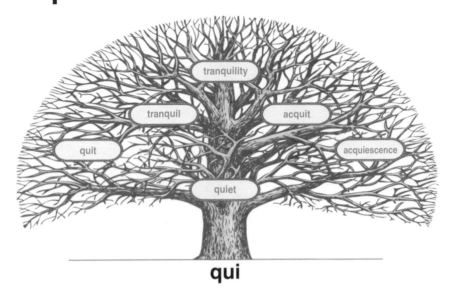

qui

源來如此

　　qui 表示「休息」（rest）、「安靜的」（quiet）、「自由的」（free）。**quit** 是使「自由」（*qui*=free），表示不再堅持，擁抱自由，引申為「辭去」、「放棄」；tran**quil** 表示「極其」（tran-=trans-=exceedingly）「安靜」（*qui*=quiet）的；a**quit** 表示使「自由」（*qui*=free），引申為「無罪釋放」；ac**qui**escence 表示「變」（*esc*=become）「安靜」（*qui*=quiet），引申為「默許」。

quiet	[ˋkwaɪət] **adj** 安靜的
quit	[kwɪt] **v** 辭去、放棄
	The clerk decided to **quit** after her boss blamed her for something she did not do. 老闆為了某件她沒做的事情指責她之後，該名職員決定辭職。
tranquil	[ˋtræŋkwɪl] **adj** 平靜的、安靜的

MP3

tranquility	[træŋˋkwɪlətɪ] **n** 平靜、安寧
	The **tranquility** of the lake provided an ideal atmosphere for the relaxing getaway. 湖面的安寧提供一個放鬆而遠離塵囂的理想氛圍。
acquit	[əˋkwɪt] **v** 無罪釋放
acquiescence	[͵ækwɪˋɛsəns] **n** 默許

142 pan food / *root*

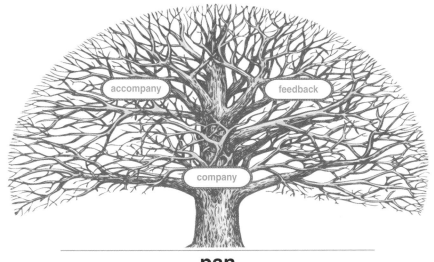

pan

　　pan 表示「食物」（food）。company 是「一起」（*com-*=together）吃「食物」（*pan*=food）的飯友，引申為「同伴」、「朋友」、「公司」；**feed**back 字面上意思是「餵」（*feed*）「回去」（*back*），指電子學中的「回授技術」，後語意擴增，指一般的「反應」、「回饋」。

company	[`kʌmpənɪ] **n** 同伴（們）、朋友（們）、結伴者；客人；公司
	The **company** hosted a holiday banquet each year to reward their employees with bonuses. 該公司每年舉辦假日宴會以犒賞獲得紅利的自家員工。 **補充** **company** regulations **phr** 公司規定
accompany	[ə`kʌmpənɪ] **v** 陪同、伴隨
	The tour guide would **accompany** the delegation from Japan during their visit to Taroko Gorge. 導遊將於日本訪問團走訪太魯閣期間全程陪同。
feedback	[`fid,bæk] **n** 回饋意見、反應
	Please fill out the questionnaire before leaving the workshop, so we can use the **feedback** to improve. 離開研討會前請填寫問卷，這樣我們便能利用回饋意見力求改進。

143 **part** a share / *root*

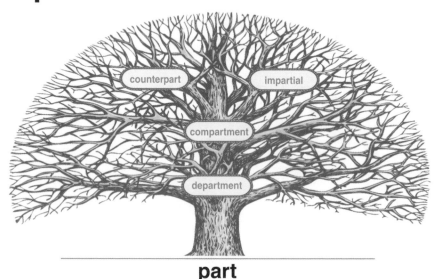

counterpart   impartial

compartment

department

part

MP3

　　part 表示「一部分」（a share）。de**part**ment 是將某物分成「一（小）部分」（*part*=a share），引申為「部門」；counter**part** 是「相對的」（*counter*=opposite）「一部分」（*part*=a share），引申為「對應的人（或物）」；im**part**ial 是「不」（*im-*=*in-*=not）偏向某「一部分」（*part*=a share），引申為「公正的」、「無偏見的」。

de**part**ment	[dɪ`pɑrtmənt] **n** 部門、科系
	Howard visited the English **department** to visit the department Chair and ask for a letter of recommendation. 浩爾到英語系會見系主任並請求一封推薦信。
com**part**ment	[kəm`pɑrtmənt] **n** 隔間、儲物箱
counterpart	[`kaʊntəˌpɑrt] **n** 契約副本；對應的人（或物）；職位（或作用）相當的人
	President Putin traveled to Beijing this week to have bilateral meetings with his **counterpart**, President Xi. 普丁總統本周前往北京與他職位相當的習主席舉行雙邊會議。
im**part**ial	[ɪm`pɑrʃəl] **adj** 公正的、無偏見的
	The experienced judges were expected to be **impartial** to the contestants on stage. 經驗豐富的裁判被期待能對舞台上的參賽者公正無私。

144 **pass** go /*root*

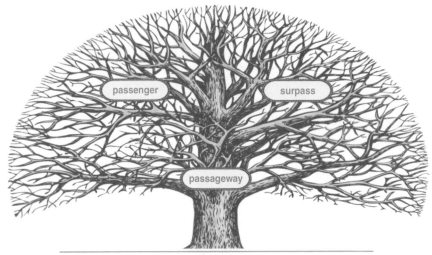

passenger

surpass

passageway

pass

源來如此

　　pass 表示「走」（go）。**pass**ageway 字面上意思是「走」（*pass*=go）「道」（way），引申為「通道」、「走廊」；sur**pass** 是表示「走」（*pass*=go）「超過」（*sur-*=beyond），引申為「超越」、「優於」。

passageway	[`pæsɪdʒ,we] **n** 通道、走廊
passenger	[`pæsndʒə] **n** 乘客
	The intercom announced the name of the last **passenger** who had yet to board the departing flight. 內部通話設備宣布最後一名尚未登上即將起飛的班機的乘客名字。
sur**pass**	[sə`pæs] **v** 超越、優於
	The sales for the 3rd quarter **surpassed** the sales of the previous quarter by 25%. 第三季銷售額超越前一季銷售額 25%。
	補充 **pass** out **phr** 發放

 MP3

145 **pater, patr** father / *root*

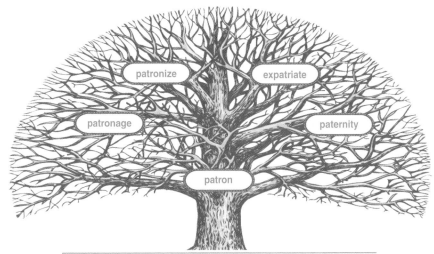

pater, patr

源來如此

father 和 pater、patr 同源，皆表示「父親」（father）。patron 是像「父親」（patr=father）一樣資助你的人，引申為「贊助人」，在多益考試中，大多指「老顧客」；expatriate 表示將人驅逐「出去」（ex-=out）「父親」（patr=father）之國，引申為「驅逐出境」。

patron	[`petrən] **n** 老顧客、老主顧；贊助者
	Lorenzo de' Medici was the wealthy **patr**on of Michelangelo and Botticelli. 羅倫佐·德·麥第奇是米開朗基羅及波提切利的贊助人，非常富有。
patronage	[`pætrənɪdʒ] **n**（對店鋪等的）光顧；恩賜的態度
patronize	[`petrən,aɪz] **v** 經常光顧、惠顧
ex**patr**iate	[ɛks`petrɪ,et] **n**（旅居國外的）僑民；**v** 驅逐出境
patrernity	[pə`tɝnətɪ] **n** 父親的身分

146 **ped** foot / *root*

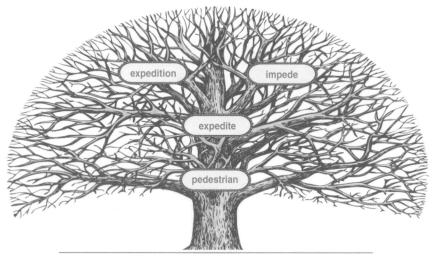

ped

> **源來如此**
>
> 　　*foot* 和 *ped* 同源，皆表示「腳」（foot）。**ped**estrian 是用「腳」（*ped*=
> foot）走路的人；**exped**ite 表示「擺脫」（*ex-*=out）「腳」（*ped*=foot）銬，所
> 以能「加速」；im**ped**e 表示「腳」（*ped*=foot）陷「入」（*in-*=*im-*=in）泥淖無
> 法自拔，表示「阻礙」前進、進步。

pedestrian	[pə`dɛstrɪən] **n** 行人
	Visitors were asked to stay on the **pedestrian** pathways for their own safety. 訪客被要求停留在行人步道以維護自身安全。
exped**ite**	[`ɛkspɪˌdaɪt] **V** 加快、迅速執行
	For an extra $10, you can **expedite** the delivery, and the package should arrive a day sooner. 多付十元美金，你可以加快遞送，而且包裹會早一天送達。
exped**ition**	[ˌɛkspɪ`dɪʃən] **n** 探險、遠征隊

impede	[ɪmˋpid] **v** 妨礙、阻礙
	When I asked my colleague to help me, I didn't realize that I would **impede** his progress on his current project. 我請我同事協助時，我不知道會妨礙他當下工作的進度。

147 pel, puls push, drive /root

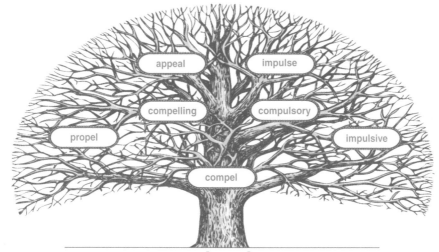

pel, puls

源來如此

　　pel 和 *puls* 皆表示「推動」（push）、「驅使」（drive）。com**pel** 表示「一起」（*com-*=together）「推」（*pel*=push），引申為「強迫」；pro**pel** 表示「往前」（*pro-*=forward）「推」（*pel*=push），引申為「推進」；ap**peal** 表示「朝……」（*ap-*=*ad-*=to）「推」（*peal*=*pel*=push）進，引申為「吸引」、「呼籲」、「懇求」；im**pulse** 是「內在」（*in-*=in）的「驅力」（*puls*=drive），表示「衝動」。

compel	[kəm`pɛl] **v** 強迫；驅動
	Would including stock options or the use of a company car **compel** you to accept our job offer? 包括股票選擇權或是使用公司車輛等條件能夠促使你接受我們的工作機會嗎？
compelling	[kəm`pɛlɪŋ] **adj** 引人注目的、令人信服的
compulsory	[kəm`pʌlsərɪ] **adj** 義務的、必須做的
propel	[prə`pɛl] **v** 推進、推
appeal	[ə`pil] **v** 吸引、迎合、呼籲、懇求
	The automobile company provided a pink leather interior for their new model in order to **appeal** to females. 為了吸引女性客戶，該汽車公司提供他們的新車款一組粉紅色皮革內裝。
impulse	[`ɪmpʌls] **n** 衝動、推動、刺激
	I found this down coat at a yard sale and bought it on **impulse** but never wore it! 我在一個庭院拍賣發現這件羽絨外套就衝動買下，但從來沒穿過。
impulsive	[ɪm`pʌlsɪv] **adj** 衝動的

MP3

pend, pens hang, weigh, pay /root

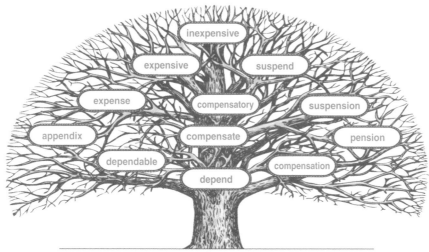

pend, pens

『源來如此』

　　pend 和 *pens* 皆表示「懸掛」，另有「秤重」、「付錢」的意思。de**pend** 表示「懸掛」（*pend*=hang）「在下面」（*de-*=down），引申為「依靠」；com**pens**ate 字面上的意思是「一起」（*com-*=together）「掛」（*pens*=hang）起來「秤重」，使兩端平衡，意味著透過「付錢」，讓商家獲得「補償」；ap**pend**ix 表示「掛」（*pend*=hang）著的東西，引申為掛在書後的「附錄」；ex**pense** 等同 weigh out, pay out，表示商家「秤」（*weigh*=hang）某物的重量後，買家把錢「付」（*pens*=pay）「出去」（*ex-*=out），引申為「費用」、「花費」；sus**pens**ion 表示「由下往上」（*sus-*=*sub-*=up from under）「懸掛」（*pens*=hang），等同 hang up，引申為「暫時停止」、「停職」「懸掛」；**pens**ion 表示「付」（*pens*=pay）給人養老的錢，表示「養老金」、「退休金」。

depend	[dɪˋpɛnd] **v** 依據、依賴
depend**able**	[dɪˋpɛndəbl] **adj** 可靠的

compen**sate**	[`kɑmpən,set] **v** 補償（人）
	The insurance company **compensated** the travelers for the luggage that was lost by the airport. 該保險公司因為被機場弄丟的行李而補償旅客。
compen**sation**	[,kɑmpən`seʃən] **n** 補償（金）
compen**satory**	[kəm`pɛnsə,torɪ] **adj** 補償的、賠償的
appendix	[ə`pɛndɪks] **n** 附錄
	Steve was fascinated by the topic covered in the book, so he looked in the **appendix** to find other resources. 史提夫受到書的主題所吸引，所以他檢視附錄找尋其他的資源。
expen**se**	[ɪk`spɛns] **n** 費用、花費
	Harry's boss asked him to keep his travel **expenses** low during his business trip. 哈利的老闆要求他差旅期間將行程費用壓低。 **補充** ex**pen**se report **phr** 支出（開銷）報告
expen**sive**	[ɪk`spɛnsɪv] **adj** 昂貴的
inexpen**sive**	[,ɪnɪk`spɛnsɪv] **adj** 不貴的
suspen**d**	[sə`spɛnd] **v** 暫時取消（或擱置）
suspen**sion**	[sə`spɛnʃən] **n** 暫時停止、停職
	The union is protesting about the **suspension** of two harbor workers. 工會正抗議二名碼頭工人被停職。
pens**ion**	[`pɛnʃən] **n** 養老金、退休金
	The former process engineer retired on a generous **pension** from the hi-tech company. 前製程工程師靠著高科技公司給予的豐厚退休金而退休。

MP3

149 **per** try, risk / *root*

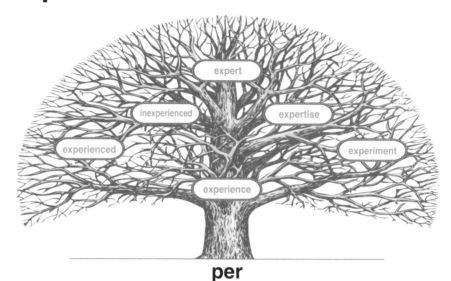

per

源來如此

per 表示「嘗試」（try）、「冒險」（risk）。ex**per**ience 是到「外面」
（*ex-*=out）「嘗試」（*per*=try）、「冒險」（*per*=risk），引申為「經歷」；
ex**per**t 是「經驗」（experience）足夠的專家。

ex**per**ience	[ɪk`spɪrɪəns] **v** 歷經；**n** 經驗
ex**per**ienced	[ɪk`spɪrɪənst] **adj** 經驗豐富的
	In order to feel safer, Brad made his first skydiving trip with an **experienced** instructor. 為了感覺更安全，布雷德在一名經驗豐富的指導員陪伴下進行第一次高空跳傘。
inex**per**ienced	[ˌɪnɪk`spɪrɪənst] **adj** 經驗不足的、不熟練的

expert	[ˋɛkspɚt] **n** 專家
	Known as an **expert** in his field of zoology, Ken was hired by the Berlin Zoo to help two pandas procreate. 以一名動物學領域專家的身分而聞名，肯恩受雇於柏林動物園以協助二隻貓熊繁殖。
expertise	[ˌɛkspɚˋtiz] **n** 專門技術（或知識）
	I may not have any **expertise** in economics, but it is hard for me to believe this politician can improve this economy. 我或許沒有任何經濟學的專門知識，但要我相信這名政客能夠改善這個經濟情況很難。
experiment	[ɪkˋspɛrəmənt] **v**；**n** 實驗

150 **pet** seek / *root*

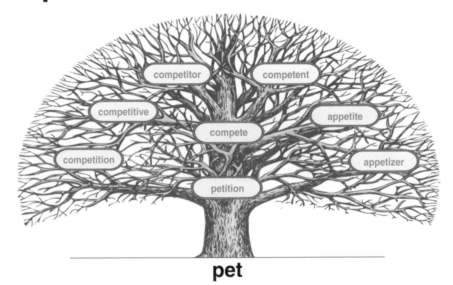

pet

MP3

pet 表示「尋求」（seek）。**pet**ition 是向上方「尋求」（*pet*=seek）認同或意見，引申為「請願」；com**pet**ition 表示大家「一起」（*com*-=together）「尋求」（*pet*=seek）目標；ap**pet**ite 是「尋求」（*pet*=seek）喜愛的食物，引申為「胃口」、「食慾」。

petition	[pə`tɪʃən] **n** 請願、請願書、請求
	The volunteers asked passersby to sign a **petition** asking the city government to install traffic signals at the dangerous intersection. 志工請求路人簽署一份要求市政府在危險十字路口設置交通號誌的請願書。
com**pet**e	[kəm`pit] **v** 競爭
com**pet**ition	[,kɑmpə`tɪʃən] **n** 競爭、競賽
com**pet**itive	[kəm`pɛtətɪv] **adj** 有競爭力的
	The recent revenue decline has reflected heightened global competition in an already **competitive** market. 最近業績下滑反映了已競爭市場中的高度全球競爭。
com**pet**itor	[kəm`pɛtətə] **n** 競爭對手
com**pet**ent	[`kɑmpətənt] **adj** 勝任的、有能力的
	The defendant was offered a free, **competent** attorney, because he could not afford to hire his own. 有人提供該名被告一位免費又有能力的律師，因為他無力負擔雇請自己的律師。
ap**pet**ite	[`æpə,taɪt] **n** 胃口、食慾
ap**pet**izer	[`æpə,taɪzə] **n** 開胃菜
	In order to draw more customers to their restaurant on Tuesdays, they offered a free **appetizer** with purchase of entrée. 為了吸引更多顧客周二到自家餐廳，他們推出點購主餐就附贈一份免費開胃菜。

151 pli, ple, ply full, fill /root

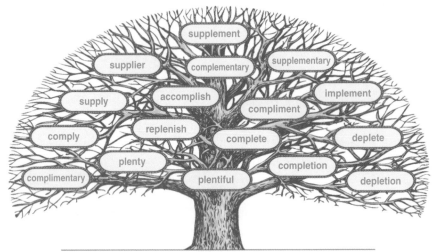

pli, ple, ply

pli、*ple* 和 *ply* 皆表示「充滿的」（full）。**plentiful** 由 *ple* 和 *-ful* 這兩個表示「滿」（full）的詞素所組成，表示「充足的」；replenish 表示填「滿」（*ple*=full），引申為「補充」；complete 表示填「滿」（*ple*=full），引申為「完成」；compliment 即「滿」（*pli*=full）足人的虛榮心，引申為「恭維」；comply 也表示填「滿」（*ply*=full），引申為「完成」，隱含「執行」的意味，引申為「遵守」；supply 是由「底下」（*sup-*=*sub-*=under）填補上來，引申為「供應」；implement 的本意是填「滿」（*ple*=full），引申為「執行」；deplete 表示使已填「滿」（*ple*=full）的東西流失「離開」（*de-*=away），引申為「耗盡」。

refill	[rɪˋfɪl] **v** （藥等）再調配 [ˋrifɪl] **n** （藥等的）再次的調配
plentiful	[ˋplɛntɪfəl] **adj** 充足的 One of the most **plentiful** fishing regions in the world is off the coast of Alaska. 其中一處世界最富饒的捕魚區域是阿拉斯加海岸。

MP3

| plenty | [ˈplɛntɪ] **adj** 足夠的、很多的 |
	補充 plenty of **phr** 許多的
re**ple**nish	[rɪˈplɛnɪʃ] **v** 補充、重新補足
com**ple**te	[kəmˈplit] **v** 完成、結束；**adj** 完整的、完成的
com**ple**tely	[kəmˈplitlɪ] **adv** 完整地、完全地
com**ple**tion	[kəmˈpliʃən] **n** 完成
ac**com**p**li**sh	[əˈkɑmplɪʃ] **v** 達成
	The athlete set out to **accomplish** what had never been done before, to be the first female astronaut from her country.
	該運動員啟程去完成她以前從未達成的壯舉，就是成為首位來自她自己國家的女性太空人。
ac**com**p**li**shed	[əˈkɑmplɪʃt] **adj** 熟練的、有造詣的
ac**com**p**li**shment	[əˈkɑmplɪʃmənt] **n** 成就
com**ple**mentary	[ˌkɑmpləˈmɛntərɪ] **adj** 補充的、互補的
	At the awards ceremony, the office team owed their success to their **complementary** skills.
	頒獎典禮上，該辦公室團隊將他們的成功歸功於大家互補的技能。
com**pli**ment	[ˈkɑmpləmənt] **n** 讚美、稱讚
com**pli**mentary	[ˌkɑmpləˈmɛntərɪ] **adj** 免費贈送的
	While waiting to test drive the new automobile, the customer was offered a **complimentary** beverage.
	等候試駕新款汽車時，公司提供客戶免費贈送的飲品。
com**ply**	[kəmˈplaɪ] **v** 遵守、遵從
	The factory manager lost his job after it was discovered that he did not **comply** with the standard operating procedures (SOP).
	工廠經理丟了他的工作，就在被發現他沒有遵守標準作業程序之後。
com**pli**ance	[kəmˈplaɪəns] **n** 遵守、遵從
sup**ply**	[səˈplaɪ] **v**；**n** 供應

supplier	[sə`plaɪə] **n** 供應者、供應商
	All of the schools purchased food from the same **supplier**, which was found to be selling tainted meat. 所有學校從同一家被發現一直販售腐壞肉品的供應商採購食品。 **補充** food sup**pli**er **phr** 食品供應業者
sup**ple**ment	[`sʌpləmənt] **v** 補充
sup**ple**mentary	[,sʌplə`mɛntəri] **adj** 增補的、補充的、追加的
	The company provided **supplementary** income to help employees pay for their monthly rent. 該公司提供貼補收入以幫助員工支付他們的每月租金。
im**ple**ment	[`ɪmpləmənt] **v** 實施、執行
de**ple**te	[dɪ`plit] **v** 耗盡
de**ple**tion	[dɪ`pliʃən] **n**（資源等的）耗盡

152 **plic, ply, plo** fold / root

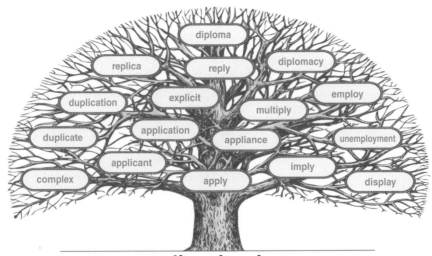

plic, ply, plo

　　plic、*ply* 和 *plo* 皆表示「對摺」（fold）。ap**ply** 本意是「摺」（*ply*=fold）過去，引申為「應用」、「申請」；ap**pli**ance 表示可以「應用」（*appli*=apply）在生活中的「設備」；im**ply** 本意是往「內」（*im-*=*in-*=fold）「摺」（*ply*=fold），有隱晦不明的意思，引申為「暗示」；ex**plic**it 本意是往「外」（*ex-*=out）「摺」（*plic*=fold），將內部往外清楚展示給人看，引申為「清楚的」；re**ply** 表示「摺」（*ply*=fold）「回去」（*re-*=back），引申為「答覆」；multi**ply** 表示「多」（*multi*=many）「摺」（*ply*=fold），引申為「（大幅）增加」；com**plex** 是指全部「摺」（*plex*=fold）「一起」（*com-*=together），分不開來而產生「複雜」的感覺；du**plic**ate 表示「摺」（*plic*=fold）成「兩」（*du-*=two）份，衍生出「複製」或「重複」做完全「一樣的」東西，引申為「副本」；re**plic**a 表示「再」（*re-*=again）「摺」（*plic*=fold）一次，表示「複製」；di**pl**oma 本意是「對摺」（*pl*=*ple*=fold）成「兩」（*di-*=two）半的信件，後指「文憑」、「公文」，拉丁中的 diplomaticus 一字出現在國際條約「公文」標題上，diplomacy 的「外交」語意是從此處衍生出來的；em**ploy** 表示往「內」（*em-*=*in-*=in）「摺」（*ploy*=fold），1580 年代才有「雇用」的意思。

apply	[əˋplaɪ] **V** 應用、申請、請求 補充 ap**ply** for **phr** 申請
applicant	[ˋæpləkənt] **n** 申請者、應徵者 There were well over 1,000 applicants for the ten new openings at the high-tech company. 有 1,000 多名應徵者爭取這家高科技公司的十個新職缺。
applicable	[ˋæplɪkəbl] **adj** 可應用的、合適的
application	[ˌæpləˋkeʃən] **n** 申請、申請書 After you fill out your application, please bring it to the human resources department. 填寫自己的申請書之後請交到人力資源部門。 補充 ap**plic**ation form **phr** 申請書

appliance	[ə`plaɪəns] **n** 電器用品 補充 kitchen appliance **phr** 廚房家電、爐具等
imply	[ɪm`plaɪ] **v** 暗示、意味著 When I invited you to come to my office, I did not **imply** that I was interested in a personal relationship. 邀請妳過來我的辦公室時，我不是在暗示我對私人關係有興趣。
implicit	[ɪm`plɪsɪt] **adj** 含蓄的
implicitly	[ɪm`plɪsɪtlɪ] **adv** 含蓄地、暗示地
implicate	[`ɪmplɪ,ket] **v** 意味著……
implication	[,ɪmplɪ`keʃən] **n** 暗示、可能的結果
explicit	[ɪk`splɪsɪt] **adj** 清晰的、清楚明白的
reply	[rɪ`plaɪ] **v** 答覆
multiple	[`mʌltəpl] **adj** 多樣的
multiply	[`mʌltəplaɪ] **v** （大幅）增加、使相乘
complex	[`kɑmplɛks] **adj** 複雜的
duplicate	[`djupləkɪt] **n** 副本；[`djuplə,ket] **v** 複製
duplication	[,djuplɪ`keʃən] **n** 複製、副本 The **duplication** of legal documents is strictly controlled and must be supervised. 法律文件的副本受到嚴密控管，而且必須予以監督。
replica	[`rɛplɪkə] **n** 複製品
diploma	[dɪ`plomə] **n** 畢業證書
diplomacy	[dɪ`ploməsɪ] **n** 外交手腕、交際手段
diplomat	[`dɪpləmæt] **n** 外交官
diplomatic	[,dɪplə`mætɪk] **adj** 外交的
employ	[ɪm`plɔɪ] **v** 雇用 The restaurant chain opened a dozen locations and **employed** over 100 employees. 該連鎖餐廳在十二處展店，雇用超過 100 名員工。
employee	[,ɛmplɔɪ`i] **n** 員工、受雇者

employ**er**	[ɪmˋplɔɪɚ] **n** 雇主
employ**ment**	[ɪmˋplɔɪmənt] **n** 雇用 **補充** lifetime em**ploy**ment **phr** 終生雇用
unemploy**ment**	[͵ʌnɪmˋplɔɪmənt] **n** 失業 **Unemployment** has risen again for the fourth consecutive month. 失業人數已連續第四個月上升。
display	[dɪˋsple] **n** 展示（會）；**v** 展出

153 **pon** put / *root*

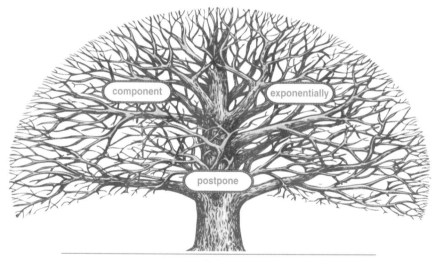

pon

　　pon 表示「放」（put）。post**pone** 本意是「放」（*pon*=put）到「後面」（*post*=after），引申為「延期」；com**pon**ent 表示「放」（*pon*=put）「一起」（*com-*=together），引申為可組成整體物件的「零件」；ex**pon**ent 表示「放」（*pon*=put）在基數右上角的一個數字，即「指數」，ex**pon**entially 即「指數型地」。

postpone	[post`pon] **v** 延期、推遲
	The CEO ordered the executives to **postpone** the annual meeting until he could return from his overseas trip.
	執行長命令主管們將年度會議延期至他自海外旅行回來。
compon**ent**	[kəm`ponənt] **n** 零件、元件
expon**entially**	[ˌɛkspo`nɛnʃəlɪ] **adv** 指數型地

154 **popul** people / *root*

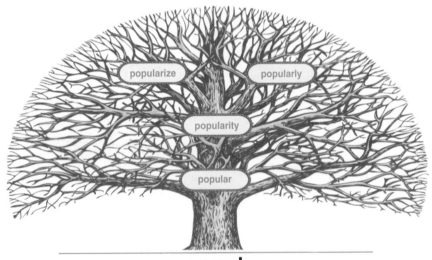

popul

源來如此

　　popul 表示「人」（people）。**popul**ar 表有「人」（*popul*=people）氣的、即「受歡迎的」。

popular	[`pɑpjələ] **adj** 受歡迎的

popul**arity**	[ˌpɑpjəˋlærətɪ] **n** 普及、流行
	The **popularity** of the Korean soap opera helped to increase tourism to the country. 韓劇的流行有助於增進國家的觀光產業。
popul**arize**	[ˋpɑpjələˌraɪz] **v** 使大眾化、普及
popul**arly**	[ˋpɑpjələۛlɪ] **adv** 一般地、普遍地

155 **port** carry, harbor / *root*

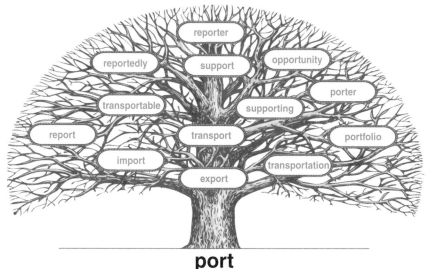

port

源來如此

　　port 表示「攜帶」、「港口」。ex**port** 表示「攜（帶）」（*port*=carry）「出去」（*ex-*=out），引申為「出口」；im**port** 表示「攜（帶）」（*port*=carry）「入」（*in-*=in），引申為「進口」；trans**port** 表示從一方「帶」（*port*=carry）到另一方，意味著「運輸」；sup**port** 表示「由下往上」（*sub-*=up from under）「帶」（*port*=carry），引申為「支持」、「支撐」；re**port** 表示把新聞「帶」（*port*=carry）「回」（*re-*=back）「報導」；

opportunity 這個字跟「港口」（*port*=harbor）有關，因為船隻是否能順利進「港」（*port*=harbor），關鍵在於風，風決定了成功的「機會」高低；**port**folio 是便於「攜帶」（*port*=carry），用來裝零散「紙張」（paper）的收藏夾，現代常見的意思有「公事包」、「文件夾」等，1930 年後有「投資組合」的意思。

export	[ɪksˋport] **v**；**n** [ˋɛksport] 出口（貨品） Timber was the top **export** from the island nation, but unfortunately, the supply has dwindled. 柚木是來自該島國的首要出口品，但不幸的是，供應量已縮減。
import	[ɪmˋport] **v** 進口；[ˋɪmport] **n** 進口 補充 **im**port license phr 輸入許可證
ran**s**port	[ˋtræns,port] **v** 運輸
transpor**tation**	[,trænspɚˋteʃən] **n** 運輸、運輸工具 Kelly's preferred method of **transportation** to school was by car, but she often had to take the bus. 凱利偏好的上學交通方式是搭乘汽車，但她時常必須搭公車。 補充 public trans**port**ation phr 大眾運輸
transpor**table**	[trænsˋportəbl] adj 可運輸的、可運送的
support	[səˋport] **n** 支持、支援 **v** 支持、支援；供養、維持（生命、力量等） Undoubtedly, it's important to **support** local businesses by buying locally. 無疑地，藉由購買本地商品來支持本地企業是重要的。
support**ing**	[səˋportɪŋ] adj 支持的、支援的
report	[rɪˋport] **v** 報告、報導 The weatherman **reported** on the approaching typhoon, which caused widespread public concern. 該氣象預報員報導有關即將來襲的颱風，這引起了廣泛的關注。

reportedly	[rɪˋportɪdlɪ] **adv** 據報導
reporter	[rɪˋportɚ] **n** 報告人、記者
opportunity	[ˌɑpɚˋtjunətɪ] **n** 機會、良機
	There are several great opportunities now for engineers trained in AI methodology and technology. 對於受過人工智慧方法論及技術訓練的工程師來說，現在有幾個很好的就業機會。
porter	[ˋportɚ] **n**（車站、機場等的）搬運工人、腳夫
portfolio	[portˋfolɪ,o] **n**（求職時用以證明資歷的）作品、整套照片、（投資者持有的）全部有價證券
	The artist impressed the hiring manager of the design company with his portfolio of work. 該名藝術家以自己的代表作品選輯使設計公司的招募經理印象深刻。

156 **pos** put / root

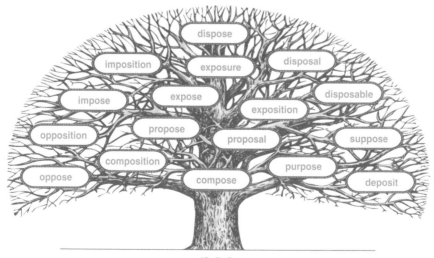

pos

pos 表示「放置」（put）。compose 本意是「放」（*pos*=put）「一起」（*com-*=together），引申為「組成」；propose 表示把意見「往前」（*pro-*=forward）「放」（*pos*=put），引申為「建議」；purpose 表示「往前」（*pur-*=forward）「放」（*pos*=put），引申為「目的」；expose 表示「放」（*pos*=put）「外面」（*ex-*=out），表示「使暴露於」、「使接觸於」；oppose 表示「放」（*pos*=put）到「對面」（*op-*=*ob-*=against），引申為「反對」；impose 表示「放」（*pos*=put）「裡面」（*im-*=*in-*=in），表示「強加」稅務、處罰、信仰、價值觀到他人身上；dispose 表示把東西「分開」（*dis-*=away）「放」（*pos*=put），表示「處置」、「處理」或「除去」；suppose 是「放置」（*pos*=put）於論點「下面」（*sup-*=*sub-*=under）的「猜想」或「假設」；deposit 表示把錢「放」（*pos*=put）在「其他地方」（*de-*=away），引申為「存款」。

compose	[kəm`poz] **V** 創作、組成
	The biodegradable material was **composed** of organic proteins, which could decompose within weeks. 該可由生物分解的材料是以能夠在數周內分解的有機蛋白質所組成。
	補充 be com**pos**ed of phr 由……構成
composer	[kəm`pozɚ] **n** 作曲家
composition	[ˌkɑmpə`zɪʃən] **n** 構成
propose	[prə`poz] **V** 提議
	Someone **proposed** a motion to increase the membership fee to £1,000 a year. 有人提出動議將會員費增加至一年 1,000 英鎊。
proposition	[ˌprɑpə`zɪʃən] **n** 提案、建議
proposed	[prə`pozd] **adj** 被提議的
proposal	[prə`pozl] **n** 提案、提議
purpose	[`pɝpəs] **n** 目的、意圖
ex**pose**	[ɪk`spoz] **V** 使暴露於；使接觸於

expo**s**ed	[ɪk`spozd] **adj** 露出的、暴露的
expo**s**ure	[ɪk`spoʒə] **n** 暴露
expo**s**ition	[,ɛkspə`zɪʃən] **n** 博覽會
	The government organized an international **exposition** to showcase the innovators of their manufacturing sector. 政府規劃一場國際博覽會讓國內製造業的創新者亮相。
oppo**s**e	[ə`poz] **v** 使相對、使對抗
oppo**s**ition	[,ɑpə`zɪʃən] **n** 反對、對抗
	There was no **opposition** from the legislators to the proposed law to ban smoking in public places. 關於禁止在公共場所吸菸的法案，沒有來自立法者的反對。
impo**s**e	[ɪm`poz] **v** 課徵（稅等等）
impo**s**ition	[,ɪmpə`zɪʃən] **n** 施加、徵收
	The guest apologized staying longer than expected, but the hosts said there was no **imposition** at all. 該名旅客為了比預期時間停留得更久而道歉，但旅館老闆說不加收任何費用。
dispo**s**e	[dɪ`spoz] **v** 處理、處置
dispo**s**ition	[,dɪspə`zɪʃən] **n** 性格、氣質、性情
dispo**s**al	[dɪ`spozl] **n** 處理、處置
dispo**s**able	[dɪ`spozəbl] **adj** 可拋棄的、用完即丟的
	The **disposable** income of households increased by around 11 % between 2011 and 2018. 家庭可支配所得於 2011 年至 2018 年期間增加 11%。
suppo**s**e	[sə`poz] **v** 認為、猜想
depo**s**it	[dɪ`pɑzɪt] **v** 存入（金錢）；**n** 存款
	The accountant went to the bank to **deposit** the check that was generously donated by the wealthy patron. 會計去銀行存入那位富有資助者所慷慨捐獻的支票。

157 **prec** price / *root*

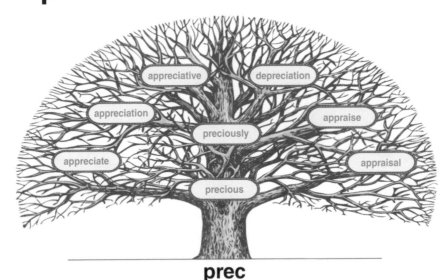

appreciative
depreciation
appreciation
appraise
preciously
appreciate
appraisal
precious

prec

源來如此

　　price 和 *prec* 同源，皆表示「價格」（price）。ap**prec**iate 表示「價格」（*prec*=price）「往上」（*ap-*=*ad-*=up）跑，引申為「升值」，後來語意轉變，表示注重一個人的「價值」，因此產生「欣賞」、「感激」等衍生意思；de**prec**iation 表示「價格」（*prec*=price）往「下」（*de-*=down）跌，表示「貶值」；ap**praise** 表示對某物估「價格」（*praise*=price），即「估價」。

precious	[ˋprɛʃəs] **adj** 貴重的
	My neighbor was a dealer of **prec**ious metals, and he was especially busy during the economic downturn. 我的鄰居是一名珍貴金屬交易商，他在經濟衰退期間尤其忙碌。
preciously	[ˋprɛʃəslɪ] **adv** 珍貴地

MP3

appreciate	[ə`priʃɪ,et] **V** 感謝、賞識、欣賞；升值
	My landlord was a shrewd investor in fine art, and his latest acquisition has **appreciated** in value in the past year by over 50%. 我的房東是一名精明的美術作品投資客，他的最新收購品在過去一年已增值超過 50%。
appreciation	[ə,priʃɪ`eʃən] **n** 感謝、欣賞；升值
appreciative	[ə`priʃɪ,etɪv] **adj** 感謝的
depreciation	[dɪ,priʃɪ`eʃən] **n** 貶值
appraise	[ə`prez] **V** 估計、估價
appraisal	[ə`prezl] **n** 評價
	My colleague paid for a professional **appraisal** of the house before deciding if it was worth purchasing. 決定是否值得購買之前，我同事花錢做了房屋的專業鑑價。

158 **press** press / *root*

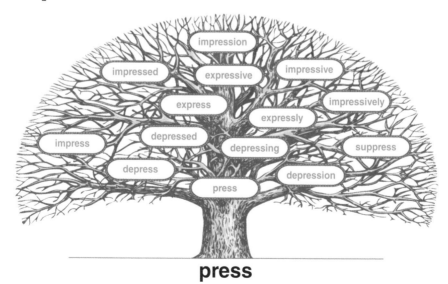

press

press 表示「壓」。**press** 本表示「壓」（*press*），後來表示「壓印」，引申為「印刷」，後又衍生出「出版社」的意思，「新聞輿論」、「報刊評論」則是報社或出版社所出版公開的資訊；de**press** 表示「往下」（*de-=*down）「壓」（*press*），表示「使沮喪」、「蕭條」；ex**press** 表示將想法往「外」（*ex-=*out）「壓」（*press*），引申為「表達」；im**press** 表示將想法「壓」（*press*）「入」（*im-=*in）大腦，引申為「使印象深刻」；sup**press** 表示「壓」（*press*）「下去」（*sup-=sub-=*down）。

press	[prɛs] **n** 新聞輿論、報刊評論
	The company had negative **press** over a scandal regarding its hiring practices, damaging its reputation. 該公司面臨關於聘雇員工作法上的新聞負評，這傷害了公司聲譽。
de**press**	[dɪˋprɛs] **v** 使沮喪、蕭條
de**press**ed	[dɪˋprɛst] **adj** 沮喪的
de**press**ing	[dɪˋprɛsɪŋ] **adj** 令人沮喪的
de**press**ion	[dɪˋprɛʃən] **n** 不景氣、蕭條、抑鬱症
	The patient experienced a severe **depression** before the anxiety disorder appeared. 該名病患在焦慮症出現之前經歷嚴重的沮喪。
ex**press**	[ɪkˋsprɛs] **v** 表達；**adj** 快遞的
	The janitor asked for a meeting with her boss to **express** a few grievances in the workplace. 該名宿舍管理員要求會見她的老闆以表達工作場所的一些不平之事。 補充 ex**press** mail **phr** 快捷郵件
ex**press**ive	[ɪkˋsprɛsɪv] **adj**（想法、感情方面）表達的
ex**press**ly	[ɪkˋsprɛslɪ] **adv** 明顯地、明確地
im**press**	[ɪmˋprɛs] **v** 使印象深刻
im**press**ed	[ɪmˋprɛst] **adj** 感到印象深刻的

MP3

impression	[ɪmˋprɛʃən] **n** 印象
	Jerry rented an expensive suit for the interview, because he wanted to make the best **impression** possible. 傑瑞為了面試租了一套昂貴的西裝，因為他要盡可能地留下最好的印象。
im**press**ive	[ɪmˋprɛsɪv] **adj** 令人印象深刻的、感動的
im**press**ively	[ɪmˋprɛsɪvlɪ] **adv** 令人印象深刻地
sup**press**	[səˋprɛs] **v** 鎮壓、阻止

159 **proper, propri** one's own / root

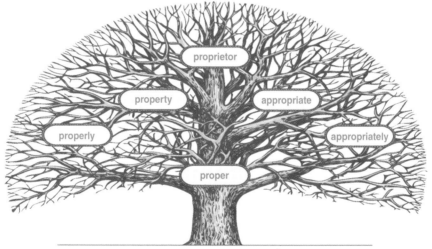

proper, propri

源來如此

　　proper 和 *propri* 皆表示「自己的」（one's own）。**proper**ty 表示屬於「自己的」（*proper*=one's own），引申為「財產」；**propri**etor 是擁有「財產」（*propri*=property）的人，引申為「所有人」；ap**propri**ate 當動詞用時，意思是挪為「己」（*propri*=one's own）用，形容詞是表示對「自己」（*propri*=one's own）「適合的」。

proper	[`prɑpə] **adj** 恰當的
	Sam's homeroom teacher reminded him that without a **proper** education, he would end up having a manual labor job. 山姆的導師提醒他若是沒有合適的教育，最後就是從事勞力工作。
properly	[`prɑpəlɪ] **adv** 恰當地
property	[`prɑpətɪ] **n** 不動產、住宅、財產
	The teacher was fired for inappropriately taking home the **property** of the school. 該名教師遭到解聘，因為將學校財產不當地攜帶回家。
proprietor	[prə`praɪətə] **n** 所有人
appropri**ate**	[ə`proprɪ,et] **adj** 適當的；**v** 撥出（款項等）、挪用
	The employee was directed to the **appropriate** manager in the HR department to voice his complaint. 該員工受指引到人資部門找適當的經理以表達他的申訴。
appropri**ately**	[ə`proprɪ,etlɪ] **adv** 適當地

160 publ people / *root*

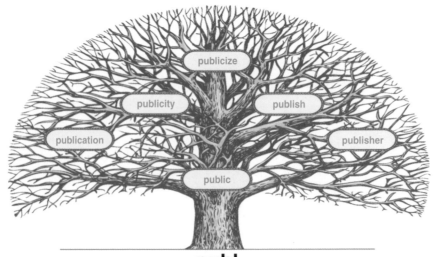

publicize

publicity   publish

publication   publisher

public

publ

 MP3

publ 表示「人」（people）。**publ**ic 表示屬於「人民」（*publ*=people）「的」（*-ic*），引申為「公共的」；**publ**ish 等同 make public，引申為「出版」，出版是為了和「大眾」分享知識或經驗。

public	[`pʌblɪk] **adj** 公共的
	補充 **publ**ic transport **phr** 大眾運輸
publication	[,pʌblɪ`keʃən] **n** 出版（物）、刊物
	The airline's monthly in-house publication published articles on popular travel destinations. 該航空公司的每月內部刊物刊載人氣旅遊景點的文章。
publicity	[pʌb`lɪsətɪ] **n** 公開、宣傳
	Wanting to keep their personal lives private, they banned paparazzi from their wedding to avoid the publicity. 想要保持私人生活隱私，他們禁止狗仔進入他們的婚禮以避免曝光。
publicize	[`pʌblɪ,saɪz] **v** 公開、宣導
publish	[`pʌblɪʃ] **v** 出版（發行）
	It was recommended to teachers that they publish at least one book for their career. 一般建議老師們至少要出版一本與專業相關的書。
publisher	[`pʌblɪʃə] **n** 出版社

161 **punct, point** point / *root*

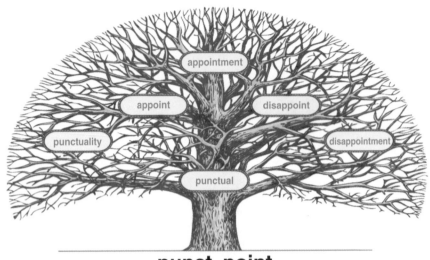

punct, point

源來如此

　　point 和 *punct* 同源，皆表示「點」（point）。**punct**ual 本意在「點」（*punct*=point）上「的」（*-al*），引申為「準時的」；**appoint** 表示將人派到某個「點」（*point*）上，引申為「任命」；dis**appoint** 是「任命」（appoint）的「相反」動作，表示「罷黜」、「解職」，衍生出「失望」的語意。

---

punctual	[ˋpʌŋktʃʊəl] **adj** 準時的
	The project engineer may not have been the most efficient staff member, but she was always **punctual** to the meetings. 該名專案工程師或許不是最有效率的員工，但她開會一向準時。
punctuality	[ˌpʌŋktʃʊˋælətɪ] **n** 嚴守時間

MP3

appoint	[ə`pɔɪnt] **v** 任命
	The CEO discussed his plan with the board members to appoint a new president to run the company. 執行長與董事會成員討論他任命一位新總裁的計劃。
appointment	[ə`pɔɪntmənt] **n** 任命、（預約的）會面
disappoint	[͵dɪsə`pɔɪnt] **v** 使……失望
	Mr. Lin is disappointed not to have been appointed director of the publishing division. 林先生由於未被任命為出版部主任而感到失望。
disappointment	[͵dɪsə`pɔɪntmənt] **n** 失望、沮喪

162 ques, quis, quir ask, seek /root

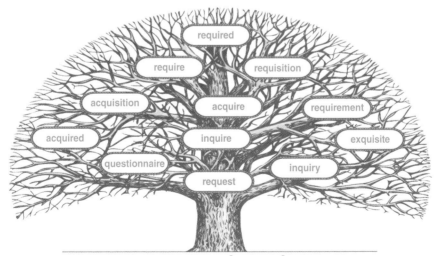

ques, quis, quir

　　ques、*quis* 和 *quir* 表示「問」、「要求」（ask）、「尋求」（seek）。request 表示「反覆」（*re-*=repeatedly）「詢問」（*ques*=ask），引申為「要求」；inquire 表示「進到裡面」（*in-*=into）「問」（*quir*=ask）問題，引申為「詢問」；acquire 的意思是「尋求」（*quir*=seek），目的是為了「獲得」；require 表示「反覆」（*re-*=repeatedly）「詢問」（*quir*=ask），引申為「要求」；exquisite 表示仔細「找」（*quis*=seek）「出來」（*ex-*=out），後解釋為仔細選擇（材料），引申出「精美的」意思。

request	[rɪ`kwɛst] **n**；**v** 要求
questionnaire	[ˌkwɛstʃən`ɛr] **n**（意見）調查表
	After the pharmaceutical study, the patients were asked to fill out a **questionnaire** to describe any side effects. 藥物研究之後，病患被要求填寫一份描述任何副作用的調查表。
inquire	[ɪn`kwaɪr] **v** 詢問
	After the lecture was over, attendees **inquired** about how they could land a job at the famous company. 演講結束之後，出席者詢問他們要怎樣才能在知名公司找到一份工作。
inquiry	[ɪn`kwaɪrɪ] **n** 詢問、問題
acquire	[ə`kwaɪr] **v** 取得、收購
	At the auction house, the vice director was ordered to **acquire** the famous painting any cost. 在拍賣場上，副處長受命不計代價收購那幅名畫。
acquired	[ə`kwaɪrd] **adj** 習得的
acquisition	[ˌækwə`zɪʃən] **n** 獲得、獲得的東西；收購
	The previously unknown drawing by Michelangelo was the museum's greatest **acquisition**. 這幅先前未知的米開朗基羅畫作是該博物館最重要的收購物件。
require	[rɪ`kwaɪr] **v** 要求

MP3

requir**ed**	[rɪ`kwaɪrd] **adj** 必要的、必需的
requis**ition**	[ˌrɛkwə`zɪʃən] **n** 正式要求
requir**ement**	[rɪ`kwaɪrmənt] **n** 必要條件
	For military pilots, having 20/20 vision is a **requirement** in order to fly multimillion-dollar aircraft. 對於軍方飛行員而言，為了駕馭數百萬美元的飛機而擁有 1.0 的視力是一必要條件。
exquis**ite**	[`ɛkskwɪzɪt] **adj** 精美的、精緻的、優雅的

163 **rad** root / *root*

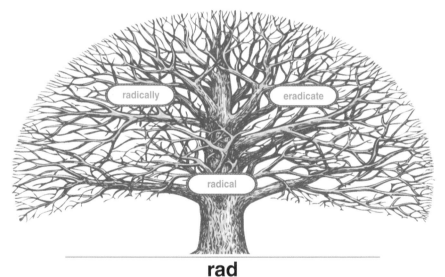

rad

　　rad 表示「根」（root）。**rad**ical 表示「根」（*rad*=root）「的」（*-ical*），引申為「根本的」；e**rad**icate 等同 root out，表示把「根」（*rad*=root）拔到「外面」（*e-=ex-=*out），表示連根拔除、「根除」。

radical	[`rædɪkl] **adj** 根本的、基本的、徹底的
	A **radical** idea for economic stimulation is to provide a government subsidy every month to every family. 經濟振興的基本概念是每月提供政府補助給每一家庭。
radically	[`rædɪklɪ] **adv** 根本地、徹底地
eradicate	[ɪ`rædɪ,ket] **v** 根除

164 re- again, back, intensive /*prefix*

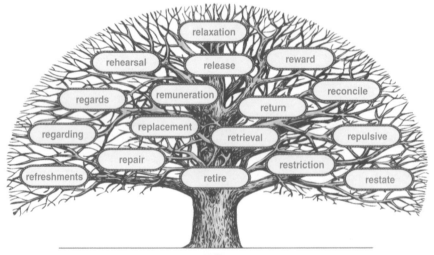

re-

MP3

refreshments	[rɪˋfrɛʃmənts] **n** 茶點
regarding	[rɪˋgɑrdɪŋ] **prep** 關於
regards	[rɪˋgɑrds] **n** 問候、致意 [P]
	The alumnus went to the funeral of his professor to give his **regards** to the family of the deceased. 那位校友親赴他教授的喪禮並向死者家屬致意。
rehearsal	[rɪˋhɝsl] **n** 排練、試演
relaxation	[ˌrilæksˋeʃən] **n** 放鬆、娛樂
release	[rɪˋlis] **v** 釋放、解放 **n** 發行、發行的書（或電影等）、新聞稿
	The safety valve allowed the machine operator to **release** steam, if the pressure was too high. 安全閥讓機器操作員得以釋放蒸氣，如果壓力太高的話。
remuneration	[rɪˌmjunaˋreʃən] **v** 報酬、賠償、薪資、賠償金
replacement	[rɪˋplesmənt] **n** 代替者、代替物
	During the factory workers' strike, the managers temporarily hired several hundred **replacements**. 工廠員工罷工期間，經理們臨時雇用數百位代替人手。
repair	[rɪˋpɛr] **v** 修理、修補
	A highly skilled technician was required to **repair** the large assembly machine on the factory floor. 一位技術高超的技術員被要求去修理工廠地板上的大型組裝機器。
retire	[rɪˋtaɪr] **v** 退休、退役；收回（貨幣）、贖回（票據）
	My cousin worked on an ambitious career plan that would see him **retire** by the age of 50. 我表弟在做一項企圖心旺盛的職涯規劃，這會使他將在 50 歲之前就退休。
retrieval	[rɪˋtrivl] **n** 取回、恢復
return	[rɪˋtɝn] **v** 返回、回應

reward	[rɪˈwɔrd] **n** 報償、獎賞、酬金
	The financial manager spent the day at the spa, which is a **reward** she gave to herself for completing the difficult project. 財務經理整天泡在 spa，那是她完成困難任務後給自己的犒賞。
reconcile	[ˈrɛkənsaɪl] **v** 調和、調解
repulsive	[rɪˈpʌlsɪv] **adj** 使人反感的、使人厭惡的
restate	[riˈstet] **v** 再聲明、重新敘述
restriction	[rɪˈstrɪkʃən] **n** 限制、約束

165 rect, reg   straight, rule, right / *root*

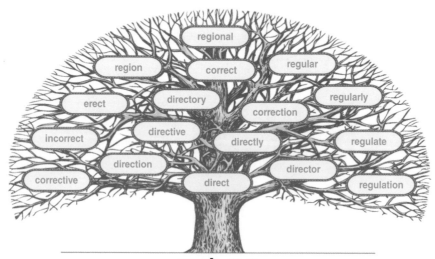

rect, reg

MP3

　　rect 和 *reg* 皆表示「直的」（straight），衍生出「統治」（rule）、「正確的」（right）等意思。direct 表示設定一方向，「直」（*rect*=straight）走離「開」（*dis*-=apart），引申為「引導」、「指揮」；correct 表示拉「直」（*rect*=straight），引申為「改正」；erect 表示挺「直」（*rect*=straight）「出來」（*e*-=*ex*-=out），引申為「豎立」；region 本指「統治」（*reg*=rule）區，後語義變寬，表示「地區」；regular 指按「規則」（*reg*=rule）行事的，引申為「定期的」。

direct	[dəˋrɛkt] **v** 引導、指揮；**adj** 直接的
	My nephew took a job in a department store, where he **direct**ed the handling of customer disputes. 我姪子在一家百貨公司謀職，指導處理顧客爭執。 **補充** **di**rect deposit **phr**（薪資）直接存入 　　　**di**rect traffic **phr** 交通指揮
direc**tion**	[dəˋrɛkʃən] **n** 方向、指示、指揮
	The restaurant manager was worried about the **direct**ion of the company after it changed its owner. 餐廳經理擔心更換所有人之後的公司方向。
direc**tive**	[dəˋrɛktɪv] **adj** 指導的、指揮的
direc**tly**	[dəˋrɛktlɪ] **adv** 直接地
direc**tor**	[dəˋrɛktɚ] **n** 主管、董事
direc**tory**	[dəˋrɛktərɪ] **n** 通訊錄、工商名錄、電話簿
correct	[kəˋrɛkt] **adj** 正確的；**v** 修正
	The contestant won a million dollars after he provided the **correct** answer to the TV show host. 該名參賽者提供電視節目主持人正確答案之後贏得一百萬元。
correc**tion**	[kəˋrɛkʃən] **n** 更正、修正

corrective	[kə`rɛktɪv] **adj** （對於以前的錯誤）修正的
incorrect	[ˌɪnkə`rɛkt] **adj** 不正確的
erect	[ɪ`rɛkt] **adj** 豎直的；**v** 豎立
region	[`ridʒən] **n** 地區
	The Bordeaux **region** of France has an excellent reputation as a producer of fine wines. 法國波爾多地區以優質紅酒產地而擁有卓越名聲。
regional	[`ridʒənl] **adj** 地區的
regular	[`rɛgjələ] **adj** 規則的、定期的、慣常的
	He worked a total of 60 hours, which included 40 **regular** working hours and 20 overtime hours. 他工作總共 60 小時，包括 40 小時的正常工作時數及 20 小時加班時數。 補充 **reg**ular working hours **phr** 正常工作時間
regularly	[`rɛgjələlɪ] **adv** 定期地
regularity	[ˌrɛgjə`lærətɪ] **n** 規律性、定期
regulate	[`rɛgjəˌlet] **v** 規定、調節
regulation	[ˌrɛgjə`leʃən] **n** 規定
	The environmental protection agency gave the factory a substantial fine for not meeting its **regulations**. 環保機構因該工廠未達到規定而開出一筆巨額罰款。

166 **riv** run, flow / *root*

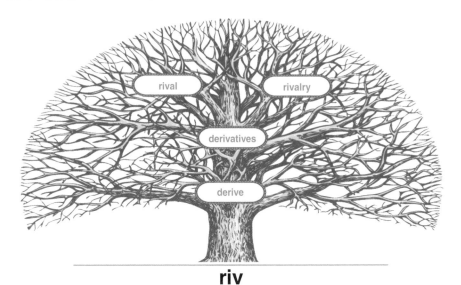

riv

源來如此

　　riv 表示「跑」（run）、「流」（flow），亦有「河流」（stream）的意思。derive 表示「從……」（de-=from）「流」（*riv*=flow）出來，引申為「衍生出」；rival 指使用同一條「河流」（*riv*=stream）而相爭的人，引申為「競爭者」。

de**riv**e	[dɪ`raɪv] **V** 取得、得到、衍生出
de**riv**atives	[də`rɛvətɪvz] **n** 衍生性金融商品
	The legislators put legal restrictions on **derivatives** in the financial markets, because of their high risk. 由於高風險，立法者給予金融市場上的衍生性金融商品諸多法律限制。
rival	[`raɪvl] **n** 競爭者、對手、敵手
rivalry	[`raɪvlrɪ] **n** 競爭、對抗
	Harvard University and Yale University have a **rivalry** in sports competitions that go back to 1895. 哈佛大學與耶魯大學擁有追溯至 1895 年的運動競賽對抗。

riv shore / *root*

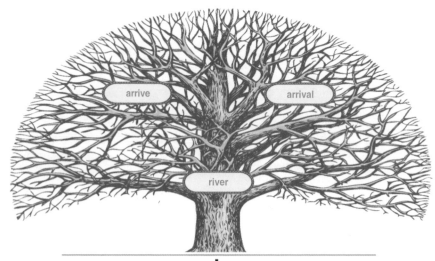

riv

源來如此

riv 表示「岸」（shore）。arrive 表示「到」（*ar-*=*ad-*=to）「河岸」（shore），引申為「到達」。

river	[ˋrɪvə] **n** 河流
arrive	[əˋraɪv] **v** 到達、（郵件、物品等）被送到
arrival	[əˋraɪvl] **n** 到達、到來
	My roommate's great grandparents' **arrival** in New York City in 1915 gave the family hope for a better life. 我室友的曾祖父母於 1915 年抵達紐約給予家族一個更好生活的希望。

MP3

168 **rupt** break / *root*

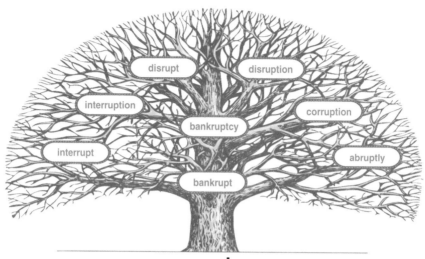

rupt

源來如此

　　rupt 表示「打破」、「破裂」、「打斷」（break）。bank**rupt** 源自義大利語 banca rotta，字面意思是「打破」（*rupt*=break）「長凳」（*bank*=bench）。如果銀行家未在約定時間內，將其所保管的錢歸還給原持有人，市場上的長凳或桌子就會被人「破壞」（*rupt*=break），引申為「破產」；inter**rupt** 表示介入「其中」，「打斷」（*rupt*=break）說話或活動程序；dis**rupt** 表示「破裂」（*rupt*=break）「分開」（*dis*-=apart），表示去「打斷」或「中斷」某一事件、組織、或活動的正常運作；ab**rupt**ly 表示「破裂」（*rupt*=break）「開來」（*ab*-=away），引申為「突然地」，因為破裂通常是「突然」發生。

bankrupt	[ˋbæŋkrʌpt] **adj** 破產的
	The owners of the startup company applied for a loan to avoid going **bankrupt**. 新創公司所有人申請貸款以避免步向破產。

bankruptcy	[`bæŋkrəptsɪ] **n** 破產
	補充 file for bank**rupt**cy **phr** 聲請破產
inter**rupt**	[,ɪntə`rʌpt] **v** 打斷、中斷
inter**rupt**ion	[,ɪntə`rʌpʃən] **n** 中斷、打擾
	There was an **interruption** to the in-flight movie when the captain made an announcement to the passengers. 機上電影在機長向乘客廣播時出現中斷。
dis**rupt**	[dɪs`rʌpt] **v** 打斷、中斷、擾亂
dis**rupt**ion	[dɪs`rʌpʃən] **n** 中斷、混亂
cor**rupt**ion	[kə`rʌpʃən] **n** 腐敗、貪汙
	The politician was a retired police chief who vowed to fight **corruption** in the government. 該名政治人物是一名立誓打擊政府貪汙的退休警長。
ab**rupt**ly	[ə`brʌptlɪ] **adv** 突然地

169 **scrib, script** write / root

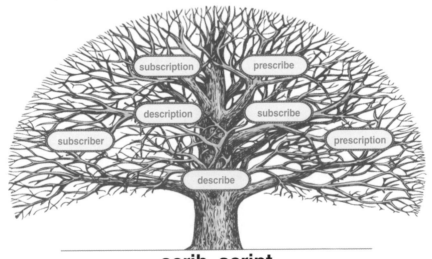

scrib, script

MP3

scrib 和 *script* 皆表示「寫」（write）。de**scribe** 表示「寫」（*scrib*=write）「下來」（*de-*=down），即「描寫」；sub**scribe** 表示「寫」（*scrib*=write）在「下面」（*sub-*=under），讀完條款在下方簽名，引申為「訂閱」；pre**script**ion 是醫生「事先」（*pre-*=before）「寫」（*script*=write）下的「藥方」。

describe	[dɪ`skraɪb] **v** 描述
description	[dɪ`skrɪpʃən] **n**（商品等的）說明、描述
	In the financial prospectus of the mutual fund was a description as well as the companies invested in. 共同基金的財務計劃書有產品說明書及投資的公司。
subscribe	[səb`skraɪb] **v** 訂閱
	Beneath the YouTube video was a button asking viewers to subscribe to the channel. YouTube 影片底下有一按鍵讓觀看者訂閱該頻道。
subscriber	[səb`skraɪbɚ] **n** 訂閱者、用戶
	After reaching 1,000 subscribers, the YouTuber started to generate revenues from the video views. 達到 1000 位訂閱者之後，該 YouTuber 開始從影片瀏覽產生收益。
subscription	[səb`skrɪpʃən] **n**（定期刊物的）訂閱
prescribe	[prɪ`skraɪb] **v** 開藥方、處方
prescription	[prɪ`skrɪpʃən] **n** 處方、藥方
	Sam visited the drug store to fill the prescription for his elderly father's heart medicine. 山姆去藥房為他年邁的父親按處方拿心臟藥物。

170 **sent, sens** feel / *root*

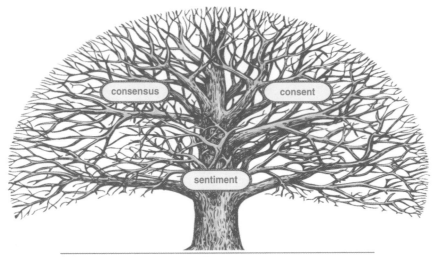

sent, sens

　　sent 和 *sens* 皆表示「感覺」（feel）。**sent**iment 表示「感覺」（*sent*= feel），引申為「感情」、「心情」；**con**sensus 表示有「共同的」（*con-*= together）「感覺」（*sens*=feel），表示「同意」、「共識」。

sentiment	[ˋsɛntəmənt] **n** 感情、心情
consensus	[kənˋsɛnsəs] **n** 共識
	The workers voted to strike and reached a **consensus**, so the factory manager needed to find a solution. 工人投票罷工並達成共識，因此工廠經理必須找到一個解決方式。
consent	[kənˋsɛnt] **n** 同意、贊成
	The job applicant was required to give the company **consent** to administer a drug test. 該工作應徵者被要求同意公司執行一次藥物檢查。

 MP3

171 sequ, secut, suit, sue follow / *root*

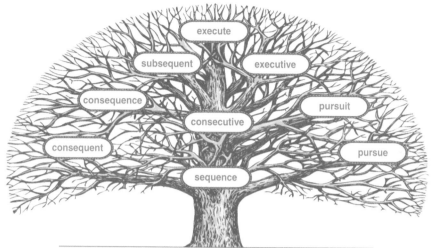

sequ, secut, suit, sue

【源來如此】

    sequ、*secut*、*suit* 和 *sue* 皆表示「跟隨」（follow）。**sequ**ence 表示一個「跟著」（*sequ*=follow）另一個，引申為「連續」；con**sequ**ent 表示「跟著」（*sequ*=follow）「一起」（*con-*=together）走，引申為「隨之發生的」；sub**sequ**ent 表示「緊」（*sub-*=closely）「跟」著，即「隨後的」；exe**cut**ive 表示「跟著」（*ecut*=*secut*=follow）「出來」（*ex-*=out），語意歷經轉變，最後有「實行」、「執行」的意思，因為 *ex-* 包含 [gz] 兩個子音，[z] 和 [s] 相鄰不好發音，因此省略 *secut* 的 s；per**suit** 表示「跟隨」（*suit*=follow）「向前」，引申為「追求」。

sequence	[`sikwəns] **n** 連續、一連串
	Two machine operators had to press buttons in the correct **sequence** in order to initiate the process. 二位機械操作員必須以正確順序壓下按鈕以啟動程序。
consecut**ive**	[kən`sɛkjʊtɪv] **adj** 連續的、連貫的
consequ**ent**	[`kɑnsə,kwɛnt] **adj** 隨之發生的

consequence	[ˋkɑnsə͵kwɛns] **n** 結果、後果
	If banks don't have strict **consequences** for risky behavior, bankers will likely make poor investment choices. 如果銀行不承擔風險行為的嚴重後果，銀行家可能選擇低報酬的投資標的。
subsequent	[ˋsʌbsɪ͵kwɛnt] **adj** 其後的、隨後的
ex**ecute**	[ˋɛksɪ͵kjut] **v** 實行、執行
ex**ecutive**	[ɪgˋzɛkjʊtɪv] **n** 行政或管理人員
	Executives enrolled in the university's EMBA program to meet other high-quality business professionals. 主管們註冊該所大學的 EMBA 課程為了遇見其他優質的商業專業人士。
pursuit	[pəˋsut] **n** 追求、尋求；職業；消遣
pursue	[pəˋsu] **v** 追求
	Kevin chose to **pursue** a PhD in Public Policy, because he wanted to start a career in politics. 凱文選擇追尋公共政策的博士學位，因為他想要在政治圈開啟職涯。

MP3

172 **serv** keep / *root*

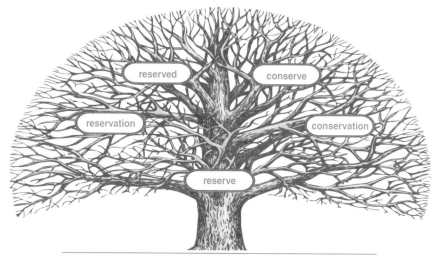

serv

　　serv 表示「保留」、「保持」、「保護」（keep）。reserve 本意是「保留」（*serv*=keep）到「後面」（*re-*=back）才使用，「保護」預定者的使用權，即 keep back；conserve 本意是「保護」，引申出「保存」的意思。

reserve	[rɪˋzɝv] **V** 預約、保留；保存
	At the lecture, the front row was **reserved** for the company executives and other VIPs. 演講時，前排被預留給公司主管及其他貴賓。
reserv**ation**	[͵rɛzɚˋveʃən] **n** 預約、預訂；保護區
reserv**ed**	[rɪˋzɝvd] **adj** 預約的、預訂的；留作專用的
conserve	[kənˋsɝv] **V** 保存、保護
conserv**ation**	[͵kɑnsɚˋveʃən] **n** 保存
	The international NGO was known for working with governments to promote the **conservation** of forests. 該國際非政府組織為人所知的是與政府合作促進森林保育。

sed, set, sid, sess _{sit} / *root*

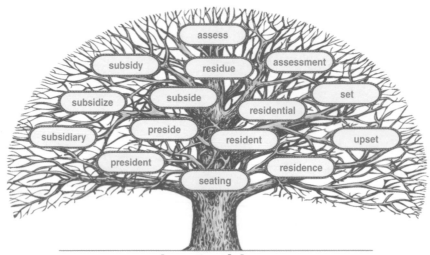

sed, set, sid, sess

源來如此

　　sed、*set*、*sid* 和 *sess* 皆表示「坐」（sit）。president 表示「坐」（*sid*=sit）在「前面」（*pre-*=before）主持活動、會議的「人」（*-ent*=one who），引申為「總統」、「主席」、「總裁」；resident 本意是「回來」（*re-*=back）「坐」（*sid*=sit）的「人」（*-ent*=one who），後來語意改變，表示回來「住」的人，引申為「住戶」、「居民」；subside 表示「坐落在」（*sid*=sit）「下面」（*sub-*=under），引申為「消退」、「減弱」；residue 表示「坐落在」（*sid*=sit）在「後面」（*re-*=back）的「東西」（*-ue*），引申為「殘餘物」；subsidy 表示讓人安穩「坐在」（*sid*=sit）「下面」（*sub-*=under）之物，引申為「津貼」；assess 本指「坐」（*sess*=sit）在法官旁估算要付多少罰金的助理工作，「評價」是其衍生意思。

seating	[ˋsitɪŋ] **n** （整體的）座位安排、座位數
	The personal assistant was responsible for arranging the **seating** for all incoming guests.
	私人助理負責安排所有即將到來的來賓座位。
	補充 **seat**ing capacity **phr** 座位數、座位容量

 MP3

presid**ent**	[ˋprɛzədənt] **n** 總統；（會議）主席、總裁
	When the president finally retired, the vice **president** was offered the opportunity to fill the position. 總裁終於退休時，副總裁被給予填補該職位的機會。
presid**e**	[prɪˋzaɪd] **v** 主持（會議）、擔任會議主席
	During the holiday parade, the mayor had the honor of **presiding** over the festivities. 節日遊行期間，市長擁有主持慶祝活動的榮譽。
resid**ent**	[ˋrɛzədənt] **n** 住戶、居民
	The swimming pool was only accessible by **residents** who owned authorized card keys. 該處游泳池只有擁有授權卡鑰匙的居民可以進入。
resid**ence**	[ˋrɛzədəns] **n** 住處、住宅
resid**ential**	[ˏrɛzəˋdɛnʃəl] **adj** 住宅的
resid**ue**	[ˋrɛzəˏdju] **n** 殘餘物
subsid**e**	[səbˋsaɪd] **v**（狀況）趨於平緩、消退、減弱
subsid**iary**	[səbˋsɪdɪˏɛrɪ] **n** 子公司
	The startup company was purchased by Google, and became a profit-generating **subsidiary**. 該新創公司被 Google 收購，並且成為一家貢獻獲利的子公司。
subsid**ize**	[ˋsʌbsəˏdaɪz] **v** 補助
subsid**y**	[ˋsʌbsədɪ] **n** 補貼、津貼
	Citizens are upset that the government provides **subsidies** to oil companies instead of to students seeking higher education. 市民感到不高興，因為政府提供補貼給石油公司，而不是給追尋更高教育的學生。
ass**ess**	[əˋsɛs] **v** 評估、評價
ass**ess**ment	[əˋsɛsmənt] **n** 評價
	The hiring process included a comprehensive **assessment** of the candidates' critical thinking skills. 聘雇過程包括應徵者批判性思考技巧的全面評估。

set	[sɛt] **Ⅴ** 放、置；豎立；使接觸；使處於（特定位置）；使坐落；安裝
up**set**	[ʌp`sɛt] **Ⅴ** 打翻、使心煩意亂

174 **sign** mark / *root*

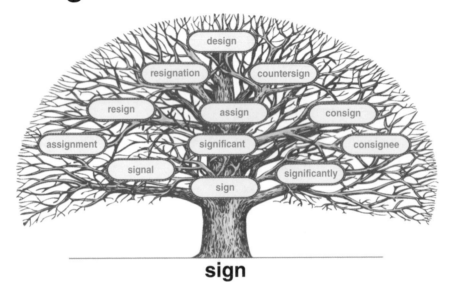

sign

【源來如此】

　　sign 表示「（做）記號」。sign 本意是「做記號」（*sign*=mark），引申為「簽名」、「簽署」；**sign**al 本意是「做記號」（*sign*=mark），引申為「信號」、「發信號」；**sign**ificant 表示「做」（*fic*=do）「記號」（*sign*=mark）「的」（-*ant*），引申為「有意義的」；as**sign** 表示「做記號」（*sign*=mark），方便「分派」；re**sign** 的 *sign* 表示在帳冊上畫個「記號」，*re*- 表示「相反」動作，re**sign** 是不畫記，表示「取消」，引申為「放棄」、「辭職」；de**sign** 表示把「記號」（*sign*=mark）畫「出來」（*de*-=out），引申為「設計」、「指派」；counter**sign** 指在他人名字的「另外一邊」（*counter*=opposite）「簽名」（*sign*），引申為「副署」；con**sign**ee 表示

266  MP3

「用」（*con-*=with）「記號」（*sign*=mark）來標示，衍生出「正式批准」，後來引申為「將……交付給」。

sign	[saɪn] **v** 簽名、簽署 The representative **signed** the agreement, put his pen away, and shook the hands of his new partner. 該名代表簽下合同、收起他的筆，然後與他的新夥伴握手。
signal	[ˋsɪgnl̩] **n** 信號；**v** 打信號、示意
significant	[sɪgˋnɪfəkənt] **adj** 相當程度的、有意義的 Allowing employees to surf the Internet posed a **significant** risk to the company's confidential files. 允許員工瀏覽網頁使公司機密檔案陷於相當程度的風險。
significantly	[sɪgˋnɪfəkəntlɪ] **adv** 相當程度地、意義重大地
assign	[əˋsaɪn] **v** 指派、分配 The manager wanted to **assign** blame on his employee for the report being submitted late. 經理要怪罪他的員工，因為報告延遲繳交。
assignment	[əˋsaɪnmənt] **n**（指派的）工作、作業
resign	[rɪˋzaɪn] **v** 放棄、辭職
resignation	[ˏrɛzɪgˋneʃən] **n** 辭職 The Chairman accepted the **resignation** of the disgraced company president. 董事長接受那位無恥的公司總裁的辭職。
design	[dɪˋzaɪn] **v** 設計
countersign	[ˋkaʊntɚˏsaɪn] **v** 會簽、副署、確認
consign	[kənˋsaɪn] **v** 將……交付給
consignee	[ˏkɑnsaɪˋni] **n** 收件人、受託人

175 **simil, simul, sembl** one, same, similar /*root*

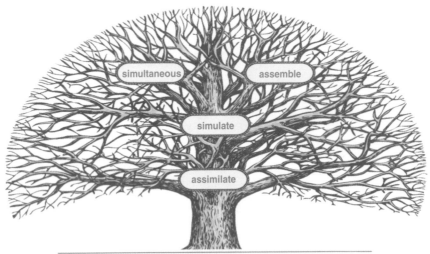

simil, simul, sembl

　　simil、*simul* 和 *sembl* 皆表示「單一」（one），後來衍生出「相同的」（same）、「相似的」（similar）等意思。assimilate 表示「使」（-*ate*=make）「相似」（*simil*=similar），引申為「使……同化」；simulate 表示「使」（-*ate*=make）「相似」，引申為「模擬」、「仿冒」；simultaneous 表示在「相同」（*simul*=same）的時間內發生，引申為「同時的」；assemble 表示將「相似」（*simul*=similar）的東西放一起，引申為「收集」、「裝配」。

assimilate	[ə`sɪml,et] **V** 使……同化
	It took the new manager who transferred from the London office a few months to **assimilate** into the workplace. 融入新的工作場所花了從倫敦調任而來的新經理幾個月時間。
simulate	[`sɪmjə,let] **V** 模擬、仿冒

simultaneous	[ˌsaɪmlˈtenɪəs] **adj** 同時的
	The **simultaneous** processes of product manufacture and inventory management were enhanced by the software. 產品製造及庫存管理的同時處理是藉由該軟體來提升品質。
assemble	[əˈsɛmbl] **v** 收集、裝配

176 **soci** society, companion, join / *root*

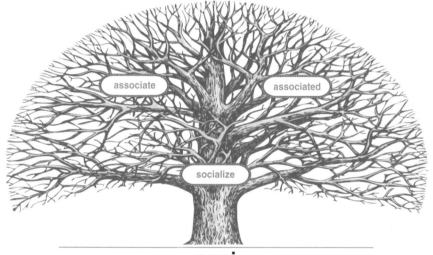

soci

源來如此

　　soci 表示「社會」（society）、「同伴」（companion）、「加入」（join）。**soci**alize 表示「使」（-*ize*=make）「社會」（*soci*=society）化，引申為「交際」；a**soci**ate 表示去「加入」（*soci*=join）某團體，指「結交」，名詞則表示因工作或生意往來所結交的「同事」、「合夥人」。

socialize	[`soʃə,laɪz] **V** 交際、社交往來
	In the employee handbook, employees were discouraged from **socializing** outside of the office. 員工手冊中，員工被勸阻在辦公室以外的地方社交往來。
associate	[ə`soʃɪɪt] **n** 同事、合夥人；[ə`soʃɪ,et] **V** 結交
	Introduced only as an **associate** of the chairman, the mysterious man attended the entire board meeting. 僅被介紹為董事長的一位合夥人，該詭秘的男子出席整個董事會。
associated	[ə`soʃɪ,etɪd] **adj** 有關聯的

177 **solv, solu** loosen / *root*

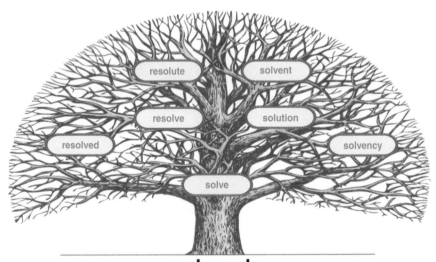

solv, solu

solv 和 solu 皆表示「鬆開」、「使鬆開」（loosen）。solution 表示「鬆開」（solu=loosen）問題的結，引申為「解決方案」；resolve 本意是「鬆開」（solv=loosen），將事物「還原」成原本成分，自 1520 年代後才有「決定」、「決心」的意思；solvent 表示「鬆開」（solv=loosen），特指清償債務，不再被債務綁住，引申為「有償付能力的」。

solve	[sɑlv] **Ⅴ** 解決問題、解答
	The research and development team were asked to solve a problem with the equipment overheating. 研發團隊被要求解決設備過熱的問題。
solution	[səˋluʃən] **n** 解決方案、答案
	The chemical engineer found a solution to the overheating of the machinery by inventing a new lubricant. 該化學工程師藉由發明一款新型潤滑劑找到機械過熱的解決方式。
resolve	[rɪˋzɑlv] **Ⅴ** 決定
resolved	[rɪˋzɑlvd] **adj** 堅決的、下決心的
resolute	[ˋrɛzə,lut] **adj** 堅決的、斷然的
solvent	[ˋsɑlvənt] **adj** 有償付能力的
solvency	[ˋsɑlvənsɪ] **n** 清償能力
	The bank sent representatives to evaluate the solvency of the startup company before offering a loan. 該銀行提供借貸之前派出代理人去評估這家新創公司的清償能力。

178 **source** source /root

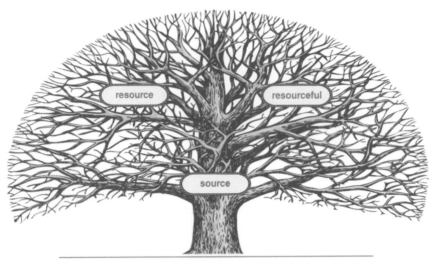

source

souce 表示「源頭」。resource 表示「一再」（re-=again）從「源頭」（source）湧現，引申為「資源」。

source	[sors] **n** 源頭、根源、出處
	The **source** of the palm oil used in many consumer products is the fertile jungles of Indonesia. 用於許多消費者產品的棕櫚油來源是印度尼西亞肥沃的叢林。
resource	[rɪˋsors] **n** 資源
	Hemp is a renewable **resource** that has multiple commercial and industrial applications. 大麻是一種具有多種商業及工業用途的可再生資源。 補充 human re**source** phr 人力資源
resource**ful**	[rɪˋsorsfəl] **adj** 有智謀、機敏的

MP3

179 spect, spec, spic look /root

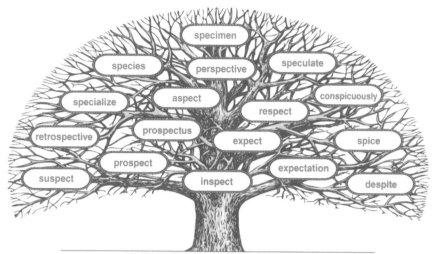

specimen

species · perspective · speculate

specialize · aspect · conspicuously

respect

retrospective · prospectus · expect · spice

prospect · expectation

suspect · inspect · despite

spect, spec, spic

源來如此

　　spect、*spec* 和 *spic* 皆表示「看」（look）。in**spect** 表示「往內」（*in-*=into）「看」（*spect*=look），引申為「檢查」；pro**spect** 表示「往前」（*pro-*=forward）「看」（*spect*=look），引申為「展望」；ex**pect** 表示「徹底地」（*ex-*=thoroughly）「看」（*spect*=look），引申為「期待」，因為 *ex-* 已經包含 /ks/ 兩個子音，因此省略後面字根 *spect* 開頭的 *s*；a**spect** 表示「看」（*spect*=look）事情的角度，引申為「觀點」；per**spect**ive 表示「看」（*spect*=look）「透」（*per-*=through），引申為能看清事情的「看法」、「觀點」；re**spect** 表示「回」（*re-*=back）頭「看」（*spect*=look），引申為「尊敬」、「尊重」；su**spect** 表示從「下」（*su-*=*sub-*=up from under）往上偷偷「看」（*spect*=look）別人，引申為「懷疑」；retro**spect**ive 表示「往回」（*retro-*=backwards）「看」（*spect*=look）「的」（*-ive*），表示「回顧的」；**spec**ies 是「種類」，表示藉著所「看到」（*spec*=look）外表所呈現的不同樣貌，來區分「種類」的差異；**spec**ulate 表示「沉思」，彷彿「看見」（*spect*=look）某事物，後來衍生為「推測」、「投機」，因為必須先預「見」（*spec*=look）未來而做決策；con**spic**uously 表示清晰可「見」

（*spic*=look）地，引申為「醒目地」；**spice** 源自拉丁語複數型態的 species，指「種類」，早期的藥劑師能分辨四種不同「種類」的「香料」，以香料當「調味品」入菜。

inspect	[ɪn`spɛkt] **v** 檢查、調查
	The job of the port authority is to **inspect** the cargo on ships and compare it with the manifests. 港務局的工作是檢查船上貨物並與船貨清單對照。
inspec**tion**	[ɪn`spɛkʃən] **n** 檢查、視察
inspect**or**	[ɪn`spɛktɚ] **n** 檢查員、督察員
prospect	[`prɑspɛkt] **n** 展望、預期
	The job seeker had high hopes that this year would provide better **prospects** for good-paying employment. 該求職者高度期待今年將提供優渥待遇的較佳展望。
prospect**us**	[prə`spɛktəs] **n** 計劃書、募股書
	A **prospectus** was provided to the potential investor to provide information and profit projections. 一份計劃書提供給該潛在投資客以提供訊息及利潤評估。
prospect**ive**	[prə`spɛktɪv] **adj** 預期的、未來的
expect	[ɪk`spɛkt] **v** 預期、期待
expect**ancy**	[ɪk`spɛktənsɪ] **n** 期待、渴望 補充 life ex**pect**ancy **phr**（群體的）平均壽命、預期壽命
expect**ation**	[ˌɛkspɛk`teʃən] **n** 預期、期待
	The **expectation** of the new sales manager was that he would increase the market share by 15%. 新任行銷經理的期待是他要增加 15% 的市場占有率。
expect**ed**	[ɪk`spɛktɪd] **adj** 預期的
unex**pect**edly	[ˌʌnɪk`spɛktɪdlɪ] **adv** 預料之外地
aspect	[`æspɛkt] **n** 觀點、方面

perspect**ive**	[pɚˋspɛktɪv] **n** 看法、觀點；**adj** 透視的、透視畫的
	The advertising firm was hired to bring a fresh **perspective** to the client's marketing campaign. 該廣告公司受雇為客戶的行銷活動帶來新觀點。
respect	[rɪˋspɛkt] **v** 尊重、尊敬
respect**ful**	[rɪˋspɛktfəl] **adj** 尊重的、尊敬的
respect**fully**	[rɪˋspɛktfəlɪ] **adv** 尊敬地、恭敬地
respect**ive**	[rɪˋspɛktɪv] **adj** 各自的、分別的
respect**ively**	[rɪˋspɛktɪvlɪ] **adv** 分別、各自
suspect	[ˋsʌspɛkt] **n** 嫌疑犯；[səˋspɛkt] **v** 懷疑
retrospect**ive**	[ˏrɛtrəˋspɛktɪv] **adj** 回顧的、追溯的
espec**ially**	[əˋspɛʃəlɪ] **adv** 尤其、特別
specialist	[ˋspɛʃəlɪst] **n** 專家
specialize	[ˋspɛʃəlˏaɪz] **v** 專攻、專門從事
	The psychologist worked at the veteran's hospital because he **specialized** in post-traumatic stress disorder (PTSD). 該心理學家在退伍軍人醫院工作，因為他專攻後創傷壓力症。
specially	[ˋspɛʃəlɪ] **adv** 特別地
specialty	[ˋspɛʃəltɪ] **n** 專長、特產、特色菜
specify	[ˋspɛsəˏfaɪ] **v** 具體說明
specific	[spɪˋsɪfɪk] **adj** 具體的、明確的
specifically	[spɪˋsɪfɪklɪ] **adv** 明確地、具體地；特別、特別地
species	[ˋspiʃiz] **n** 物種、種類
specimen	[ˋspɛsəmən] **n** 樣品、樣本
	Researchers were taught how to safely handle test tubes with frozen **specimens** of the dangerous bacteria. 研究人員被教導如何操作含有危險細菌冷凍樣本的試管。
spectator	[spɛkˋtetɚ] **n** （體育賽事的）觀眾

specul**ate**	[ˋspɛkjə‚let] **v** 推測
conspic**uously**	[kənˋpɪkjʊəslɪ] **adv** 顯眼的、醒目的、顯著的
spice	[spaɪs] **n** 香料、調味品
despit**e**	[dɪˋspaɪt] **phr** 儘管

180 **spir** breath /*root*

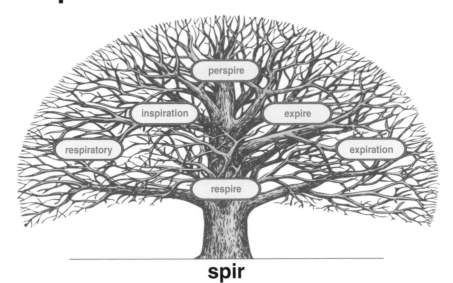

spir

　　spir 表示「呼吸」（breath）。persipre 表示「透過」（per-=through）皮膚「呼吸」（spir=breath），表示「流汗」；expire 表示「呼吸（氣）」（pir=spir=breath）「往外」（ex-=out）吐完，表示「死亡」，引申為「期滿」，因為 ex- 已經包含 [ks] 兩個子音，因此省略後面字根 *spir* 開頭的 s。

respir**e**	[rɪˋspaɪr] **v** 呼吸

MP3

respiratory	[rɪˋspaɪrəˌtorɪ] **adj** 呼吸的
	補充 re**spir**atory system **phr** 呼吸系統
in**spir**ation	[ˌɪnspəˋreʃən] **n** 靈感
per**spir**e	[pəˋspaɪr] **v** 出汗
ex**pir**e	[ɪkˋspaɪr] **v**（合約等）期滿
	At midnight, the probationary period **expired**, and Frank became an official employee of the company. 午夜時候，試用期滿，法蘭克成為公司的一名正式員工。
ex**pir**ation	[ˌɛkspəˋreʃən] **n**（期間的）到期、期滿
	The **expiration** of the restaurant's business license caused a temporary closure until it could be renewed. 餐廳營業執照到期導致在能夠更換執照之前都得短暫關閉。
	補充 ex**pir**ation date **phr** 到期日

181 spond, spons pledge /*root*

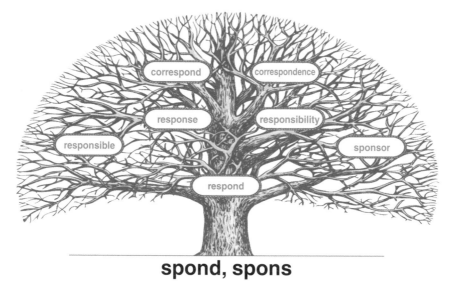

spond, spons

　　spond 和 *spons* 皆表示「誓約」、「保證」（pledge）。re**spond** 表示「保證」（*spond*=pledge）「回覆」（*re-*=back），引申為做出「回答」、「反應」；corre**spond** 表示「答覆」（repond）「彼此」（*cor-*=*con-*=with each other），引申出「符合」的意思，1640 年左右才衍生出「藉由書信溝通」、「通信」的意思；**spons**or 是「答應」、「保證」（*spons*=pledge）贊助你的人。

re**spond**	[rɪˋspɑnd] **v** 作答、回答、反應、承擔責任
re**spons**e	[rɪˋspɑns] **n** 回答、答覆、反應
	The public **response** to the redesign of the BMW sedans was overwhelmingly negative. 對於 BMW 轎車的重新設計普遍回應是一面倒的負評。
re**spons**ibility	[rɪ͵spɑnsəˋbɪlətɪ] **n** 責任、（智力、財力等方面的）責任能力、可信賴性
re**spons**ible	[rɪˋspɑnsəbl] **adj** 需負責任的、承擔責任的、作為原因的
	The president met with the HR department to find out who was **responsible** for hiring the criminal. 總裁與人資部門開會以找出誰要為雇用該名罪犯負責。
corre**spond**	[͵kɔrɪˋspɑnd] **v** 符合、通信
corre**spond**ence	[͵kɔrəˋspɑndəns] **n** 符合、通信
	The woman saved her written **correspondence** with the man who was accused of defrauding her. 那名婦人保留與被控詐騙她的那名男子的書面通信。
sponsor	[ˋspɑnsə] **n** 發起者、主辦者、贊助
	For $1000, a company could **sponsor** the bicycle racing team in the international event. 只要 1,000 美元，一家公司就能贊助國際賽事中的自行車比賽隊伍。

182 sta, sist, stit stand / *root*

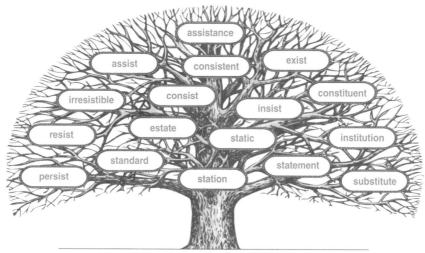

sta, sist, stit

　　sta、*sist* 和 *stit* 皆表示「站」（stand），衍生出「使穩固」（make firm）、「穩固」（be firm）的意思，可用 *st* 來辨識這些表示「站」的字根。**sta**ndard 是 *stand* 和 *hard* 的混合字，源自古法語，字面上的意思是「堅固地站立」（*sta*=stand），引申為「軍隊集結地點」，因為在軍隊的集結地點上，會用竿子將旗幟固定在地上，15 世紀以後衍生出「標準」、「規格」等意思，有字源學家推測此字義可能跟軍隊所訂定的規範有關。但也有一派語言學家認為這是「通俗辭源」（folk etymology），並不正確；**sta**tic 表示「站」（*sta*=stand）著「的」（-*ic*），引申為「靜態的」；con**sist** 表示「站」（*sist*=stand）在「一起」（*con*-=together），引申為「構成」、「組成」；in**sist** 表示「站」（*sist*=stand）在某處「上方」（*in*-=on）不移動，表示有所「堅持」；per**sist** 表示「徹底地」（*per*-=thoroughly）「站」（*sist*=stand）下去，引申為「堅持」；re**sist** 表示「站」（*sist*=stand）在「對立面」（*re*-=against），表示「抗拒」、「抵抗」；as**sist** 表示「站」著待命，引申為「協助」；ex**ist** 表示「站」（*sist*=stand）在「外面」（*ex*-=out），表示「存在」、「生存」，因為 *ex*- 已經包含 [gz] 兩個子音，因此省略後面字根 *sist* 開頭的 *s*；con**stit**uent 表示

「站」（*stit*=stand）在「一起」（*con-*=together）「的」（*-ent*），引申為「構成的」；institution 表示「立」（*stit*=stand）於……之「內」（*in-*=in），本指在機構裡面立下規矩或打下基礎，後來指「機構」；substitute 表示「立」（*stit*=stand）於「下方」（*sub-*=under）待命，準備「代替」、「替補」。

station	[ˋsteʃən] **n** 車站；（各種機構的）站、所、局、署
stationery	[ˋsteʃən͵ɛrɪ] **n** 文具、信紙
standard	[ˋstændəd] **n** 標準、水準、規格
	The paper size of 8.5 by 11 inches is the **standard** used by printers and copiers in the USA. 8.5 英寸×11 英寸的紙張大小是美國印表機及影印機使用的規格。
standardization	[͵stændədəˋzeʃən] **n** 標準化、規格化
state	[stet] **v** 陳述、聲明
	補充 **sta**te-of-the-art **adj**（科技、機電等產品）最先進的
e**sta**te	[ɪsˋtet] **n** 地產、財產
	The family attorney revealed that the will left the entire **estate** of the deceased to a charitable organization. 家族律師揭示該份遺囑將死者全部財產留給慈善機構。
	補充 real e**sta**te **phr** 不動產
static	[ˋstætɪk] **adj** 靜態的、靜止的
statement	[ˋstetmənt] **n** 陳述、說明
	The president of Apple held a press conference to make a **statement** about the opening of a new plant in Texas. 蘋果公司總裁舉行記者會說明有關德州新廠開幕。

MP3

con**sist**	[kən`sɪst] **v** 構成、組成
	The new quality control procedures **consist** of multiple steps conducted by multiple departments. 新品管程序包括由多個部門執行的數個步驟。 補充 con**sist** of **phr** 由……構成
con**sist**ent	[kən`sɪstənt] **adj** 一致的、一貫的、持續的
con**sist**ently	[kən`sɪstəntlɪ] **adv** 一貫地、始終如一地
incon**sist**ency	[ˌɪnkən`sɪstənsɪ] **n** 不一致
in**sist**	[ɪn`sɪst] **v** 堅持
in**sist**ent	[ɪn`sɪstənt] **adj** 堅持的、強要的、持續的
per**sist**	[pɚ`sɪst] **v** 堅持、堅持不懈、持續
per**sist**ent	[pɚ`sɪstənt] **adj** 持續的、不斷的
re**sist**	[rɪ`zɪst] **v** 忍耐；抵抗、抗拒
irre**sist**ible	[ˌɪrɪ`zɪstəbḷ] **adj** 無法抗拒的
	The food company hired special chemists who could design new sweeteners to make their desserts **irresistible**. 該食品公司雇用能夠設計使他們的甜點令人無法抗拒的創新甜味劑的特殊化學專家。
as**sist**	[ə`sɪst] **v** 協助
assistance	[ə`sɪstəns] **n** 援助、協助
	The voice-activated app provides drivers with **assistance** finding their desired destinations. 該聲控應用程式提供駕駛人找到他們要去的目的地的協助。
e**xist**	[ɪg`zɪst] **v** 存在
e**xist**ing	[ɪg`zɪstɪŋ] **adj** 現存的、現行的
e**xist**ence	[ɪg`zɪstəns] **n** 存在
con**stit**uent	[kən`stɪtʃʊənt] **adj** 構成（全體）的、組成的
con**stit**uency	[kən`stɪtʃʊənsɪ] **n** 選區的全體選民

institute	[ˋɪnstətjut] **n** 協會、研究所
institution	[ˌɪnstəˋtjuʃən] **n** 機構、（學校、醫院等）設施
	Every **institution** of higher learning must adhere to strict standards to maintain a good reputation. 每一較高學習層次的機構必須堅持嚴格標準以維持卓越名聲。
substitute	[ˋsʌbstəˏtjut] **n** 代替品；**v** 代替
	There is no **substitute** for exercise and eating natural foods when it comes to having a healthy lifestyle. 提到擁有一個健康的生活方式，除了運動及吃天然食物以外沒有代替品。

183 **stair** step / *root*

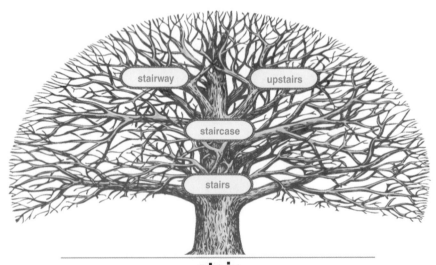

stairway　upstairs

staircase

stairs

stair

MP3

stair 皆表示「台階」（step）。up**stair**s 表示到「台階」（stairs）「上」（up），引申為「樓上的」。

stair**s**	[stɛrs] **n** 樓梯
stair**case**	[ˋstɛrˏkes] **n** 樓梯、樓梯間
stair**way**	[ˋstɛrˏwe] **n** 樓梯、階梯
upstair**s**	[ˋʌpˋstɛrz] **adj**；**n** 樓上（的）
	The owner of the store kept the most valuable items in a safe **upstairs** in his personal office. 商店的主人將最有價值的物品存放在樓上私人辦公室裡的保險箱裡。

184 stingu, stinct prick, separate / *root*

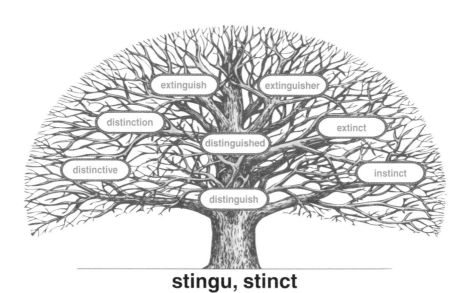

stingu, stinct

　　stingu 和 *stinct* 皆表示「刺」（prick）、「分開」（separate）。distinguish 表示用「刺」（*stingu*=prick）將東西挑出來，使之「分離」（*dis-*=away），引申為「區別」、「辨識」；distinctive 表示用「刺」（*stinct*=prick）將東西「分開」（*dis-*=away），意思是將較特別的東西挑出來，引申為「有特色的」、「顯著的」；extinguish 表示用「刺」（*tingu*=*stingu*=prick）把東西移「出去」（*ex-*=out），若把火從燃燒的物品中分開，即「撲滅」；instinct 表示「刺」（*stinct*=prick）激，受到刺激，會產生「本能」反應。

distinguish	[dɪ`stɪŋgwɪʃ] **v** 區別、識別、使傑出
distinguished	[dɪ`stɪŋgwɪʃt] **adj** 卓越的、著名的
	After the CEO retired, the company publicly recognize the achievements during his **distinguished** career. 執行長退休之後，公司公開表彰他卓越職涯期間的成就。
distinctive	[dɪ`stɪŋktɪv] **adj** 有特色的、顯著的
	The automobile company hired a famous advertising agency to design a **distinctive** logo. 該汽車公司雇請一家知名的廣告代理商設計一個有特色的商標。
distinction	[dɪ`stɪŋkʃən] **n** 區別、特徵
extinguish	[ɪk`stɪŋgwɪʃ] **v** 撲滅、使（熱情、希望等）破滅
extinguisher	[ɪk`stɪŋgwɪʃə] **n** 滅火器
extinct	[ɪk`stɪŋkt] **adj** 絕種的、過時的、失效的
instinct	[`ɪnstɪŋkt] **n** 本能、天性、直覺
	Instead of analyzing facts and trends, the manager preferred to make business decisions on his feelings and **instinct**. 不是分析事實及趨勢，經理偏好根據感覺及直覺做出商務決定。

MP3

185 struct, str spread, build /*root*

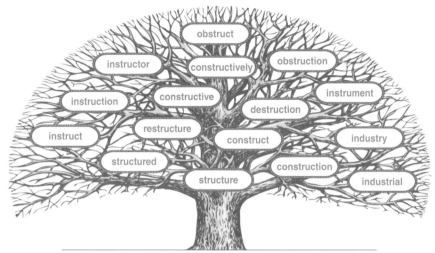

struct, str

　　struct 和 *str* 本義是「展開」（spread），後來衍生出「建設」（build）的意思。**struct**ure 表示「建築」（*struct*=build）「結構」；con**struct**ion 表示把所有建材放在「一起」（*con*-=together）「建造」（*struct*=build）起來，即「建設」、「建築物」；de**struct**ion 表示「建築」（*struct*=build）「倒下」（*de*-=down），引申為「破壞」、「毀滅」；in**struct** 表示在人腦「內」（*in*-=in）「建構」（*struct*=build）知識，引申為「指示」、「教導」；ob**struct** 表示在「前方」（*ob*-=in front of）路上「建築」（*struct*=build）東西，引申成「阻塞」；indu**str**y 表示在「內部」（*in*-=in）「建造」（*stry*=build），衍生為「工業」的意思。

structure	[ˋstrʌktʃə] **n** 結構、建築物
	After the earthquake, the engineers worked to reinforce the support **struct**ures of the city's bridges. 地震過後，工程師們做了強化城市橋梁支撐結構的工作。

structured	[ˈstrʌktʃəd] **adj** 有結構的、有組織的
restructure	[riˈstrʌktʃə] **v** 改組（企業）
construct	[kənˈstrʌkt] **v** 建設、建造
construction	[kənˈstrʌkʃən] **n** 建設、建築物
constructive	[kənˈstrʌktɪv] **adj** 建設性的
	The consultant offered **constructive** criticism on the manufacturing processes to make them more efficient. 為使更有效率，該顧問提供有關製程的建設性評論。
constructively	[kənˈstrʌktɪvlɪ] **adv** 建設性地
destruction	[dɪˈstrʌkʃən] **n** 破壞
instruct	[ɪnˈstrʌkt] **v** 指示、教導
instruction	[ɪnˈstrʌkʃən] **n** 說明、指示
	Inside the packaging for the computer is a pamphlet providing **instruction** on how to order new parts. 電腦包裝裡面有一本提供如何訂購新零件的說明小冊子。
instructor	[ɪnˈstrʌktə] **n** 講師
obstruct	[əbˈstrʌkt] **v** 遮擋（視線等）；阻塞（道路等）
obstruction	[əbˈstrʌkʃən] **n** 阻擋
instrument	[ˈɪnstrəmənt] **n** 樂器、器具、工具
industry	[ˈɪndəstrɪ] **n** 產業、工業
	Harry was not a successful musician, but he got a job in the music **industry** as a talent scout. 哈利不是一位成功的音樂家，但他在音樂產業中謀得一份星探的工作。
industrial	[ɪnˈdʌstrɪəl] **adj** 產業的、工業的

186 **suad, suas** sweet /*root*

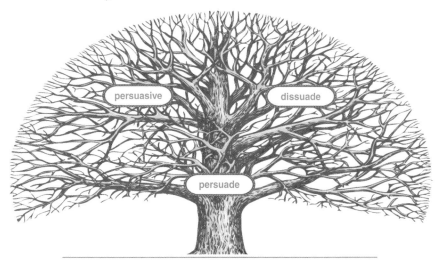

suad, suas

源來如此

　　suad 和 *suas* 皆表示「甜的」（sweet）。per**suade** 表示用「甜」（*suad*=sweet）言蜜語，給人「甜」（*suad*=sweet）頭，「徹底」（*per-*=thoroughly）「說服」他人做事；dis**suade** 表示給人「甜」（*suad*=sweet）頭，使人「遠離」（*dis-*=off）某事，引申為「勸阻」。

persuade	[pə`swed] **v** 說服
	Sally made an appointment with her boss in order to **persuade** him to let her go on the business trip. 莎莉要與她的老闆會面，為了說服他讓她進行商務旅行。
persuasive	[pə`swesɪv] **adj** 有說服力的
	The young man's appeal was not **persuasive** enough to convince the interviewers to hire him. 這位年輕人的訴求說服力不足以說服面試人員雇用他。
dissuade	[dɪ`swed] **v** 勸阻

187 **sub-** under /*prefix*

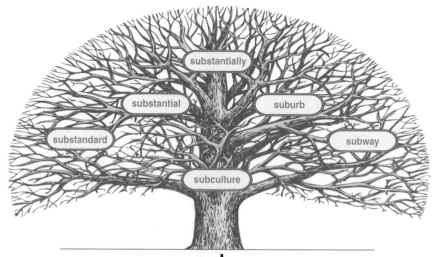

sub-

> **源來如此**
>
> *sub-* 表示「在下面」。

sub**culture**	[ˋsʌb͵kʌltʃ‐] **n** 次文化
sub**standard**	[sʌbˋstænd‐d] **adj** 標準以下的、不符合標準的
	A building inspector determined that the cause of the fire was a **substandard** electrical system. 一位建物檢查員裁定火災原因是不符標準的用電系統。
sub**stantial**	[səbˋstænʃəl] **adj** 大量的、內容充實的
	With the amplification of electric signals, there was a **substantial** gain in the range of transmissions. 由於電訊信號放大，傳輸範圍大幅增加。
sub**stantially**	[səbˋstænʃəlɪ] **adv** 相當大地、基本上
sub**urb**	[ˋsʌb‐b] **n** 郊區
sub**way**	[ˋsʌb͵we] **n** 地鐵

 MP3

sum, sump take, expend /*root*

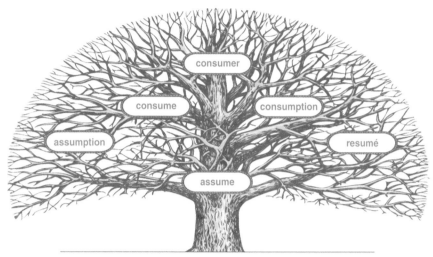

sum, sump

源來如此

　　sum 和 *sump* 皆表示「拿取」（take）、「消費」（expend）。as**sum**e 表示「拿」（*sum*=take），拿責任即「承擔」、拿定主意即「認為」；con**sum**e 表示「消費」（*sum*=expend）；re**sum**é 表示「再次」（*re-*=again）「拿」（*sum*=take）出重點，通常指摘要一個的人生平事蹟，引申為「履歷表」。

assum**e**	[ə`sjum] **V** 承擔（責任等）、假定
	There was a tendency to **assume** that job applicants were qualified or not based on the way they dressed. 有一種傾向，就是依據求職者的穿著方式假定他們是否勝任。
assum**ption**	[ə`sʌmpʃən] **n** 假設、假定
	The team worked on a marketing plan, with the **assumption** that most consumers are loyal to certain brands. 這團隊從事一份行銷計劃，包括大多數消費者忠於某些品牌的假定。
consum**e**	[kən`sjum] **V** 消費

consumer	[kən`sjumə] **n** 消費者
	Jill worked for an agency that prepared surveys to discern the preferences and trends of **consumers**. 吉爾為一家規劃探知消費者偏好及傾向的調查機構工作。
consumption	[kən`sʌmpʃən] **n** 消費
resumé	[ˌrɛzjʊ`me] **n** 履歷表
	Jane had a stack of **resumés** on her desk to go through to remove the unqualified job candidates. 珍有一堆在她桌上的履歷表要仔細看過以移除不合格的應徵者。

189 **sur** sure, safe / *root*

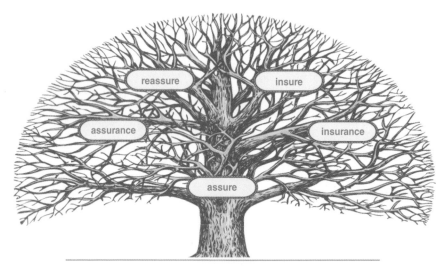

sur

源來如此

　　sur 表示「確定的」（sure）、「安全的」（safe）。assure 表示「確認」（*sur*=sure），引申為「向……保證」；insure 表示「確定」，引申為「為……投保」。

 MP3

assure	[əˋʃʊr] **v** 向……保證、使……安心
	We **assured** the new office manager that the country that he would be relocated to would be safe. 我們向新任營業據點經理保證他要調職前往的國家是安全的。
assurance	[əˋʃʊrəns] **n** 保證、擔保
reassure	[͵riəˋʃʊr] **v** 使恢復信心、再保證
insure	[ɪnˋʃʊr] **v** 為……投保
insurance	[ɪnˋʃʊrəns] **n** 保險
	The company that offered doctors and hospitals liability **insurance** showed record growth last year. 去年那家提供醫師及醫院責任保險的公司出現案例數成長。

190 sur-, super- over, beyond /*prefix*

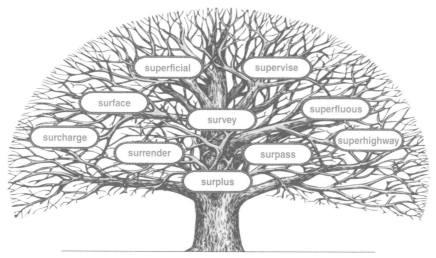

superficial　supervise
surface
survey
superfluous
surcharge
surrender　surpass
superhighway
surplus

sur-, super-

源來如此

　　sur- 和 *super-* 表示「在……之上」（over）、「超過」（beyond），主要黏接在拉丁字根之前。

surplus	[`sɝpləs] **n** 過剩的量、盈餘
	The bread factory offered its **surplus** products to feed people in the homeless shelters in the area. 該麵包廠提供過剩的產品給這地區的遊民收容所住民作為食物。
surrender	[sə`rɛndɚ] **v** 投降、放棄
survey	[sə`ve] **v** 調查、測量
	The retail company **surveyed** a sample of 100 consumers and offered a $50 gift certificate as compensation. 該零售公司調查一份 100 名顧客的樣本，並提供一張 50 美元的禮券作為報酬。
surpass	[sə`pæs] **v** 超過、勝過
surcharge	[`sɝ,tʃɑrdʒ] **v** 裝載過多、向……收附加稅 **n** 超載、額外費
	The local government assessed a **surcharge** of 10 cents for every liter of gasoline sold. 地方政府從售出的每公升汽油中徵收 10 分美元的額外費用。
surface	[`sɝfɪs] **n** 面、表面
superficial	[`supɚ`fɪʃəl] **adj** 表面的、膚淺的
supervise	[`supɚvaɪz] **v** 監督、管理
	The office assistant was assigned to **supervise** the office workers while her manager was on vacation. 該辦公室助理被指派在她的經理休假期間監督辦公室員工。
superfluous	[sʊ`pɝflʊəs] **adj** 過剩的、多餘的
superhighway	[,supɚ`haɪ,we] **n** 高速公路

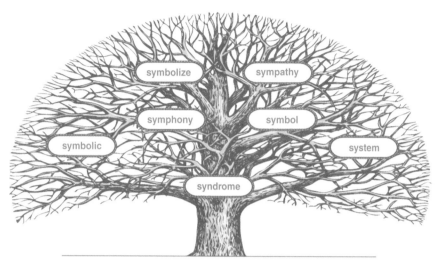

191 **syn-, sym-, sy-** together /*prefix*

syn-, sym-, sy-

　　syn-、*sym-* 和 *sy-* 皆表示「一起」（together）。*syn-* 黏接 b、p、m 為首的字根時，拚為 *sym-*，如：**sym**phony、**sym**pathy、**sym**bol；黏接 s 為首的字根時，常縮減為 *sy-*，如：**sy**stem。

syndrome	[`sɪn,drəm] **n** 併發症、症候群
symphony	[`sɪmfənɪ] **n** 交響樂、交響曲
symbol	[`sɪmbl] **n** 象徵、標誌
	For some wealthy businessmen, owning a Mercedes is a **symbol** of success. 對於一些富有的生意人，擁有一部賓士車是成功的象徵。
symbolic	[sɪm`balɪk] **adj** 象徵的、象徵性的

sym**bolize**	[`sɪmbl̩ˌaɪz] **v** 象徵
sym**pathy**	[`sɪmpəθɪ] **n** 同情心
sy**stem**	[`sɪstəm] **n** 體系、系統
	The new invention consisted of a **system** of pipes, valves and gears that work together to control steam pressure. 該新發明包括共同運作以控制蒸氣壓力的一組輸送管、閥門及齒輪系統。

192 **tact, tag, teg, tang** touch / *root*

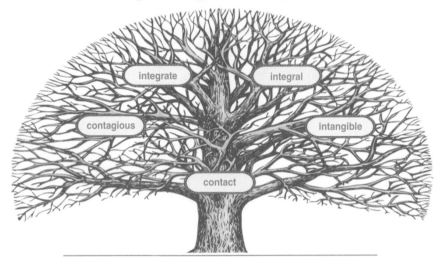

tact, tag, teg, tang

源來如此

　　tact、*tag*、*teg* 和 *tang* 皆表示「接觸」（touch）。contact 表示「一起」（*con-*=together）「接觸」（*tact*=feel），引申為「聯繫」；integral 表示「沒有」（*in-*=not）「接觸」（*tact*=feel）到的，未受損害的，引申為「整體的」；intangible 表示「無法」（*in-*=not）「碰觸」（*tang*=feel）「的」（*-ible*），引申為「無實體的」。

MP3

contact	[ˋkɑntækt] **v** 接觸、聯繫
	At the end of the meeting, the visitors offered their business cards and asked the owners to contact them. 會議結束時，訪客們出示名片，並要求拿到名片者與他們聯繫。
contagious	[kənˋtedʒəs] **adj** 有傳染性的
integrate	[ˋɪntə‚gret] **v** 使結合、使成一體
integral	[ˋɪntəgrəl] **adj** 不可或缺的、整體的
	Rare earth metals are an integral part of high-tech components, so securing their supply is essential. 稀有土金屬是高科技零組件不可或缺的部分，因此保護它們的供應非常重要。
intangible	[ɪnˋtændʒəbl] **adj** 無形的

193 **techn** art, skill / *root*

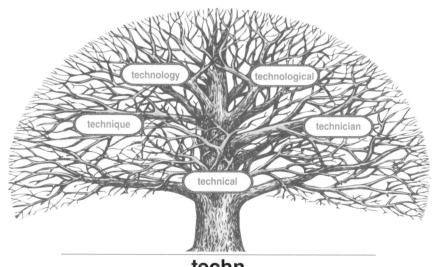

technology　technological

technique　technician

technical

techn

源來如此

　　techn 表示「技術」（art）、「技巧」（skill），但在現代英語中多表示「和電子儀器、機器等先進科技、技術有關的」，如：**techn**ophobia（科技恐懼）；**techn**ique 表示「技術」（*techn*=art）；**techn**ology 是研究「技術」（*techn*=art）的「學問」（*-logy*=study），引申為「科技」；**techn**ician 是「技術」（*techn*=art）「人員」（*-ian*），引申為「技術人員」、「技師」。

technical	[ˋtɛknɪkl] **adj** 技術的、科技的
technique	[tɛkˋnik] **n** 技術、方法
	Doctors from around the world attended the conference to share the latest surgical **techniques**. 來自世界各地的醫師參加研討會以分享最新的外科技術。
technology	[tɛkˋnɑlədʒɪ] **n** 技術、科技
	Technology can be time-saving, but it can also keep people disconnected from each other. 科技能夠節省時間，但也會讓人彼此失去連結。
technological	[tɛknəˋlɑdʒɪkl] **adj** 技術的；因技術革新而造成的 補充 **techn**ological unemployment **phr** 因採用新技術而造成的失業
technician	[tɛkˋnɪʃən] **n** 技術人員、技師

MP3

tect, teg cover / *root*

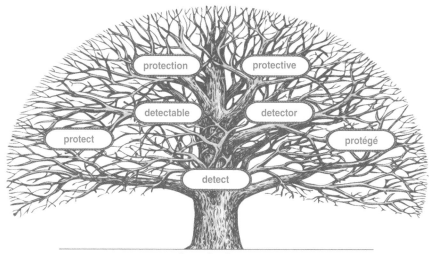

tect, teg

　　tect 和 *teg* 皆表示「覆蓋」（cover）。detect 表示「拿掉」（*de-*=off）「覆蓋物」（*tect*=cover），引申為「查出」、「發現」；protect 表示把「前方」（*pro-*=before）的東西「覆蓋」（*tect*=cover）起來，就是「保護」。

detect	[dɪˋtɛkt] **v** 察覺、發現
	The MRI scanner had such good resolution; it could **detect** cancer cells much more effectively. 核磁共振掃描器有非常好的解析度，能夠更有效地察覺癌細胞。
detect**able**	[dɪˋtɛktəbl] **adj** 可察覺的
detect**or**	[dɪˋtɛktɚ] **n** 探測器
protect	[prəˋtɛkt] **v** 保護

protection	[prə`tɛkʃən] **n** 保護、防護
	The unpopular leader was escorted by a security team for his **protection** when he went out in public. 不受歡迎的領導者公開亮相時受到一組安全人員的護衛以作為保護。
protective	[prə`tɛktɪv] **adj** 保護的、防護的
protégé	[`protə,ʒe] **n** 被保護人

195 **tele-** far / prefix

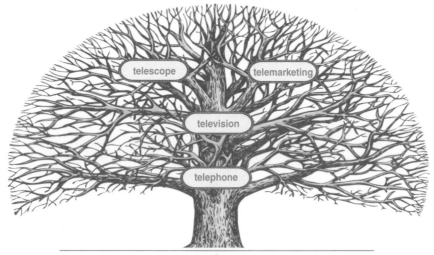

tele-

源來如此

　　tele- 表示「遠」（far）。**tele**phone 是能夠用來聽到「遠方的」（*tele-*=far）「聲音」（*phon*=sound）的東西，引申為「電話」；**tele**vision 是可用來「觀看」（*vis*=see）到「遠方」（*tele-*=far）的東西，引申為「電視」；**tele**scope 表示可以用來「看」（*scop*=look）「遠方」（*tele-*=far）的東西，引申為「望遠鏡」。

telephone	[`tɛlə,fon] **n** 電話
telefision	[`tɛlə,vɪʒən] **n** 電視
telescope	[`tɛlə,skop] **n** 望遠鏡
telemarketing	[,tɛlə`markɪtɪŋ] **n** 電話銷售
	The resort hotel turned to **telemarketing** as their preferred method of attracting potential customers. 度假區飯店轉而以電話行銷做為吸引潛在客戶的優先方式。

196 tend, tens, tent   stretch / root

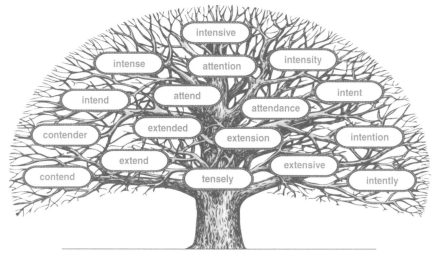

tend, tens, tent

源來如此

　　tend、*tens* 和 *tent* 皆表示「伸展」、「延展」（stretch）。extend 表示「延展」（*tend*=stretch）「出去」（*ex-*=out），引申為「延長」；attend 表示「往……」（*at-*=*ad-*=to）「伸展」（*tend*=stretch），特指「專注力」「偏向」某處，有「專注」、「出席」等衍生意思；contend 表示「延展」（*tend*=stretch），引申出「競爭」、「奮鬥」等意思；intend 表示「朝……」（*in-*=toward）「延展」（*tend*=stretch），引申為「意圖」。

tensely	[ˈtɛnslɪ] **adv** 繃緊地、緊張地
extend	[ɪkˈstɛnd] **v** 延長（期間）；表示（感謝）；給予
extended	[ɪkˈstɛndɪd] **adj** （期間等）延長的、延伸的
extension	[ɪkˈstɛnʃən] **n** 延長、延期；（電話的）分機
	The lease on the office had ended, but the landlord offered a temporary **extension** of six months. 辦公室租賃已經結束，但是房東提供一份六個月的短期延長。
extensive	[ɪkˈstɛnsɪv] **adj** 廣泛的、廣闊的、大規模的
	Phillip underwent **extensive** plastic surgery to reconstruct his face after the accident. 飛利浦在意外之後做了大規模的整形手術以重建他的臉部。
attend	[əˈtɛnd] **v** 出席、參加
	The young dentist was selected to **attend** the dental conference, so she can learn about oral surgery techniques. 該名年輕牙醫師獲選出席牙醫大會，因此她能學到口腔手術技術。 **補充** at**tend** a conference **phr** 出席會議
attendee	[əˈtɛndi] **n** 出席者
attention	[əˈtɛnʃən] **n** 注意、專心
attentive	[əˈtɛntɪv] **adj** 注意的、關心的
attentively	[əˈtɛntɪvlɪ] **adv** 專心地、聚精會神地
attendance	[əˈtɛndəns] **n** 出席、出勤
	The employee, who was very close to retiring, was recognized for his perfect **attendance**. 大家都知道這位就要退休的員工完美的出勤記錄。

MP3

contend	[kən`tɛnd] **v** 競爭、奮鬥
	補充 contend with **phr** 對付……
contender	[kən`tɛndə] **n** 競爭者
intend	[ɪn`tɛnd] **v** 打算（做……）、意圖……
	The reporters asked the PR director if the company **intends** to close its manufacturing plant. 記者們詢問公關主管公司是否打算關閉所屬的製造工廠。
intense	[ɪn`tɛns] **adj** 強烈的、激烈的
intensive	[ɪn`tɛnsɪv] **adj** 集中的、密集的
	補充 intensive care unit **phr** 加護病房
intensively	[ɪn`tɛnsɪvlɪ] **adv** 集中地
intensity	[ɪn`tɛnsətɪ] **n** 強度、強烈
	The **intensity** of the heat in the industrial furnace was said to approach the temperatures on the sun's surface. 工業用爐的熱度據説接近太陽表面溫度。
intensify	[ɪn`tɛnsə,faɪ] **v** 強化、增強、使……變強烈
intent	[ɪn`tɛnt] **n** 意圖、目的；**adj** 熱切的
intention	[ɪn`tɛnʃən] **n** 意圖、意向
	The skilled recruit had no **intention** of working for the company, but he attended the interview for practice. 技能熟練的新成員無意為公司工作，但他為了練習而參加面試。
intentionally	[ɪn`tɛnʃənlɪ] **adv** 有意地、故意地
intently	[ɪn`tɛntlɪ] **adv** 專注地

197 **tent, ten, tain** hold /*root*

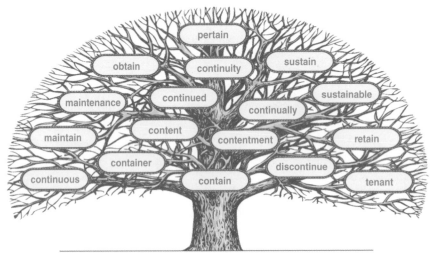

tent, ten, tain

　　tent、*ten* 和 *tain* 皆表示「握」、「保留」、「持有」（hold）。contain 表示把東西「握」（*tain*=hold）在「一起」（*con-*=together），引申為「包含」；continuous 表示「握」（*tin*=hold）住，連結在「一起」（*con-*=together），使之「連續」不斷；maintain 本指「握」（*tain*=hold）在「手」（*main*=hand）中，引申為「維持」、「保養」；obtain 表示「握住」（*tain*=hold），引申為「獲得」；pertain 表示「從頭到尾」（*per-*=through）都「握著」（*tain*=hold），表示「附屬於」，引申為「有關」；sustain 表示將「握著」（*tain*=hold）的東西，由「由下往上」（*sus-*=*sub-*=up from below）提起，引申為「支撐」、「維持」；retain 本指 hold back，即「抑制」，後語意轉變，產生「保留」、「保持」的意思；detain 表示把人「（抓）握著」（*tain*=hold）並「拉走」（*de-*=away），引申為「拘留」、「扣留」；tenant 表示憑著租約「持有」（*ten*=hold）房子、土地使用權的「人」（*-ant*=one who），引申為「承租人」、「房客」。

MP3

contain	[kən`ten] **v** 包含、容納
	An analysis of the processed cheese revealed that it **contained** an unexpected amount of sugar. 一項加工起司的分析顯示它包含出乎意料分量的糖。
contain**er**	[kən`tenə] **n** 容器、貨櫃
	After the shipping **containers** were no longer usable, they were donated to a charity that recycled them. 貨櫃不再能夠使用之後，它們被捐給回收的慈善機構。
content	[`kɑntɛnt] **n** 內容；[kən`tɛnt] **adj** 滿意的
	The **content** of the special sauce was a secret recipe that was well-guarded by the company. 獨特醬汁內容是一家公司妥善保護的秘方。
content**ment**	[kən`tɛntmənt] **n** 滿足
contin**ually**	[kən`tɪnjʊəlɪ] **adv** 頻繁地、一再地
contin**ued**	[kən`tɪnjud] **adj** 持續的
contin**uity**	[,kɑntə`njuətɪ] **n** 連續性的、連貫性的
	The family-owned corporation passed down ownership to the founder's family members to ensure **continuity**. 該家族企業將所有權傳給創立人的家族成員以確保連續性。
discontin**ue**	[,dɪskən`tɪnju] **v** 中斷、使（產品）停產
contin**uous**	[kən`tɪnjʊəs] **adj** 連續性的、無間斷的
maintain	[men`ten] **v** 維持、保養
mainten**ance**	[`mentənəns] **n** 維護、保養
	The owner's manual recommended that the automobile be brought in for regular **maintenance** every three months. 車主手冊建議汽車每三個月進廠定期保養。 補充 main**ten**ance cost **phr** 維護費用

obtain	[əb`ten] **v** 得到、獲得
	The computer engineer took a training course that lasted six months to **obtain** a professional license. 該電腦工程師修了一個為期六個月的訓練課程以獲得一張專業證照。
pertain	[pɚ`ten] **v** 有關
pertinent	[`pɚtnənt] **adj** 有關的 補充 pertinent to **phr** 與……有關
sustain	[sə`sten] **v** 維持、使持續
sustainable	[sə`stenəbl] **adj** 可持續發展的
	The coffee company certified that it sourced its products from farms that had **sustainable**, eco-friendly practices. 該咖啡公司保證其產品是來自永續發展及環保施作的農場。
retain	[rɪ`ten] **v** 保留、保持
retention	[rɪ`tɛnʃən] **n** 保留、保持
detain	[dɪ`ten] **v** 拘留、扣留
tenant	[`tɛnənt] **n** 承租人、房客
	The apartment manager confronted the unruly **tenant** and threatened to evict him. 公寓管理員面對那名難以約束的房客，揚言要將他逐出公寓。

MP3

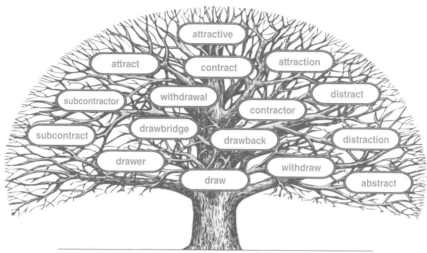

198 **tract, drag** drag, draw /root

tract, drag

源來如此

　　drag 和 *tract* 同源，皆表示「拉」（drag, draw）。**draw**back 表示「拉」（*draw*）「回來」（*back*）阻礙發展，引申為「缺點」、「不利因素」；with**draw** 表示「拉」（*draw*）「開」（*with*=away），引申為「退出」、「提款」等；con**tract** 表示「拉」（*tract*=drag）在「一起」（*con-*=together）是「收縮」、「簽約」；subcon**tract** 指「分包」「契約」（contract），指「往下」（*sub-*=under）分層給他人負責；at**tract** 表示「拉」（*tract*=drag）住某人注意力，引申為「吸引」；dis**tract** 表示「拉」（*tract*=drag）「走」（*dis-*=away）某人注意力，引申為「使分心」；abs**tract**「拉」（*tract*=drag）「離」（*abs-*=away），引申為「抽象的」。

draw	[drɔ] **v** 拉、吸引
	補充 **draw** a check **phr** 開支票
	draw up **phr** 起草（文件）
draw**er**	[ˋdrɔɚ] **n** 抽屜
draw**bridge**	[ˋdrɔ,brɪdʒ] **n** （可以從兩邊拉起來的）開合橋

drawback	[ˋdrɔ͵bæk] **n** 缺點、弱點；不利因素
	The new policy seemed to be effective for the company, except for one **drawback**. 除了一項缺點之外，該新政策對公司似乎是有效的。
withdraw	[wɪðˋdrɔ] **v** 提取
withdrawal	[wɪðˋdrɔəl] **n** 提取（存款等）
	There was a shortage of funds available, because of an authorized **withdrawal** last week. 由於上星期一筆獲得授權的提款，可利用的資金出現缺口。
contract	[ˋkɑntrækt] **n** 合約（書）；[kənˋtrækt] **v** 簽約；收縮
	The attorneys reviewed the multimillion-dollar **contract**, before allowing their client to sign it. 律師們讓他們的客戶簽下這份數百萬元的合約之前先行檢視。
contractor	[ˋkɑntræktɚ] **n** 包商
subcontract	[sʌbˋkɑntrækt] **n** 分包契約；**v** 分包出去
subcontractor	[sʌb͵kənˋtræktɚ] **n** 分包商
	The engineering firm won the contract, but it gave most of the work to a Chinese **subcontractor**. 該工程公司贏得合約，但將大部分工作給了一家中國分包商。
attract	[əˋtrækt] **v** 吸引、引起（興趣等）
	The startup company invested heavily in its branding in order to **attract** Fortune 500 companies. 該新創公司巨額投資自家品牌，為了吸引《財富》世界 500 強公司。
attract**ive**	[əˋtræktɪv] **adj** 有吸引力的、引人注目的
attrac**tion**	[əˋtrækʃən] **n** 景點
distract	[dɪˋstrækt] **v** 使分心、分散（注意力）

 MP3

distraction	[dɪ`strækʃən] **n** 讓人分心的事物、分散注意力的事物
	Steve thought playing computer games in his office during lunchtime was a harmless **distraction**. 史提夫覺得午餐時間在他的辦公室玩電腦遊戲是無傷大雅且分散注意力的事。
abstract	[`æbstrækt] **adj** 抽象的
	The boss requested his employee draft a proposal to resolve the issue, but it was too **abstract** to be practical. 老闆要求他的員工起草一份解決該問題的提案，但做得太抽象而不切實際。

199 **trans-** across, through, over /*prefix*

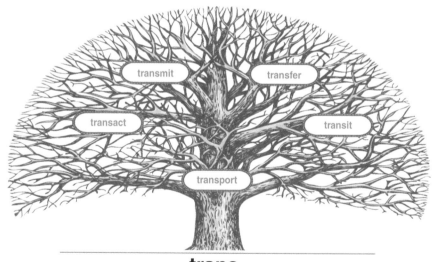

trans-

源來如此

　　trans- 是表示「穿過」（across）、「穿越」（through）、「超過」（over）的字首。

transport	[`træns,port] **V** 運輸
transact	[træns`ækt] **V** 辦理、交易
	Before you leave the airport, find a money exchange counter to **transact** your currency exchange. 離開機場前，找一處錢幣兌換櫃台辦理貨幣兌換。
transmit	[træns`mɪt] **V** 傳送、傳達
transfer	[træns`fɚ] **V** 轉移；使調職
transit	[`trænsɪt] **V** 運輸、通過

200 **tribut** give / root

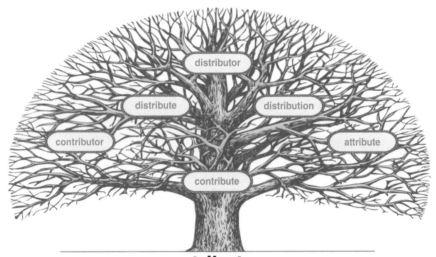

tribut

源來如此

　　tribut 表示「給」（give）。contribute 表示「一起」（con-=together）「給」（*tribut*=give），引申為「捐獻」；distribute 表示「各別地」（*dis-*=individually）「給」（*tribut*=give），引申為「分發」、「分配」；attribute 指把發生原因歸「給」（*tribut*=give）某事，責任歸「給」（*tribut*=give）某人，或把某種特質歸「給」（*tribut*=give）於某人或某事。

 MP3

contribut**e**	[kən`trɪbjut] **v** 捐獻、貢獻
	The founders of the company were each asked to contribute an equal amount of startup capital. 公司創立人都各別被要求捐獻一筆相等金額的創業資金。 補充 contribution to phr 對……的貢獻、捐獻
contribut**or**	[kən`trɪbjʊtə] **n** 投稿人、捐贈者
distribut**e**	[dɪ`strɪbjʊt] **v** 分發、分配、分銷
	The company distributed a portion of earned profits to its shareholders through annual bonuses. 該公司藉由年度紅利分配一部份的利潤給它的股東。
distribut**or**	[dɪ`strɪbjətə] **n** 分配者、分銷商
distribut**ion**	[ˌdɪstrə`bjuʃən] **n** 分發、分配
attribut**e**	[`ætrə‚bjut] **v** 把……歸因於（原因）
	The weatherman attributed the cold front to a frigid air mass ahead of a high-pressure system. 氣象預報員將冷鋒面歸因於高壓系統前面的冷氣團。

201 **-ty, -ity** n / *suffix*

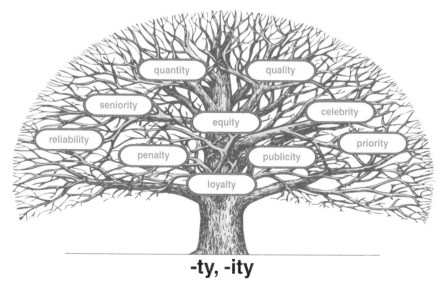

-ty, -ity

-ty, -ity 為名詞字尾，加在形容詞或形容詞字根後構成名詞。

loyalty	[ˈlɔɪəltɪ] **n** 忠誠、忠貞
penalty	[ˈpɛnl̩tɪ] **n** 罰款、罰金
	There was a stiff **penalty** imposed on the shipping company after its ship suffered a major oil leak at sea. 該船運公司的船隻發生海上大量漏油之後被強制處以巨額罰款。
equity	[ˈɛkwətɪ] **n** 抵押資產的淨值、股票
	The value of the house was greater than the amount owed on the loan, so the homeowner gained **equity**. 房價高於借款金額，因此屋主獲得抵押資產的淨值。
publicity	[pʌbˈlɪsətɪ] **n** 公開、宣傳
reliability	[rɪˌlaɪəˈbɪlətɪ] **n** 可靠性
	The senior executive valued **reliability** over the appearance of the employees he hired. 資深主管重視他所雇請的員工的可靠性甚於外表。
seniority	[sinˈjɔrətɪ] **n** 年長、職位高、資歷
quantity	[ˈkwɑntətɪ] **n** 數量、分量
	In the shipment, the company received a much smaller **quantity** of items than what they had ordered. 這批運輸的貨物中，公司收到的物件數量比下單的少得多。
quality	[ˈkwɑlətɪ] **n** 品質、質
	Single malt whiskey is considered to be of much higher **quality** than double malt whiskey. 相較於麥芽蘇格蘭威士忌，單一麥芽蘇格蘭威士忌品質要高得多。
celebrity	[sɪˈlɛbrətɪ] **n** 名人、名聲
priority	[praɪˈɔrətɪ] **n** 優先
	The mayor announced that implementing English as a second language would be a high **priority**. 市長宣布實施英語作為第二語言是一項極為優先的工作。

🔢202 **ultim** the last /*root*

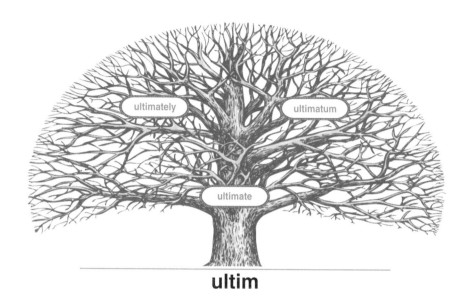

ultim

> 源來如此

ultim 表示「最後」（the last）。**ultim**atum 表示「最後」（*ultim*=the last）通牒。

ultimate	[ˋʌltəmɪt] **adj** 最後的、最終的
	In its commercials, BMW touts its luxury car to be the **ultimate** driving machine. 這部商業廣告中，BMW 吹捧自家豪華轎車是終極駕駛機械裝置。
ultimately	[ˋʌltəmɪtlɪ] **adv** 最後、終極地
ultimatum	[ˌʌltəˋmetəm] **n** 最後通牒、最後結論

203 un- not /*prefix*

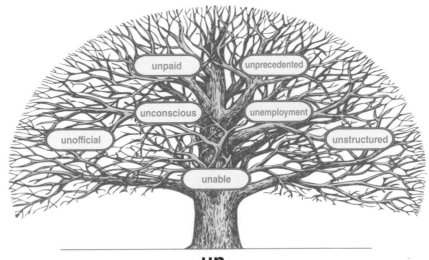

unpaid
unprecedented
unconscious
unemployment
unofficial
unstructured
unable

un-

源來如此

　　un- 是源自古英文的字首，表示「不」（not），可加接在形容詞、副詞、動詞、名詞前面。

unable	[ʌnˋebl] **adj** 無能力的、不會的
unconscious	[ʌnˋkɑnʃəs] **adj** 未察覺的、失去知覺的
unemployment	[ˌʌnɪmˋplɔɪmənt] **n** 失業
unofficial	[ˌʌnəˋfɪʃəl] **adj** 非官方的
	The media published misleading information about the company from an **unofficial** web site created by an ex-employee. 媒體從一位前員工建立的非官方網站刊登關於該公司的不實訊息。

MP3

unpaid	[ʌnˋped] **adj** 未付款的、未繳稅的
	The intern took the **unpaid** position at the prestigious firm, because he believed the experience would be valuable. 該實習生在這家享譽盛名的公司擔任無薪職務，因為他相信這段經歷會是有價值的。
unprecedented	[ʌnˋprɛsə͵dɛntɪd] **adj** 史無前例的、空前的
unstructured	[ʌnˋstrʌktʃəd] **adj** 無系統性的、鬆散的

204 und wave, flow / *root*

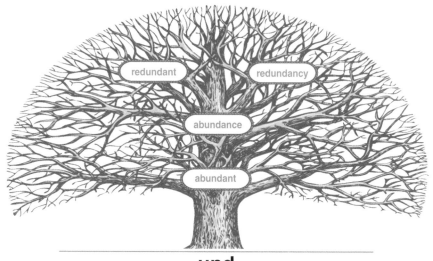

und

源來如此

　　und 表示「水」（water）、「流動」（flow）。abundant 表示「水」（*und*=water）滿「出來」（*ab-*=away）「的」（*-ant*），引申為「豐富的」、「大量的」；redundant 表示「水」（*und*=water）「一再」（*re-*=again）滿出來「的」（*-ant*），引申為「過剩的」、「累贅的」。

abundant	[ə`bʌndənt] **adj** 豐富的、大量的
	Just 30 years ago, there was **abundant** wildlife in the area, but deforestation has taken its toll. 就在 30 年前，這片地區有大量的野生動物，但是森林濫伐已奪取野生動物的生命。
abundance	[ə`bʌndəns] **n** 豐富、大量
redundant	[rɪ`dʌndənt] **adj** 過剩的、累贅的
redundancy	[rɪ`dʌndənsɪ] **n** 多餘、重覆
	The engineers were instructed to design the safety and security systems with **redundancy**. 工程師們受到指示以多餘材料設計安全保障系統。

205 **-ure** n /*suffix*

-ure

源來如此

-ure 這個源自拉丁語或法語的名詞字尾，可加接在動詞或動詞字根後。

failure	[`feljɚ] **n** 失效、故障
furniture	[`fɚnɪtʃɚ] **n** 傢俱
expenditure	[ɪk`spɛndɪtʃɚ] **n** 消費、開銷
	I scolded my co-worker for not collecting receipts for every **expenditure** he made on the trip. 我責備我的同事，因為沒有收集好差旅中每一筆開銷的收據。
departure	[dɪ`partʃɚ] **n** 離開、出發
	The man glanced at large electronic display at the airport to find the time of **departure** for his flight. 男子看了一下機場大型電子顯示器以了解他的班機起飛時間。
leisure	[`liʒɚ] **n** 閒暇、悠閒、安逸
	The business retreat provided employees with time for **leisure** between their scheduled meetings. 該處公司休閒場所提供員工既定會議之間的閒暇時刻。

206 **ut, use** use / *root*

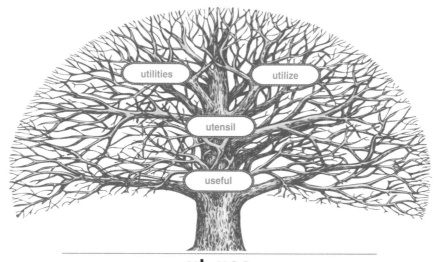

utilities

utilize

utensil

useful

ut, use

> 源來如此
>
> *use* 和 *ut* 同源，皆表示「使用」（use）。utensil 表示可供「使用」（*ut* =use）的「器具」。

useful	[ˋjusfəl] **adj** 有用的、有益的
utensil	[juˋtɛnsl] **n** 用具、器具
	For Christmas, I gave my father a set of **utensils** that could be used during his travels. 歡慶耶誕節，我給我父親一組他旅行期間能用的用品。
utilities	[juˋtɪlətɪs] **n** 公共事務費用
utilize	[ˋjutl͵aɪz] **v** 利用
	The new smart phone **utilized** the iOS operating system instead of Android. 這款新的智慧型手機利用 iOS 操作系統，而不是安卓。

207 **vac** empty / *root*

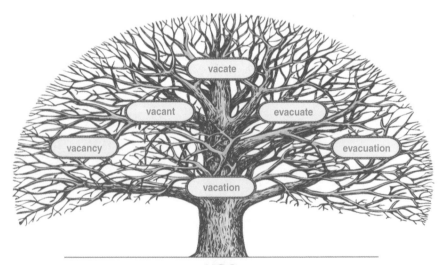

vac

MP3

vac 表示「空的」（empty）。**vac**ation 表示「空」（empty）閒的，特指「假期」；**vac**ancy 表示有「空」（*vac*=empty）缺，特指「職缺」；e**vac**uate 表示「空」（*vac*=empty）「出來」（*e-*=*ex-*=out），引申為「撤離」。

vacation	[ve`keʃən] **n** 假期
	The executive was forced to take time off to deal with his stress, so he finally arranged a **vac**ation. 該主管被迫休息去緩解他的壓力，因此他終於安排一次假期。 補充 go on **vac**ation **phr** 去度假 on **vac**ation **phr** 休假中的 paid **vac**ation **phr** 有薪假期 **vac**ation package **phr** 套裝度假方案
vacancy	[`vekənsɪ] **n** 空位、職缺
vacant	[`vekənt] **adj** （職位）空缺的 補充 **vac**ant site **phr** 空地
vacate	[`veket] **v** 空出（房屋或房間）
e**vac**uate	[ɪ`vækjʊ,et] **v** 從（建築物、場所）撤離
	The military gave a warning to civilians in the area to e**vac**uate before they began their bombing campaign. 軍隊在他們開始空襲之前向該地區百姓發出撤離警告。
e**vac**uation	[ɪ,vækjʊ`eʃən] **n** 疏散、撤離

208 **val, vail** strong, worth / *root*

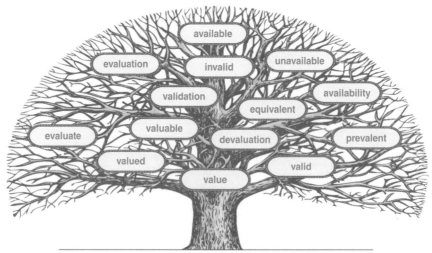

val, vail

　　val 和 *vail* 皆表示「強的」（strong）、「值得的」、「價值」（worth）。devaluation 表示「價值」（*val*=worth）「往下」（*de-*=down）掉，引申為「貶值」；**val**id 表示「強大的」（*val*=strong），力量強大執行任務容易見效，引申為「有效性」；equi**val**ent 表示「相等的」（*equi-*=equal）「價值」（*val*=worth）「的」（*-ent*），語意淡化後，表示「相等的」；e**val**uate 表示找「出」（*e-*=*ex-*=out）「價值」（*val*=worth），引申為「評價」；a**vail**able 本意是「值得」（*val*=worth）「的」（*-able*），引申為「可利用的」、「可購買的」；pre**val**ent 表示力量「強大」（*val*=strong）能往「前」（*pre-*=before）推進「的」（*-ent*），引申為「普遍的」、「流行的」。

value	[ˋvælju] **n** 價值
	The appraiser knew how to evaluate potential **value** in distressed real estate properties. 該名估價師知道如何評估賤賣的房地產的潛在價值。

val**ued**	[ˋvæljud] **adj** 已評價過的、貴重的
val**uable**	[ˋvæljʊəbl] **adj** 珍貴的、有價值的
	Once the new hospital was built, the homes nearby became much more **valuable**. 新醫院一竣工，附近的房子變得更有價值多了。
de**val**u**ation**	[͵dɪvæljʊˋeʃən] **n** 貶值
val**id**	[ˋvælɪd] **adj** 有效的
	The police checked every street vendor in the area to make sure they had **valid** business licenses. 警方檢查該區域每一路邊攤以確認他們都有有效的營業執照。
val**idation**	[͵væləˋdeʃən] **n** 確認
in**val**id	[ˋɪnvəlɪd] **adj** 無效的
equi**val**ent	[ɪˋkwɪvələnt] **adj** 相等的、相同的
e**val**u**ate**	[ɪˋvæljʊ͵et] **v** 評價
e**val**u**ation**	[ɪ͵væljʊˋeʃən] **n** 評價、評估
	During the six months of the internship, there was enough time for adequate **evaluation** of the workers. 六個月實習期間，我們有足夠的時間充分評估員工。
a**vail**able	[əˋveləbl] **adj** 可利用的、可購買的
	The steel company was in danger of closing, because the required raw materials were no longer **available**. 該鋼鐵公司處於倒閉風險，因為需要的原料不再能夠取得。
una**vail**able	[͵ʌnəˋveləbl] **adj** 無法利用的、得不到的
a**vail**ability	[ə͵veləˋbɪlətɪ] **n** 可利用性、可獲得性
pre**val**ent	[ˋprɛvələnt] **adj** 普遍的、流行的
	The **prevalent** premise of trickle-down economics is that providing capital to the wealthy would create jobs. 滴流經濟學的普遍假設是提供資金給有錢人就會創造工作機會。

209 **velop** wrap / *root*

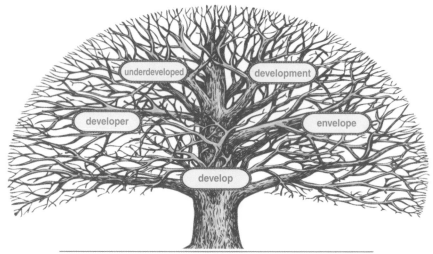

velop

　　velop 表示「包」、「裹」（wrap）。develop 表示「拆開」（*de-*=undo）「包裝」（*velop*=wrap），即「打開」，引申為「發展」；envelop 表示「包」（**velop**=wrap）在「裡面」（*en-*=in），引申為「蓋住」、「籠罩」。

de**velop**	[dɪˋvɛləp] **V** 成長、開發；沖洗（底片）
de**velop**er	[dɪˋvɛləpɚ] **n** 開發者
	The property de**velop**er established trust with banks in order to obtain funding for his projects. 該地產開發商與銀行建立信任以獲取開發案的資金。 **補充** property de**velop**er **phr** 房地產商
underde**velop**ed	[ˋʌndɚdɪˋvɛləpt] **adj** 發展不完全的；（國家）不發達的
	The larger nation annexed its neighboring underde**velop**ed country, because it wanted its natural resources. 該較大國家併吞鄰近的發展不完全國家，因為意圖它的天然資源。

de**velop**ment	[dɪˋvɛləpmənt] **n** 發展、已開發的土地、新建住宅區
envelo**p**e	[ˋɛnvə͵lop] **v** 蓋住、籠罩

210 **ven, vent** come, go / *root*

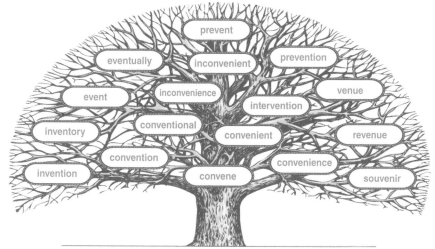

prevent
eventually
inconvenient
prevention
inconvenience
event
venue
intervention
inventory
conventional
convenient
revenue
convention
convenience
invention
convene
souvenir

ven, vent

源來如此

　　ven 和 ***vent*** 皆表示「來」（come）、「去」（go）。convention 表示「一起」（*con-*=together）到「來」（*vent*=come），引申為「大會」；intervention 表示「來」（*vent*=come）到「兩者之間」（*inter-*=between），表示「介入」、「干預」；invention 表示新事物進「來」（*vent*=come）生活到「裡面」（*in-*=in），引申為「發明」；**event** 表示「出」（*e-*=*ex-*=out）「來」（*vent*=come），引申為發生的「事件」；**prevent** 表示「來」（*vent*=come）到「前面」（*pre-*=before）阻擋，因此有「預防」、「防止」的意思；**venue** 表示大家「來」（*ven*=come）聚會的「地點」；revenue 本意是「回」（*re-*=back）「來」（*ven*=come），類似 income，錢跑回來，引申為「稅收」、「收入」；souvenir 表示由「下」（*sou-*=*sub-*=up from under）上「來」（*ven*=come）到了心上，當「紀念品」解釋。

conve**ne**	[kən`vin] **v** 聚集、集會、召開（會議）
conve**ntion**	[kən`vɛnʃən] **n** 大會
	During a **convention** of medical professionals, Sam worked at a booth for a medical supply company. 醫學專家大會期間，山姆在口譯廂為一家醫療用品公司工作。
conve**ntional**	[kən`vɛnʃənl] **adj** 傳統的、常規的
	Tesla did not like the **conventional** method of distributing electricity through wires. 特斯拉不喜歡藉由電線分配電力的傳統方式。
conve**nient**	[kən`vinjənt] **adj** 便利的、方便的
	The new food delivery services company offers a **convenient** alternative for shoppers. 這家新的食物遞送服務公司提供購物者一個便利的選擇。
conve**nience**	[kən`vinjəns] **n** 便利、方便
conve**niently**	[kən`vinjəntlɪ] **adv** 便利地
inconve**nience**	[ˌɪnkən`vinjəns] **n** 不便；**v** 對……造成不便
inconve**nient**	[ˌɪnkən`vinjənt] **adj** 不便的
inconve**niently**	[ˌɪnkən`vinjəntlɪ] **adv** 不便地
interve**ntion**	[ˌɪntə`vɛnʃən] **n** 介入、干預
	The staff members arranged an **intervention** to help the manager deal with his alcohol abuse problem. 職員準備介入協助經理解決他的酒精濫用問題。
inve**ntion**	[ɪn`vɛnʃən] **n** 發明、發明的東西
inve**ntory**	[`ɪnvən,torɪ] **n** 庫存、庫存清單
eve**nt**	[ɪ`vɛnt] **n** 事件
eve**ntually**	[ɪ`vɛntʃʊəlɪ] **adv** 最終、終於
	The investors remained patient, and **eventually**, the company they invested turned a profit. 投資客保持耐心，終於他們投資的公司開始獲利。

prevent	[prɪ`vɛnt] **v** 防止、阻止
prevention	[prɪ`vɛnʃən] **n** 預防、防止
venue	[`vɛnju] **n** 場所、場地
revenue	[`rɛvə,nju] **n** 稅收、收入
	The handicapped child's mother invested in funds that would ensure her child had a steady stream of **revenue**. 該殘障孩童的母親投資足以確保他孩子擁有穩定收益的基金。
souvenir	[`suvə,nɪr] **n** 紀念品
	The businessman gave his daughter a **souvenir** from his trip, which was a snow globe from New York City. 這位商人給他女兒一件旅行帶回來的紀念品,那是來自紐約市的雪花球。

211 **vers, vert** turn /root

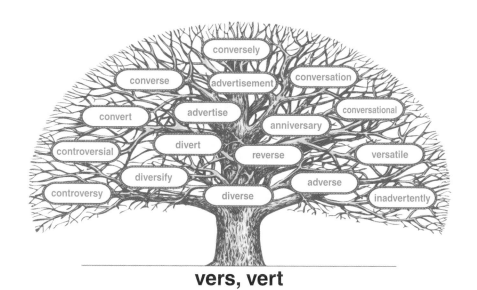

vers, vert

vers 和 vert 皆表示「轉」（turn）。diverse 表示「轉」（vers=turn）到「旁邊」（di-=dis-=aside），產生差異，因此有「多樣的」衍生意思；reverse 表示「轉」（vers=turn）「背面」（re-=back），引申為「相反的」、「背面的」；advertisement 表示使人「轉」（vert=turn）「向」（ad-=to），誘發購買動機的影像，引申為「廣告」；anniversary 表示每「年」（ann=year）「轉」（vert=turn）一次，引申為「周年紀念日」；controversy 表示「轉」（vers=turn）過來「反對」（contr=counter=against），引申為「爭議」；conversation 表示「一起」（con-=together）「輪流」（vers=turn）說話，引申為「對話」；versatile 表示能夠在各種技能之間「轉」（vers=turn）來「轉」（vers=turn）去，游刃有餘，引申為「多才多藝的」；inadvertently「沒有」（in-=not）「轉」（vert=turn）過去「地」（-ly），表示「疏忽地」、「不小心地」，引申為「不慎地」、「不經意地」。

diverse	[daɪ`vɝs] **adj** 多樣的
	The small country boasted a **diverse** economy, with well-developed manufacturing and services sectors. 這小國誇耀其多樣的經濟結構，擁有健全的製造及服務業。
diversified	[daɪ`vɝsə,faɪd] **adj** 多樣的、各種的
diversify	[daɪ`vɝsə,faɪ] **v** 使多樣化
	The shrewd investor **diversified** his investments during the recession to include precious metals. 該精明的投資客在經濟衰退期間讓自己的投資多樣化，包含了珍貴金屬。
divert	[daɪ`vɝt] **v** 使轉向、使改道
reverse	[rɪ`vɝs] **adj** 相反的、背面的
revert	[rɪ`vɝt] **v** 使恢復原狀
adverse	[æd`vɝs] **adj** 不利的
	Cutting the salaries of the factory workers had an **adverse** effect on their productivity. 削減工廠員工薪資對他們的生產力造成不利影響。
adversely	[æd`vɝslɪ] **adv** 不利地

advert**ise**	[`ædvə,taɪz] **v** 廣告
advert**isement**	[,ædvə`taɪzmənt] **n** 廣告
	The public transportation department offset their expenses by selling space for advertisements on the buses. 公共運輸部門售出公車廣告空間來彌補經費。
annivers**ary**	[,ænə`vɚsərɪ] **n** 周年紀念日
	To celebrate their 100th anniversary, the department store held a huge sale offering many bargains. 為了慶祝百周年慶，該百貨公司舉辦一場大特賣，提供許多特價品。 補充 anniversary celebration **phr** 周年慶祝
controvers**y**	[`kɑntrə,vɚsɪ] **n** 爭議
	The removal of daycare services and maternity leave created controversy among the female employees. 取消日間照顧服務及產假在女性員工之間引起爭議。
controvers**ial**	[,kɑntrə`vɚʃəl] **adj** 有爭議的
convert	[kən`vɚt] **v** 轉換、轉變 補充 convert A to B **phr** 把 A 轉換成 B
convert**ible**	[kən`vɚtəbl] **n** 敞篷車；**adj** 可改變的
convers**e**	[kən`vɚs] **v** 交談
convers**ely**	[kən`vɚslɪ] **adv** 相反地
convers**ation**	[,kɑnvɚ`seʃən] **n** 對話
	The office manager always found it difficult to have a conversation with an employee that he needed to fire. 營業據點經理總是覺得跟一名他必須辭掉的員工對話是困難的。
convers**ational**	[,kɑnvɚ`seʃənl] **adj** 日常會話的
convers**ationally**	[kɑnvɚ`seʃənəlɪ] **adv** 會話地

versatile	[ˈvɝsətl] **adj** 多樣化的、多功能的、多才多藝的
	The new vehicle was extremely **versatile**, as it could transport people over land and sea. 那部新車輛功能非常多，能夠載運人們越過陸地及海洋。
inadvertently	[ˌɪnədˈvɝtntlɪ] **adv** 不慎地、不經意地

212 way, via, voy, vey way /root

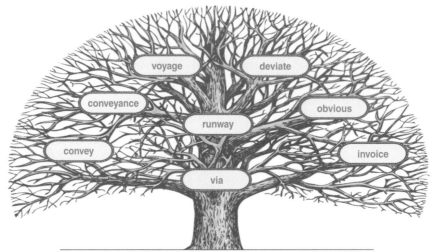

way, via, voy, vey

way 和 *via*、*voy*、*vey* 同源，皆表示「道路」（way）、「行走」（go）。convey 表示「一起」（*con-*=together）上「路」（*vey*=way），引申為「傳達（事情）」、「運送」；**voy**age 表示在海上航「道」（*voy*=way）上，引申為「航海」；deviate 表示「離開」（*de-*=off）「道路」（*via*=way），引申為「偏離」。

via	[`vaɪə] **prep** 經由、憑藉
runway	[`rʌn,we] **n** 飛機跑道
convey	[kən`ve] **v** 傳達（事情）、運送
	The suspended employee wrote a sincere letter to **convey** his remorse for making an error in judgment. 該暫時停職的員工寫了一封誠摯的信傳達他對判斷錯誤的自責。
convey**ance**	[kən`veəns] **n** 運輸、交通工具
voyage	[`vɔɪɪdʒ] **n**（遠距離）航海
	The cargo ship makes several **voyages** between Hong Kong and Los Angeles each year. 這貨輪每一年要進行香港及洛杉磯之間數趟航行。
devia**te**	[`divɪ,et] **v** 偏離
obvi**ous**	[`ɑbvɪəs] **adj** 明顯的
	Since there were multiple instances of the defect, it was **obvious** that the problem was in the manufacturing. 因為存在各種瑕疵的例證，顯然問題出在製造端。
invoice	[`ɪnvɔɪs] **n** 發票、發貨單、費用清單
	The advertising agency sent the **invoice** for their services to the client's payable department. 廣告公司寄了他們的服務費用清單給客戶的付款部門。

213 **vid, vis** separate / *root*

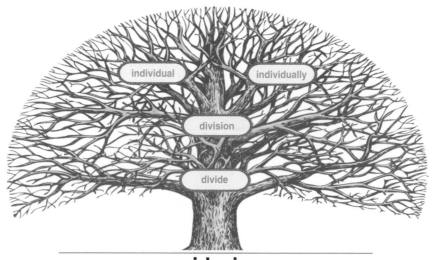

vid, vis

vid 和 *vis* 皆表示「分開」（separate）。divide 是由「分開」（*di-*=*dis-*= apart）和「分開」（*vid*=separate）所組成的，引申為「劃分」；indi**vid**ual 是「無法」（*in-*=not）再細「分」（*vid*=separate）的「個體」。

div**id**e	[dəˋvaɪd] **v** 分、劃分
	The general taught his students that it is better to **divide** the enemy to fight amongst themselves. 該名將軍教導他的學生將敵軍分開以在他們之間戰鬥是較好的。
div**is**ion	[dəˋvɪʒən] **n** 部分；（公司等的）部門；課；分歧
	There was a growing resentment and **division** among team members who were expected to cooperate. 被期待合作的團隊成員之間存在日益增加的憤慨及分歧。

indi**vid**ual	[ˌɪndə`vɪdʒʊəl] **n** 個人、個體
	The company policies were rewritten to balance the rights of the **individual** and the profitability of the company. 公司策略重新撰寫以平衡個人權益與公司收益。
indi**vid**ually	[ˌɪndə`vɪdʒʊəlɪ] **adv** 個別地、分別地

214 **vid, vis** see /root

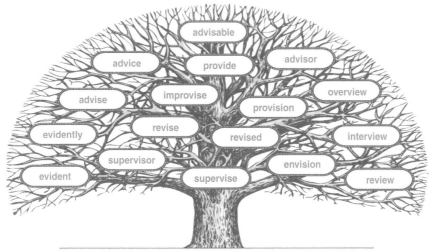

advisable
advice　provide　advisor
improvise　overview
advise　provision
revise　interview
evidently　revised
supervisor　envision
evident　supervise　review

vid, vis

源來如此

　　vid 和 *vis* 皆表示「看」（see）。super**vis**e 表示「在上面」（*super-*＝over）「看」（*vis*＝see），引申為「監督」、「管理」；re**vis**e 表示「再」（*re-*＝again）「看」（*vis*＝see）一次，做必要的改變或「修訂」；en**vis**ion 表示「使」（*en-*＝make）「看到」（*vis*＝see），後語義轉抽象，表示在內心看到畫面，引申為「想像」；impro**vis**e 表示「事先」（*pro-*＝ahead）「沒」（*im-*＝*in-*＝not）「看過」（*vis*＝see）劇本、講稿等，引申為「即興演奏」、

「即席演講」、「即興創作」；provide 表示往「前」（*pro-*=forward）「看」（*vid*=see），表示看到未來需求，引申為「提供」；evident 表示從「外」（*e-*=*ex-*=out）面很容易「看」（*vid*=see）到，引申為「明顯的」；advise 表示依我之「見」（*vis*=see），引申為「勸告」、「建議」；interview 表示在「兩者之間」（*inter-*=between）面對面地「看」（*view*=see），引申為「面試」、「訪談」；review 表示「再」（*re-*=again）「看」（*view*=see）一次，引申為「檢視」。

supervise	[ˋsupɚvaɪz] **v** 監督、指導
supervisor	[ˌsupɚˋvaɪzɚ] **n** 主管、監督者
	The customer lost her patience with the cashier and demanded to see her **supervisor**. 該名顧客對收銀員失去耐心並要求見她的主管。
supervision	[ˌsupɚˋvɪʒən] **n** 監督
supervisory	[ˌsupɚˋvaɪzərɪ] **adj** 監督的、管理的
re**vise**	[rɪˋvaɪz] **v** 修訂、變更（意見、計劃等）
	The book author was asked to **revise** the last chapter after the proofreader completed her job. 該書作者在校對者完成工作之後被要求修訂最後一章。
re**vise**d	[rɪˋvaɪzd] **adj** 修改過的、修訂過的
re**vis**ion	[rɪˋvɪʒən] **n** 修訂 補充 make a re**vis**ion **phr** 修訂
en**vis**ion	[ɪnˋvɪʒən] **v** 想像、在心中描繪（未來的事等等）
impro**vise**	[ˋɪmprəvaɪz] **v** 即興演奏、即席演講、即興創作
pro**vide**	[prəˋvaɪd] **v** 提供
	The partners formed a corporation in order to **provide** legal protections and limit their liability. 為了提供法律保護並設定責任上限，夥伴們組成一家股份公司。 補充 pro**vid**ed（that）**conj** 倘若……

MP3

provid**er**	[prə`vaɪdə] **n** 供應者、提供者
provis**ion**	[prə`vɪʒən] **n** 規定、條款
provis**ionally**	[prə`vɪʒənəlɪ] **adv** 暫定地
evid**ent**	[`ɛvədənt] **adj** 明顯的
	It was **evident** when searching computer logs that hackers got into the company computers. 搜尋電腦日誌時，駭客侵入過公司電腦的狀況很明顯。
evid**ently**	[`ɛvədəntlɪ] **adv** 明顯地、顯然
evid**ence**	[`ɛvədəns] **n** 證據
advis**e**	[əd`vaɪz] **v** 勸告、建議
	The investment firm **advised** the fund manager of new tax-saving strategies. 投資公司告知基金管理人新的節稅策略。 補充 ad**vis**e A of B **phr** 向 A 告知 B
advic**e**	[əd`vaɪs] **n** 勸告、建議
advis**able**	[əd`vaɪzəbl̩] **adj** 可取的、明智的
	It is **advisable** for every new startup business to obtain business insurance to reduce their liabilities. 每一家新創公司獲得商業保險以降低自身責任是明智的。
advis**or**	[əd`vaɪzə] **n** 提供建議者、顧問
advis**ory**	[əd`vaɪzərɪ] **adj** 諮詢的
overview	[`ovə͵vju] **n** 概述、概觀
	The presentation provided an **overview** of the changes in coverage for the employee's health insurance. 該場說明提供員工健康保險範圍變更的概述。
interview	[`ɪntə͵vju] **n** 面試、採訪；**v** 採訪
	The reporter granted an **interview** to the embattled CEO in order to give his point of view. 為了說明他的觀點，該名記者同意採訪處境艱難的執行長一次。

interviewee	[ˌɪntəvjuˋi] **n** 被訪談者
interviewer	[ˋɪntəvjuə] **n** 面試官、面談者
review	[rɪˋvju] **v** 檢視；**n** 審查、評論、報告
preview	[ˋprivju] **n** 試鏡、預演；預告片

215 **voc, vok** voice, call / *root*

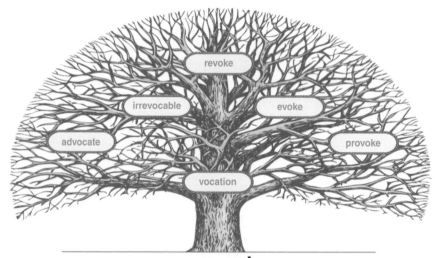

voc, vok

　　voc 和 *vok* 皆表示「聲音」（voice）、「呼叫」（call）。**voc**ation 表示「職業」、「使命」、「志業」，原指聽到神的「呼叫」（*voc*=call）感召而從事的工作，通常帶有使命感，1553 年開始指個人的「職業」或「工作」；**advoc**ate 表示公開「發聲」（*voc*=voice）支持某議題或某人的「人」

MP3

（*-ate*=one who），引申為「擁護者」；revoke 表示「叫」回來，引申為「撤回」、「撤銷」；evoke 表示召「喚」（*vok*=call）「出來」（*e*-=*ex*-=out），引申為「喚起」；provoke 表示「上前」（*pro*-=forward）「叫囂」（*vok*=call），煽動大家的情緒，引申為「激怒」、「激起」。

vocation	[vo`keʃən] **n** 工作、職業
ad**voc**ate	[`ædvəkɪt] **n** 擁護者；[`ædvəket] **v** 擁護、提倡
	The attorney ignored the riches of representing corporations, and chose to be an **advocate** of the poor. 該名律師不在意代表的公司的財富，而選擇作為窮人的擁護者。
irrevoc**able**	[ɪ`rɛvəkəbl] **adj** 不能取消的、不能改變的
re**vok**e	[rɪ`vok] **v** 撤回、撤銷
	The doctor's medical license was **revoked** after he was sued for medical malpractice for the 5th time. 第五次被控醫療疏失之後，該名醫師的醫療執照遭到撤銷。
e**vok**e	[ɪ`vok] **v** 喚起、引起（記憶等）
	The music in the dentist's office **evoked** relaxation, calming patients during their visits. 牙醫診所裡的音樂令人放鬆，使病患看診期間平靜。
pro**vok**e	[prə`vok] **v** 激怒、激起

216 **vol** will / *root*

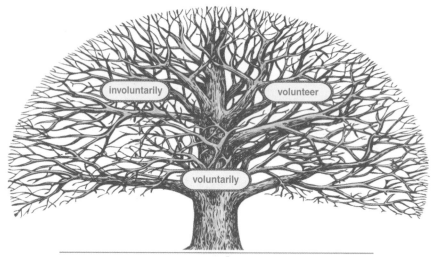

involuntarily · volunteer · voluntarily

vol

源來如此

    vol 表示「意志」、「意願」（will）。**vol**untarily 表示有「意願」（*vol*=will）去做地，引申為「自願地」、「自動自發地」；**vol**unteer 表示有「意願」（*vol*=will）去做的「人」（*-eer*=one who），引申為「自願者」、「義工」。

voluntarily	[ˋvɑlən͵tɛrəlɪ] **adv** 自願地、自動自發地
in**vol**untarily	[ɪnˋvɑlən͵tɛrəlɪ] **adv** 非自願地
	The manager left his office **involuntarily**, after being ordered by the fireman. 經理非自願地離開他的辦公室，就在被消防隊員下令之後。
volunteer	[͵vɑlənˋtɪr] **n** 自願者、義工
	Before she started her career as an accountant, Rebecca was a **volunteer** for a homeless shelter. 開始以會計師為業之前，利百加是一家遊民收容所的志工。

MP3

𝟸𝟷𝟽 **volv, volu** turn, roll /*root*

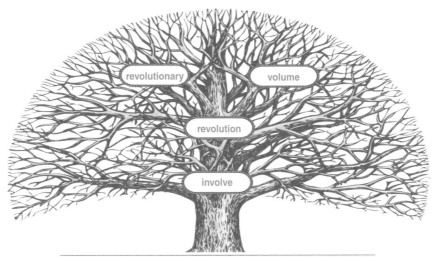

volv, volu

源來如此

　　volv 和 ***volu*** 皆表示「轉」（turn）、「捲」、「滾」（roll）。invlove 表示「捲」（*volv*=roll）入某事「內」（*in-*=in）；revolution 表示「轉」（*volu*=turn）「回去」（*re-*=back），推翻舊體制，引申為「革命」；volume 表示「（成套書籍中的）一卷」，因為古羅馬時的書是寫在羊皮紙卷上，書籍似卷軸般「捲」（*volu*=roll）起，後來衍生出「體積」、「容積」、「音量」等意思。

involve	[ɪn`vɑlv] **v** 使捲入、牽涉
	The two companies decided to resolve their dispute without **involving** attorneys. 這二家公司決定在不涉及律師下解決他們的爭端。
revolu**tion**	[ˌrɛvə`luʃən] **n** 革命；周期
revolu**tionary**	[ˌrɛvə`luʃənˌɛrɪ] **adj** 革命的
volume	[`vɑljəm] **n** 體積、容積；音量
	There were two new assembly lines built in the manufacturing plant to double its production **volume**. 二條新組裝的生產線建置在製造工廠以使生產量加倍。

國家圖書館出版品預行編目（CIP）資料

必考！新多益單字217／楊智民、蘇秦作. -- 初版. --
臺中市：晨星, 2021.08
336面；16.5×22.5公分. --（語言學習；19）
ISBN　978-986-5582-81-4（平裝）

1.多益測驗　2.詞彙

805.1895　　　　　　　　　　　　　110006843

語言學習 19
必考！新多益單字217

作者	楊智民、蘇秦
編輯	余順琪
編輯協力	王茹萱
封面設計	耶麗米工作室
美術設計	張蘊方

創辦人	陳銘民
發行所	晨星出版有限公司
	407台中市西屯區工業30路1號1樓
	TEL：04-23595820　FAX：04-23550581
	E-mail：service-taipei@morningstar.com.tw
	http://star.morningstar.com.tw
	行政院新聞局局版台業字第2500號
法律顧問	陳思成律師
初版	西元2021年08月01日

掃瞄QRcode，
填寫線上回函！

讀者服務專線	TEL：02-23672044／04-23595819#230
讀者傳真專線	FAX：02-23635741／04-23595493
讀者專用信箱	service@morningstar.com.tw
網路書店	http://www.morningstar.com.tw
郵政劃撥	15060393（知己圖書股份有限公司）
印刷	上好印刷股份有限公司

定價 399 元
（如書籍有缺頁或破損，請寄回更換）
ISBN：978-986-5582-81-4

Published by Morning Star Publishing Inc.
Printed in Taiwan

───── | 最新、最快、最實用的第一手資訊都在這裡 | ─────